Barbara Noack
Brombeerzeit

BARBARA NOACK

Brombeer-Zeit

ROMAN

Barbara Noack: Brombeerzeit
Lizenzausgabe für die
Naumann & Göbel Verlagsgesellschaft mbH
Emil-Hoffmann-Straße 1, D–50996 Köln

Gesamtherstellung: Naumann & Göbel
Verlagsgesellschaft mbH, Köln

ISBN 978-3-625-21147-1
www.naumann-goebel.de

1

Der Karikaturist Hans Karlow hatte seinen sechzigsten Geburtstag in einem Kreuzberger Lokal gefeiert und dazu all seine Freunde und Bekannten eingeladen. Ein rauschendes Fest bis in den nächsten Morgen, fast wie in den frühen fünfziger Jahren, als unsere Freundschaft begann.

Ich war solche Orgien nicht mehr gewöhnt und auch nicht daran, am nächsten Tag mit einem solchen Schädel herumzulaufen. Ach Gott, es ging mir ja so schlecht. Aber schadete mir gar nichts, warum bin ich so lange geblieben.

Es war auch ein Wiedersehen mit den Kumpanen unserer verräucherten, durchdiskutierten Nächte. Wie oft hatte ich damals den letzten Bus verpaßt und in Karlows ausgekühltem Atelier übernachten müssen, in einem alten, angesengten Ledersessel, der nie aufhörte, wie Bombenangriff zu riechen. Auf der einzigen Matratze schlief Karlow selber mit Elfriede Grün.

Gestern abend hatte ich manchmal Mühe gehabt, mich an die Jugendgesichter der ehemaligen Freunde zu erinnern. Kneipenleben und Enttäuschungen hatten zu viele Spuren in ihnen hinterlassen.

Die wenigsten hatten die große Karriere geschafft, von der wir damals gemeinsam träumten. Bei einigen spürte ich, sie wollten aus Selbstschutz nicht wissen, wie es mir inzwischen ergangen war, und vor allem wollten sie nicht nach ihrem eigenen Lebenslauf gefragt werden.

Während der Nacht wechselte ich mehrmals die Tische, an denen man zusammenrückte, damit ich mich dazusetzen konnte. Auf einmal saß ich Egon Wohlfahrt gegenüber. Er rückte an seiner Brille mit den verschmierten, dioptrinreichen Gläsern. Während er mich beobachtete, deklamierte er mittelalterlich:

»Owê, war sint verswunten alliu mîniu jâr?
Ist mir mîn leben getroumet od ist ez wâr?«

Professor Egon Wohlfahrt. Er war fünfundzwanzig Jahre älter als ich und ein beeindruckender Mann gewesen. Was habe ich seinetwegen für Liebeskummer durchgemacht. Meinen jungen Körper hatte er sehr genossen, seinem Intellekt jedoch war ich auf die Dauer zu unreif und unergiebig gewesen, weshalb er sich einer Dramatikerin zugewandt hatte, die seine geistigen Ansprüche zu befriedigen verstand.

Wohlfahrt war Junggeselle geblieben. Er war noch immer fünfundzwanzig Jahre älter als ich und somit inzwischen ein sehr alter Mann.

Erst gegen sechs Uhr früh hatte ich mein Hotelzimmer betreten, das ich zwei Stunden später schon wieder verlassen mußte, um der Urnenbeisetzung meiner Kusine Annemarie auf dem Steglitzer Friedhof beizuwohnen. Außer mir war nur Annemaries Lebensgefährte erschienen, mit dem ich anschließend in ein Café gegangen war. Ich hatte ihn trösten müssen, weil er nun niemand mehr hatte, der ihn bekochte, seine Hemden bügelte und die halbe Miete bezahlte. Die ganze war ihm zu teuer. Entweder mußte er sich was Kleineres suchen oder untervermieten. Aber dann fiel ihm ein, daß ihm Annemie einmal Fotos von meinem Nymphenburger Häuschen gezeigt hatte, das war doch viel zu groß für mich allein, seit die Kinder nicht mehr bei mir wohnten. Es würde ihm nichts ausmachen, von Berlin nach München umzusiedeln, nein, wirklich nicht, ich sei ihm sympathisch, er könne ja erst mal auf Besuch zu mir kommen, ich müsse ihm nur rechtzeitig genug mitteilen, wann es mir paßt, damit er einen Flug zum SuperfliegundSpartarif bestellen konnte. Als Herr Matzke – so hieß er – auch noch auf seine sexuelle Rüstigkeit zu sprechen kam, rief ich: »Zahlen, bitte«, und ließ ihn vor einem halbgegessenen Nußhörnchen sitzen.

So ein Mistkerl, dachte ich im Taxi zum Hotel. Annemie hat sich in ihrer Urne unter der Erde noch nicht mal eingelebt, da versucht ihr langjähriger Lebensgefährte bereits, seine Pantoffeln bei der nächsten Dame unterzustellen.

Kurz vor zwölf kehrte ich in mein Hotelzimmer zurück, packte die Reisetasche und warf einen sehnsüchtigen Blick auf das Bett, in dem ich in den zwei Morgenstunden höchstens siebenundvierzig Mark achtzig vom Zimmerpreis abgeschlafen hatte.

Im selben Augenblick, als ich aus dem Lift in die Hotelhalle trat, kam Hans Karlow von der Straße herein. Trotz seines Trenchcoats, der so aussah, als ob er ihn auf einer Parkbank gefunden hätte, wo ihn ein Penner hatte liegen lassen, weil er ihm zu schäbig geworden war, musterten ihn zwei weibliche Hotelgäste mit kurz aufflakkerndem Interesse.

Ich sah ihn zuerst und hob die Hand. Er kam auf mich zu. Bei seinem Anblick fiel mir ein, daß Elfriede Grün, die Maskenbildnerin, vor sechsunddreißig Jahren bei seinem Anblick ausgerufen hatte: »Was für ein maskulöser Mann!« Drei Monate später war sie von ihm schwanger gewesen.

»Viktörchen«, seine Begrüßungswange war kühl und glattrasiert, »das ist das Erstaunliche an uns beiden. Selbst wenn wir uns nicht verabreden, sind wir auf die Minute pünktlich.«

»Schön, daß du noch gekommen bist«, freute ich mich.

»Schön, daß du gestern abend da warst«, sagte er. »Ich hatte viel zuwenig Zeit für dich.«

»Wie solltest du auch bei so vielen Gästen.«

»Eben. Da habe ich mir gedacht, fahr mal zu ihrem Hotel. Vielleicht ist sie noch da.« Er sah mich prüfend an. »Geht's dir schlecht?«

»Warum?«

»Wegen der Sonnenbrille.«

»Wenn du wüßtest, wie es dahinter aussieht! Seit Jahren habe ich nicht so gesumpft wie heute nacht, und dann der Qualm und bloß zwei Stunden Schlaf!«

»Mach dir nichts draus. Ich sehe auch ramponiert aus«, lachte er.

»Wenigstens bist du frisch rasiert. Dazu bin ich heute morgen leider nicht gekommen.«

»Dein Bart hat mich noch nie gestört«, versicherte er und fletschte die Zähne. »Sitzt mein Gebiß richtig?«

»Das schon, aber dein Toupet ist verrutscht.«

Neben uns wartete ein Ehepaar auf den Lift. Ihre Blicke waren dem Dialog gefolgt – zuerst auf mein Kinn, dann auf seine Zähne und endlich auf sein schütteres, graues Haar. Es war ein altes Spiel aus Jugendtagen: mit ernsthaft vorgetragenen Blödeleien fremde Leute zu irritieren. Es paßte nur nicht mehr so ganz zu unserem jetzigen Alter.

»Aber laß man, für deine siebzig siehst du noch immer ganz proper aus«, versicherte ich, ihn unterhakend. »Ißt du ein Süppchen mit mir?« Und als er auf dem Weg zum angrenzenden Restaurant verstimmt vor sich hinschwieg, ahnte ich: »Mit den Siebzig bin ich zu weit gegangen.«

»O ja. Ich habe schon Schwierigkeiten genug, mich mit der Sechzig abzufinden.«

Wir fanden einen freien Tisch mit Blick auf den verregneten Kurfürstendamm, setzten uns einander gegenüber, sahen uns aus übernächtigten Augen an. Kannten uns sechsunddreißig Jahre, vergaßen uns manchmal monatelang, aber sobald wir uns begegneten, setzte die starke Sympathie füreinander wieder ein.

Zusammen jung gewesen zu sein, empfanden wir als ein Privileg. Die Bindung aneinander war intensiver als die bei später geschlossenen Freundschaften. Die gemeinsame Armut damals, der heftige Spaß am Leben nach den Kriegs- und Hungerjahren danach, die Spannung auf dieser politisch brisanten Insel Berlin inmitten der Sowjetzone, die uns geistig nicht bequem werden ließ – und vor allem, wir zwei hatten das erreicht, was wir uns einmal vorgenommen hatten: beruflich Karriere zu machen. Wir hatten eine ungetrübte Nostalgie miteinander.

Ich bestellte eine Bouillon mit Ei und Karlow ein Bier für seinen Nachdurst.

»Jetzt sag, wie hat dir mein Fest gefallen. Hast du dich gut amüsiert?«

»Wie Bolle«, versicherte ich ihm. »Der Mann am Klavier und der Drehorgelspieler, die alten Bekannten und überhaupt, interessante Leute. Du bist zu beneiden um deine vielen Freunde.«

»Es waren sogar solche da, denen ich seit Jahren Geld schulde oder die Frau ausgespannt habe. Oder beides.«

»Wie machst du das? Wieso verzeiht man dir immer wieder?«

Er grinste achselzuckend, während er sich über das Brot und die Näpfchen mit Butter und Schmalz hermachte, die der Ober auf den Tisch gestellt hatte. »Man verzeiht mir eben lieber, als daß man auf meine Gesellschaft verzichtet. Ich bin ja auch ein irre netter Kerl.« Er bestrich eine Scheibe Zwiebelbrot dick mit Schmalz, streute Salz darauf und reichte sie über den Tisch: »Komm, iß, Kind. Nach einer durchsumpften Nacht braucht der Magen was Deftiges.«

»Schmeckt köstlich«, kaute ich, »aber nun erzähl mal. Du hast eine neue Freundin.«

»Hat sie dir gefallen?«

»Wir haben uns nur kurz unterhalten. Eine gescheite Person. Und so herzlich. Wie alt?«

»Naja«, er grinste ebenso verlegen wie geschmeichelt. »Sie ist drei Jahre jünger als meine Tochter Anna mit Elfriede Grün.«

»Oh!« entfuhr es mir, und dann fragte ich nach Anna. »Ich habe sie gestern abend vermißt.«

»Sie war auch nur kurz da. Ihr Baby hatte Durchfall.«

»Das heißt, du bist inzwischen Opa geworden.«

Das Wort Opa behagte ihm nicht. »Mit Anna ist es nicht so einfach«, sagte er dann. »Sie hat immer Pech mit Männern. Irgendwann hat sie Torschlußpanik gekriegt. Sie wollte unbedingt ein Kind, um einen Lebensinhalt zu haben. Dazu hat ihr ein Philosophiestudent verholfen.« Karlow schmierte sich nun auch ein Brot. »Noch bevor das Baby da war, hat er sein Studium abgebrochen und ist in die Lüneburger Heide gezogen, um Schäfer zu werden. Wir haben seitdem nichts mehr von ihm gehört.«

»Arme Anna«, sagte ich.

Und er: »Wieso arm? Sie hat ihr Baby. Mehr wollte sie nicht von ihm.« Er legte das Messer aus der Hand. »Ihr ist die Wohnung gekündigt worden. Jetzt wohnt sie mit dem Schreihals bei uns. Wir haben kein Privatleben mehr.«

Der Ober brachte meine Bouillon und Karlows Bier. Und als er gegangen war, sagte ich: »Deine Freundin muß dich sehr lieben, wenn sie das alles mitmacht.«

Karlow lachte: »Ja, das muß sie wohl, denn auf mein Minuskonto bei der Berliner Bank hat sie es bestimmt nicht abgesehen.« Er löschte seinen Nachdurst mit einem großen Schluck, setzte das Glas ab und sah mich an. »Ich weiß, was du jetzt denkst, Viktörchen. Der riesengroße Altersunterschied zwischen uns. Aber vergiß nicht, auch du hast mal einen viel älteren Mann geliebt.«

»Du meinst den Wohlfahrt. Ich hätte mich am liebsten umgebracht, als er mich damals verlassen hat – ich wußte nur nicht, wie. Und dann habe ich ihn gestern abend zum ersten Mal wiedergesehen. Stell dir vor, er hätte mich damals geheiratet, und wir wären zusammengeblieben. Dann hätte ich jetzt einen Greis als Mann! Aber so weit denkt man nicht, wenn man jung ist.«

»Komm, trink deine Bouillon, sonst wird sie kalt«, sagte er gereizt.

Und da begriff ich und versicherte ihm, daß ich wirklich nur Professor Wohlfahrt und mich gemeint hatte, nicht ihn und seine dreiunddreißig Jahre junge Geliebte. »Ich schwör's dir!«

Er war nun sehr nachdenklich. »Mir wär's auch lieber, sie wäre Mitte Vierzig.«

»Also nur fünfzehn Jahre jünger als du.«

»Warum lachst du?«

»Ach, ich habe mir gerade vorgestellt, ich hätte heute einen fünfzehn Jahre jüngeren Geliebten.«

»Na und? Warum hast du nicht?«

»Weil ich in jeder Frau, die jünger und knakkiger ist als ich, eine Rivalin befürchten würde. Weißt du, was eine Frau alt macht? Wenn ihr junger Lover sie wegen einer Jüngeren sitzen läßt.«

Karlow sagte: »Auch Menschen, die im Alter zueinander passen, trennen sich eines Tages.«

»Das ist ein anderer Schmerz.«

»Nein. Das tut genauso weh, wenn man der Verlierer ist.«

»Ich freu mich für dich. Du hast dir durch dieses Mädchen deine Jugend zurückgeholt. Gibt es was Schöneres?«

Er nahm meine Hand und legte sie kurz an seine Wange. »Manchmal glaube ich, wir zwei – du und ich – sind nur aus Versehen alt geworden.« Und gab mir meine Hand zurück. »Was ist mit dir? Lebst du allein?«

»Nach Peter – du kennst ihn ja – ist mir keiner mehr begegnet, der mir gefallen hätte. Man wird auch irgendwann so mißtrauisch. Wenn sich jemand an mich herangemacht hat, war's meistens einer, der seine eigenen Schwierigkeiten bei mir unterbringen wollte. Und Probleme hatte ich selber genug. Oder er wollte durch mich eine Rolle kriegen. Oder in die Firma einsteigen. Nein, Hänschen. So allein war ich nie, um einen großen Fehler zu machen ...« Ich brach ab, irritiert durch den langen, zärtlichen Blick, mit dem er mich betrachtete. »Ist was?«

»Du hast noch immer dein Mädchengesicht«, sagte Karlow.

Das machte mich verlegen und ein bißchen glücklich. Beinahe hätte ich »danke« gesagt.

Und dann fiel ihm ein, daß ich ihm gestern abend, beim Anstehen am Büfett und Warten auf Bouletten mit Kartoffelsalat, vom Verkauf meiner TV-Firma erzählt hatte. »Sag mal, ist das wirklich wahr?«

»Ja. Vorgestern, bevor ich nach Berlin geflogen bin, habe ich meinen Schreibtisch geräumt und tränenreichen Abschied gefeiert.«

Das konnte er nicht verstehen. »Es lief doch alles gut bei dir. Die Firma war dein Lebensinhalt.«

»Sie war auf dem besten Wege, mich umzubringen. Was glaubst du, wie schwierig es für uns kleinere Produzenten geworden ist. Und dann kam auch noch ein Tiefschlag nach dem andern – ach, ich mag jetzt nicht drüber reden. Ich bin so froh, den ganzen Streß los zu sein.«

Karlow sah mich überlegend an. »Und glaubst du, daß du ohne leben kannst? Die Arbeit hat dir doch auch Spaß gemacht. Du hattest Erfolge.«

»Sogar Preise. Aber man muß im richtigen Moment aufhören können.« Ich sah ihn warnend an. »Mach mir bitte jetzt keine Vorwürfe! Ich habe schon genug gehört. Anscheinend gönnt mir keiner ein Privatleben.«

»Und was willst du damit anfangen?« erkundigte er sich interessiert.

»Endlich mal das tun, wozu ich nie gekommen bin.«

»Tuste ja doch nicht«, versicherte er mir. »Je mehr man Zeit hat, um so mehr läßt die Aktivität nach. Alte Tatsache.« Er lehnte sich steif zurück – ich sah seiner Miene die schmerzende Bandscheibe an. Die Schäden hatte er sich wohl bei seiner einzigen sportlichen Betätigung geholt: Wein- und Wasserkisten fünf Stockwerke hoch in sein Atelier zu stemmen, denn in dem hundert

Jahre alten Kreuzberger Mietshaus, das er von einem Onkel geerbt hatte, gab es keinen Aufzug.

»Es geht dir nicht gut mit deinem Rücken«, sagte ich.

Und er: »Manchmal bleibe ich unten in der Kneipe sitzen aus Furcht vor den fünf Treppen hoch zum Atelier.«

»Du hast immer einen Grund gefunden, in der Kneipe sitzen zu bleiben«, fiel mir ein.

»Vielleicht tausche ich jetzt mein Atelier gegen eine Wohnung im ersten Stock. Ein steiler Absturz. Statt Himmel und Dächern habe ich dann parkende Autos vorm Fenster. Ach, Viktörchen«, er seufzte laut, »hast du dir damals vorstellen können, daß wir zwei auch mal alt und lahm werden?«

»Nein, nie! Ich habe immer geglaubt, so was passiert nur andern.«

»Wie alt war Heinz, als er gestorben ist?«

»Achtundvierzig. Ich habe jetzt viel an ihn denken müssen«, sagte ich, meine Bouillon auslöffelnd. »Ich habe mir oft vorgestellt: Wenn du so weitermachst, fällst du eines Tages auch tot um. Und dazu habe ich wirklich noch keine Lust. Naja, mal sehen, wie es weitergeht. Jetzt bin ich erst einmal unendlich froh, die Firma los zu sein. Zu denen, die immer schuften müssen, um sich glücklich zu fühlen, habe ich sowieso nie gehört.«

Dann wurde es für mich Zeit aufzubrechen, und Karlow winkte dem Ober.

Beim Verlassen des Restaurants brachte er seine Hand auf meiner Schulter unter. Es sah so aus, als ob wir zusammengehörten, und es war mir sehr angenehm. Hans Karlow – er war ein Lebenskünstler mit abenteuerlicher Biographie, aber er strahlte Schutz aus. Von einigen Tischen sah man uns nach. Wir waren ein attraktives älteres Paar.

»Bringst du mich noch zum Bus? Ich muß nach Zehlendorf.«

»Wieso nimmst du kein Taxi mit der schweren Tasche?«, die er noch trug.

»Weil ich mir angewöhnen muß, daß ich von jetzt an Taxiquittungen nicht mehr steuerlich absetzen kann. Hab ja keine Firma mehr.«

An der Haltestelle warteten mehrere Rentnerinnen, im Regenwind mit ihren Schirmen kämpfend.

Nach zwei Bussen kam endlich der richtige.

»Am Roseneck mußt du umsteigen«, sagte Karlow und zog einen schwarzen Seidenschal aus seiner Manteltasche.

»Den hätte ich beinah vergessen«, freute ich mich. »Ich hab ihn noch gar nicht vermißt!«

»Er hing über dem Stuhl, auf dem du zuletzt gesessen hast.« Karlow legte ihn mir um den Hals und zog mich mit beiden Enden nah an sich heran. »Mach's gut, Viktörchen, bis zum nächsten Mal.«

»Du auch. Mach's gut.« Und ließ mich von ihm auf beide Wangen küssen. Keine der üblichen Bussiumarmungen, sondern der Abschied von zwei Freunden, zwischen denen eine tiefe Sympathie füreinander nie ihren amourösen Zauber verloren hat.

Karlow stand noch da und regnete ein, als ich hinter den Rentnerinnen mit ihren zugeklappten Schirmen aufs Einsteigen wartete. »Flieg vorsichtig, hörst du?« sagte er hinter mir her. »Und laß dich unterwegs von keinem Kerl ansprechen. Du weißt, man kann heute niemandem mehr trauen.«

»Blödmann«, lachte ich zurück.

Der Mann rechts neben mir hatte schon ein paar Bierchen getrunken, bevor er zum Flughafen gefahren war, und erzählte nun Geschichten von seinen Schlittenhunden. Nicht alle Passagiere, die bereits seit zwanzig Minuten über die planmäßige Abflugzeit hinaus aufs Einsteigen in die letzte Maschine nach München warteten, freuten sich über sein lautes Mitteilungsbedürfnis, vor allem diejenigen nicht, die lesen oder ihre Akten durcharbeiten wollten wie mein linker Sitznachbar. Er war in einen Ordner mit Grundbuchauszügen und Anwaltsbriefen vertieft. Es ging um ein Haus in Potsdam, und es ging da hoch her zwischen Alt- und Neubesitzern, wie ich feststellen konnte, indem ich ein bißchen mitlas.

Einige dösten vor sich hin. Nur der Hundebesitzer dröhnte munter. Er fuhr gerade mit seinen sieben Huskies zu einem Schlittenrennen über Land. Er hatte sie hinten in seinem Lieferwagen untergebracht. Als er am Zielort ankam, war keiner mehr drin. Er hatte vergessen, die hintere Autotür richtig zuzusperren – da war er vielleicht erschrocken. Es brauchte Tage, um die sieben wieder einzufangen. Nach ihren über mehrere Vorstädte verteilten Fundorten zu schließen, waren sie an jedem längeren Ampelrot nacheinander ausgestiegen. Den letzten fand er per Annonce eine Woche später auf dem Sofa eines älteren Ehepaares wieder.

Endlich wurde die Maschine zum Einsteigen freigegeben. Ich richtete mich auf meinem Fensterplatz ein und freute mich auf Schlaf. Endlich schlafen dürfen – und schloß gleich die Augen, um ja keine Minute zu verlieren. Es tat mir leid, Berlin bereits nach anderthalb Tagen zu verlassen. Aber ich konnte ja nun wiederkommen, wann immer ich wollte. Es gab keine Pflichten und Termine mehr, die mich am privaten Reisen hinderten.

»He, junge Frau, Verzeihung, wenn ich störe, aber könn Se vielleicht Ihre Tasche runternehmen? Det is mein Platz.«

Es handelte sich um einen jungen Mann mit Zweitagebart und einem Ringelchen im Ohr. Er beanspruchte den Mittelsitz, den Gang- und Fensterpassagiere gerne als Ablage benutzen.

Ich räumte meine Tasche zwischen meine Beine. Kaum saß der Mensch, begann zwischen unseren Ellbogen der Kampf um die schmale Lehne.

Gleichzeitig wurde auf dem Mittelsitz hinter mir die wohlbekannte Stimme des Schlittenhundbesitzers laut. Er stellte sich seiner Platznachbarin, einer alten Dame, als Obermayr vor, Mayer ohne e mit y. Darauf sie, durch seine in einem Flieger ungewohnt joviale Begrüßung irritiert: »Aha.«

Aber das hielt ihn nicht davon ab, eine Unterhaltung zu beginnen. Ob sie auch Bekannte in Berlin besucht habe. Nein, sie wohne in Berlin. Ost oder West? Kurzes: West. Dann besuche sie vielleicht Bekannte in Bayern? Nein. Sie führe zur Kur nach Bad Wörishofen. Wörishofen! Das kannte er. Da war seine Kusine Masseurin. »Aber warum fliegen S' dann bei der Nacht, wo doch kein Zug nicht mehr nach Wörishofen fahrt?« Und die Dame, schon sehr belästigt durch seine Fragerei: »Ich übernachte bei meiner Tochter in München.«

Im selben Augenblick kam die erste Durchsage aus der Pilotenkanzel. Eine Entschuldigung für den verspäteten Abflug. Ein Steward hatte Rauch in der Kabine entdeckt, weshalb ein gründlicher Durchcheck vorgenommen werden mußte – aber nun war alles in Ordnung. Die Stimme wünschte einen guten Flug.

Das mit dem Rauch – also so genau hatte das eigentlich kein Passagier wissen wollen. Es folgte das übliche Aufsagen und Darstellen der Sicherheitsvorkehrungen, denen niemand zuhörte. Wir rollten zur Startbahn, die Maschinen dröhnten full power auf, der Flieger donnerte los – aus den Belüftungsschlitzen der Klimaanlage fiel dunkler, beißender Rauch auf uns nieder.

Ich guckte meinen Nachbarn an, und der guckte ebenso verdutzt zurück bei angehaltenem Atem. Ein besorgter Blick aus dem Fenster auf immer tieferes Gelichter – wir hatten bereits abgehoben.

Hinter mir rief die aufgeregte Stimme der alten Dame: »Wir fliegen ja! Wieso fliegen wir, wenn's qualmt? Warum hat der Pilot nicht am Boden gebremst?«

Dazu mein Nachbar: »Au ja! Bremse mal. Mit der Schubkraft, die wir druffhaben, wären wir glatt bis Stadtmitte durchjerutscht.«

Wir mußten in die Luft, egal was passierte.

Stewardessen liefen mit nervösem Blick auf die Luftschlitze Richtung Cockpit.

Der Rauch ließ nach, hörte ganz auf, die nervöse Spannung der Passagiere nicht.

Mein Nachbar hatte plötzlich das Bedürfnis sich mitzuteilen. Er sagte: »Da könnte vielleicht eins der zig Kabel hinter der inneren Kabinenfassade kokeln.« Und dann sagte er dasselbe noch mal zu dem Passagier auf dem Gangplatz, der die Hände über seinem Gurt gefaltet hatte, als ob er bete.

»Ist das gefährlich?« fragte ich.

»Naja«, sagte er. »Aber es kann auch was anderes sein.«

»Sind Sie Flieger?«

»Nee.«

Es folgte eine Ansage aus dem Cockpit, die nach wenigen Worten abbrach. Das trug nicht eben zur Beruhigung bei. Und dann endlich eine Mitteilung in einem Stück: Die Maschine kehrt nach Tegel zurück. Aber das ließ sich bei so einem großen Vogel ja nicht im Sturzflug bewältigen, das brauchte eben seine Zeit. Eine Viertelstunde? Zwanzig Minuten? Auf alle Fälle eine Endlosigkeit, in der jeder von uns genügend Zeit zum Nachdenken hatte, zur inneren Einkehr, zur Möglichkeit, sich eine Katastrophe in allen Einzelheiten auszumalen.

Ich kannte Flugzeugabstürze aus den Nachrichten. Aber da waren sie eben schon passiert.

Passiert schon nichts im Linienverkehr über Deutschland.

Aber wenn doch? Und man kann gar nichts dagegen tun, bloß angeschnallt dasitzen mit hochgeklappter Lehne im Kreuz ... wie auf dem elektrischen Stuhl. Mein Nachbar zog einen Flachmann aus dem Reisesack zwischen seinen Füßen, schraubte ihn auf und tat einen langen Schluck, wollte ihn wieder zuschrauben, überlegte es sich anders und hielt ihn mir hin. »Sie auch? Die Bordbar wird ja wohl kaum vorbeikommen.«

»Nein danke, bloß keinen Alkohol. Ich hatte letzte Nacht genug auf einem Abschiedsfest.«

Hatte ich wirklich Abschiedsfest gesagt? Sollte ich kurz vor meinem Tod noch einmal die alten Freunde wiedersehen? Sollte es aus sein, gerade jetzt, wo ich anfangen wollte, mein Leben zu genießen?

Ein neuer Rauchausstoß.

Seit dem ersten war kein Sterbenswörtchen mehr aus dem von Natur aus so leutseligen Herrn Obermayr gefallen. Es war überhaupt sehr still in der Kabine. Jeder schien den eisernen Deckel der Disziplin über sein aufgewühltes Innenleben gestülpt zu haben. Ich war ganz sicher: Sobald die Maschine zur Landung aufsetzt, explodiert sie.

Ich schaute auf das spitznasige Profil meines Sitznachbarn. Das war vielleicht der letzte Mensch, den ich in meinem Leben sehen würde. Seine Finger spielten nervös mit dem Ring im Ohrläppchen.

Aber wenn es denn jetzt soweit ist, dann laß es schnell gehen, lieber Gott, und bitte, nicht weh tun. Vorm Wehtun hatte ich Angst.

Mein Nachbar schimpfte vor sich hin.

»Was haben Sie gesagt?«

»Dafür hab ick mir nu mühsam det Rauchen abjewöhnt. Weil et det Leben vakürzen soll.

Haha. Lebste gesund, kommt ebend wat andres. Wenn de dran bist, biste dran.«

Ich warf einen Blick zwischen den Sitzlehnen hindurch auf Herrn Obermayr. Er hielt sich an der alten Dame fest. Sie sagte: »Wir sind alle in Gottes Hand«, und er sagte, aus tiefbesorgten Gedanken heraus: »Nachad bringt sie mei Tochter ins Tierheim. Oarme Waisenhunderln ...«

Morgen früh steht es als dicke Balkenüberschrift auf den Titelseiten aller Gazetten: »... bei Landung explodiert.« Karlow wird denken: Das ist doch nicht etwa die Maschine, mit der Viktörchen nach München geflogen ist? Die Liste mit den toten Passagieren ist bestimmt noch nicht in der Frühausgabe abgedruckt.

Wieso kamen keine Durchsagen mehr? Warum beruhigte man uns nicht? Wo waren die Stewardessen geblieben? Warum ließ man uns so allein?

Man wird mich an meinen Ringen identifizieren, an meinem Gebiß. Karen hat die Fotos davon und die Röntgenaufnahmen in ihrer Kartei.

Ich möchte nicht sterben.

Mein Nachbar hielt seinen unverschraubten Flachmann mit den Händen umklammert wie einen Rettungsanker.

Wie lange noch? Wie kurz, bis es passiert?

Plötzlich durchfuhr mich ein Gedanke wie ein Schock, der alle Todesüberlegungen beiseite drängte: Du lieber Gott, ich habe nicht aufgeräumt! Die armen Kinder! Wenn sie mein vollgestopftes Haus entrümpeln müssen!

Anstatt um mich zu trauern, werden sie meine Unordnung verfluchen. Frau Engelmann hat immer wieder gesagt: Frau Hornschuh, wir müssen dringend mal auf den Speicher, da findet keine Maus ihren Schwanz nicht mehr. Aber wann je habe ich Zeit gehabt zum Ausmisten? Und wenn ich Zeit hatte, dann wußte ich etwas Schöneres mit ihr anzufangen. Jetzt ist es vielleicht zu spät. Zu spät auch, um die Briefe von meinen Liebhabern, von denen die Kinder nichts wußten, und ihre Fotos zu vernichten. Wozu habe ich die überhaupt aufgehoben? Ich habe sie ja nie wieder angeschaut.

Sie fielen mir erst jetzt wieder ein.

Auch meine Mutter fiel mir ein. Sie räumte gründlich auf, bevor sie starb. Aber sie hatte mir ihre Notizbücher hinterlassen, als postumen Vorwurf. In ihnen war aufgezeichnet, wann ich ungeduldig mit ihr gewesen bin, wann ich sie gekränkt hatte, wann sie sich von mir vernachlässigt fühlte, wie unzufrieden sie mit meinem Lebensstil gewesen ist – in jeder Notiz ein Vorwurf und kein Verständnis für mein stressiges Berufsleben. Dazu die Enttäuschung über ihre Enkel, die sich nicht genügend daran erinnerten, was sie alles, als sie noch klein waren, für sie getan hatte.

Meine Mutter hatte nachträgliche Reue beim Lesen ihrer Notizbücher von mir erwartet. Aber was hatte sie wirklich damit erreicht? Meine herzliche Trauer um sie ernüchtert. Man darf keine Vorwürfe hinterlassen.

Stehen in meinen Terminkalendern Vorwürfe gegen meine Kinder? Höchstens: »Krach mit Frederik« oder: »Karen mal wieder zum Kotzen überheblich.« Aber die beiden lesen bestimmt nicht meine Terminkalender.

Ach, meine Kinder. Ich möchte so gern, daß sie mich in guter Erinnerung behalten.

Endlich eine Durchsage: »Die Maschine setzt zur Landung an.« Wenigstens verzichtete man auf den Zusatz: Wir hoffen, Sie hatten einen angenehmen Rundflug.

Auf einmal waren auch wieder die Stewardessen da. Versicherten den Passagieren auf den Gangsitzen, die sie am Rock festzuhalten versuchten: »Alles in Ordnung. Keine Panik«, und eilten zu ihren Plätzen, um sich anzuschnallen.

Nun war es so weit. Ich schaute meinen Nachbarn an. Er zog den Kopf ein. Ich gab das Durchatmen auf vor Spannung, während die Räder die Piste berührten. Das laute Bremsen, das uns in die Sitzlehne drückte – die Erschütterung im Rumpf – dunkler Rauch schoß auf uns nieder, nebelte die Kabine ein.

Keine Explosion.

Die Maschine rollte langsam aus. Stand nun still. Wir durften nicht etwa erleichtert aufspringen. Man verdonnerte uns dazu, auf unseren Plätzen auszuharren. Man befürchtete wohl einen panikartigen Ansturm auf den Ausgang.

Alle blieben sitzen mit Fluchtgefühlen im Hintern. Wir sind schon ein diszipliniertes Volk.

Ein einziger Mann Mitte Dreißig – in einem Jackett, das wie aufgeblasen wirkte durch die Muskeln darunter – hielt die Spannung nicht länger aus und stürmte durch den Gang nach vorne mit dem Schrei: »Ich will hier raus, verdammt noch mal!«

Ich kenne solche Typen aus dem Fitneß-Studio. Da zieht er sechzig Kilo hoch bei gleichzeitigem Ausstoßen von Stöhnen wie in der Brunft. Hätte er mal lieber seine Nerven trainiert!

»So ein Schisser«, sagte mein Nebenmann verächtlich, obgleich er ihm am liebsten gefolgt wäre. Ich auch.

Die Erlösung von der zwanzigminütigen Todesangst, das Begreifen des Glücks, noch einmal davongekommen zu sein, die Freude am neugeschenkten Leben setzten erst so richtig ein, als wir auf das Eintreffen der Ersatzmaschine warteten. Von zweihundert Passagieren waren etwa achtzig übriggeblieben. Die anderen hatten es vorgezogen, in Berlin zu übernachten.

Herr Obermayr – nun wieder sprachgewaltig – trank auf dem Heimflug drei Dosen Bier und zwei Fläschchen Kognak und erzählte, wie ihm die Hosen geschlottert hatten vor Angst und wie ihm die Tränen gekommen waren bei dem Gedanken an das ungewisse Schicksal seiner Hunde. Und ein Weltumsegler erzählte, wie er einmal im Sturm vor Kap Hoorn gekentert war. Aber damals hatte er seine Rettung selbst in der Hand gehabt, er konnte etwas dafür tun – in einem Flieger nicht. Dieses Hilflos-ausgeliefert-Sein war für ihn das Schlimmste gewesen.

Die Stimmung an Bord war geradezu übermütig. Hoch die Plastikbecher mit Whisky oder Champagner!

Kurz vor der Landung trat plötzlich betretenes Schweigen ein bei dem Gedanken, daß die Heimreise mit dem Flug ja noch nicht beendet war.

Im Parkhaus und auf den -plätzen warteten unsere abgestellten Autos, die leider nicht die Ortskundigkeit ehemaliger Kutschpferde besaßen, die ihre betrunkenen Besitzer auch ohne Zügelführung sicher nach Hause zu bringen vermochten.

Einige Passagiere ließen ihre Wagen stehen und fuhren mit dem Taxi heim. Nicht so Herr Obermayr. Er trabte neben mir her zum Parkplatz.

»Machen Sie sich nicht unglücklich«, beschwor ich ihn. »Nehmen Sie ein Taxi.«

»Taxi bis Miesbach? Ja, bin i bleed? Wissen S', was des kost?«

»Den Führerschein – vielleicht den Tod am Straßenbaum. Haben Sie den Flug heil überstanden, um jetzt zu verunglücken?«

Es gelang mir, ihn zu einer Übernachtung auf dem Parkplatz in seinem Lieferwagen zu überreden. Er hatte ja genügend Hundedecken an Bord, unter denen er seinen Rausch ausschlafen konnte.

Als ich mich endlich erleichtert von ihm verabschieden wollte, hatte er eine Idee. Wie wär's, wenn ich auf ein gemütliches Stündchen bei ihm einsteigen würde. Er hätte auch einen Kasten Bier im Laderaum.

Ich bedankte mich herzlich für seine Einladung, zog es jedoch vor, auf dem direkten Weg nach Hause zu fahren, schließlich hatte ich nur ein Glas Champagner getrunken.

Herr Obermayr maunzte hinter mir her wie ein Kater im Mai.

Was für ein Tag voller männlicher Sonderangebote. Zuerst Kusine Annemies Lebensgefährte, der gerne zu mir ziehen würde. Nun Herr Obermayr: Gemütliches Stündchen unter Hundedecken im Lieferwagen.

Viktoria, sagte ich mir, du hast noch Chancen.

Kurz vor Mitternacht betrat ich mein dunkles, leeres Häuschen, stand da mit meinem unerlösten Mitteilungsbedürfnis. War versucht, Hans Karlow anzurufen – aber so spät? Vielleicht schlief er bereits die Strapazen seiner anstrengenden Geburtstagsfeier aus. Selbst wenn er noch wach war, so lag eine sehr junge Frau neben ihm, die sich wundern würde: Viktoria? Was will die denn noch so spät von dir? Und legte den Hörer wieder aus der Hand.

2

Als ich noch die Firma hatte, war ich oft des Nachts so gegen drei Uhr von Alpträumen geweckt worden und danach dem Alp der Realität ausgeliefert gewesen. Um drei Uhr früh pflegte mir alles einzufallen, was in meinem Leben gerade schief lief, und ließ mich nicht wieder einschlafen. Ich hatte mich gefühlt, wie von schweren Gewichten durch die Matratze gezogen bis auf die Auslegware zwischen Pantoffeln rechts und Drehbuch links, das mir beim Einschlafen aus der Hand gefallen war.

In dieser Nacht hatte ich traumlos acht Stunden durchgeschlafen und erwachte als freier, unbelasteter Mensch. Die Sonne schien auf mein Bett.

Unter der Dusche fiel mir Herr Obermayr ein – wie er wohl die Nacht in seinem Lieferwagen bei Temperaturen um den Gefrierpunkt verbracht haben mochte. Und wie oft er wohl am heutigen Tag die Geschichte seines dramatischen Flugs erzählen würde.

Auch ich hatte das Bedürfnis mich mitzuteilen und rief zuerst bei Karen in der Praxis an.

Es meldete sich eine der Sprechstundenhilfen. »Ach, Frau Hornschuh, Frau Doktor ist gerade in einer Behandlung. Ist es was Dringendes? Soll sie zurückrufen?«

Darauf versuchte ich meinen Sohn zu erreichen. Die Sekretärin sagte: »Er spricht gerade …

Moment, jetzt ist die Leitung frei, ich stelle durch.«

Frederiks Stimme, freundlich, aber mit der leicht nervösen Abwehr, die jedes gesellige Plaudern von vornherein ausschloß. »Tag, Mama, wie geht's denn? Ist was?«

»Ich wollte nur sagen, daß ich wieder da bin.«

»Wieso, warst du weg?«

»In Berlin. Habe ich dir doch erzählt. Hans Karlows sechzigster Geburtstag.«

»Ach ja«, fiel es ihm wieder ein. »Wie war's denn? Schön?«

»Du, ganz lustig. Eine richtige große Kneipenfete wie in alten Zeiten. Auf dem Rückflug war schwarzer Rauch in der Kabine. Wir mußten zurück nach Tegel. Die zwanzig Minuten, bis wir wieder gelandet sind, werde ich so bald nicht vergessen. So ein Flieger hat ja keine Rettungsboote an Bord.«

Frederik interessierte daran weniger die seelische Verfassung seiner Mutter als der technische Defekt, der den Rauch ausgelöst hatte. »Woran hat's denn gelegen?«

»Keine Ahnung. Das wußte das Bordpersonal selber noch nicht. Ich habe bloß gesehen, wie die Maschine abgeschleppt wurde.«

Kaum hatte ich eingehängt, rief Karen an. »Tag, Mama. Ich sollte dich zurückrufen. Ist was Besonderes? Aber mach's bitte kurz, du weißt ...«

»Ja, ich weiß. Es ist auch nicht so wichtig. Ich wollte dir nur von meinem Rückflug erzählen.«

Karen konnte ich ja nun gar nicht mit dem schwarzen Rauch imponieren. Schließlich hatte sie eine echte Notlandung miterlebt. Damals klemmte das Fahrgestell, und sie mußten über Mailand das Benzin abkreisen. Der Flugplatz war für alle anderen Maschinen gesperrt gewesen, ein Schaumteppich wurde ausgelegt. »Die Passagiere mußten Schuhe und Zahnprothesen ablegen, mußtet ihr das gestern auch? Nein? Na, dann wird's auch nicht so gefährlich gewesen sein.«

Nach diesem Gespräch kam mir die überstandene Todesangst wie eine Bagatelle vor. Die Dramatik war raus aus dem Geschehen bei dringebliebenen Prothesen der Passagiere.

Apropos Zähne, ich war seit zwei Jahren nicht mehr in Behandlung bei meiner Tochter. Karen war mir zu grob im Mund. Immer wenn ich »Aua« sagte, sagte sie: »Mama, stell dich nicht so an.« Vielleicht hatten die noch immer im Unterbewußtsein schwelenden Mutter-Tochter-Rivalitäten ihre Hand mit dem Bohrer geführt.

Karen war sechzehn und Frederik zwölf, als ihr Vater an einem Herzinfarkt starb.

Das war mitten in einer Serienproduktion gewesen bei Außenaufnahmen auf Sylt. Auf der Fahrt zum Drehort war er zusammengebrochen und gestorben, bevor sie das Krankenhaus erreichten.

Ich war gerade beim Gemüseschnipseln fürs Mittagessen, als ich die Nachricht erhielt. Ich stand am Telefon, in der einen Hand die aufgeregte Stimme des Produktionsleiters, in der anderen das Küchenmesser. Ehe ich das Ausmaß der Nachricht überhaupt begriffen hatte, verlangte man bereits Entscheidungen von mir.

Von diesem Tag an mußte ich meine Kinder vernachlässigen, denn es blieb mir nichts anderes übrig, als die Produzentenrolle selbst zu übernehmen bis zur Abnahme der fertiggestellten Serie.

Dabei kam mir zugute, daß Heinz, mein verstorbener Mann, großen Wert auf mein Urteil legte und somit jedes Projekt von der Stoffsuche an mit mir diskutiert hatte. Ich mußte auch bei allen Besprechungen, die in unserem Haus stattfanden, dabei sein und anschließend mein Urteil abgeben. Die Branche war mir somit nicht fremd, und es blieb mir nichts anderes übrig, als die Firma selbst weiterzuführen, sie war unsere Existenzgrundlage. Damals begann meine Rundreise von Sender zu Sender. Mit Schaudern denke ich noch heute an meine Vorstellungsgespräche als Nachfolgerin meines Mannes und an die kühle Abfuhr der Programmdirektoren mit der Begründung, sie hielten nichts von Witwenwirtschaft. Es war so demütigend gewesen, ein Canossagang nach dem anderen. Und beim

Heimkommen die erwartungsvollen Augen der Kinder – wenn sie mein Gesicht sahen, hatten sie erst gar nicht weiter gefragt. Ich hatte keine Aufträge und mußte ein Büro mit drei Angestellten unterhalten und ein Haus mit zwei Halbwüchsigen.

Endlich lief die von Heinz begonnene, von mir zu Ende produzierte Serie an, erhielt wohlwollende Kritiken und, was für den Sender noch wichtiger war, hohe Einschaltquoten.

Man wollte sie fortsetzen, aber nicht mit mir als Produzentin. Das Risiko, einem Neuling – noch dazu einem weiblichen – ein so großes Projekt anzuvertrauen, erschien dem Redakteur denn doch zu groß.

Ich hatte mir inzwischen bei einem Buchverlag eine Option auf einen Wirtschaftskrimi geben lassen und ging damit hausieren.

Ich glaube, es war Napoleon, der einmal gesagt hat: Er ist ein guter Soldat, aber hat er auch Fortune?

Ohne Fortune ging gar nichts im Leben. Da konnte man noch so begabt sein und noch so strampeln, es gehörte eben ein Quentchen Glück dazu. Und auf einmal war es da – gleich eine Kette von glücklichen Fügungen. Der Berliner Fernsehsender interessierte sich für meinen Stoff. Ich war deshalb zu Verhandlungen angereist und wohnte bei Hans Karlow, um die Hotelkosten zu sparen. Saß neben ihm am Zeichentisch und sah zu, wie er Figuren für einen Comic strip entwarf, als ein Freund von ihm vorbeikam, ein junger Regisseur, dem mein Mann vor Jahren die erste Regie anvertraut hatte. Inzwischen hatte er sich einen guten Namen in der Branche erarbeitet. Ich gab ihm meinen Stoff zu lesen, obgleich er für zwei Jahre ausgebucht war und somit als Regisseur nicht in Frage kam. Wenige Wochen später rief er mich in München an. Ein Projekt, für das man ihn engagiert hatte, war auf unbestimmte Zeit verschoben worden. Somit hatte er eine Lücke von sechs Wochen in seinem Terminkalender. Der Stoff reizte ihn, der Sender akzeptierte ihn mit Freuden als Regisseur – so kam es zu meiner ersten eigenen Produktion.

Ich hatte Fortune, und das nicht nur beruflich. Bereits während der ersten Besprechung am langen Tisch in meinem Wohnraum entstand zwischen uns eine Liebesgeschichte, die drei Jahre anhielt.

Nie vorher, nie nachher habe ich so bewußt mein Leben gelebt wie in dieser Zeit. Ich wurde als Produzentin anerkannt, war glücklich als Frau, nur die Kinder kamen dabei zu kurz.

Frederik hatte nichts gegen den Regisseur, der viele Wochenenden bei uns verbrachte, solange er mit ihm Flippern ging und seine Leidenschaft für Fußball teilte. Aber Karen, die Heinz abgöttisch geliebt und mich von Kindertagen an als ihre Rivalin um seine Gunst bekämpft hatte, ahnte, daß er mein Liebhaber war. Das hat sie mir nicht verziehen, so bald nach dem Tod ihres Vaters. Daß meine Ehe mit Heinz längst keine Ehe mehr gewesen war, nur mehr eine Partnerschaft, daß er mich seit Jahren mit Schauspielerinnen und solchen, die es werden wollten, betrogen hatte, ließ sie als Entschuldigung nicht gelten.

Einen Tag nach ihrem Einser-Abitur verließ sie mein Haus, zog in eine Wohngemeinschaft und fand nur noch als Dauerauftrag auf meinen Kontoauszügen statt. Sie meldete sich bloß, wenn sie meine Unterschrift oder irgendwelche Familiendokumente benötigte. Am Telefon ließ sie sich verleugnen. Von Frederik, der sich ab und zu mit ihr in der Stadt traf, erfuhr ich von ihrem Studienplatz für Zahnmedizin. Er rief mich auch in Paris an, als sie mit einer schweren Salmonellenvergiftung auf der Intensivstation lag. Ich flog mit der nächsten Maschine nach München zurück. Karen war damals zu schwach, um sich gegen meine Anwesenheit zu wehren. Vielleicht hat sie mich auch gebraucht in ihrem elenden Zustand. Zumindest durfte ich von da an wieder einmal pro Woche mit ihr telefonieren, aber auch das nur an einem bestimmten Tag zu einer bestimmten Zeit. Zähneknirschend hielt ich ihre Termine ein. Was sollte ich machen, ich wollte sie nicht ganz verlieren.

Inzwischen bin ich mit Frau Dr. med. dent. Karen Hornschuh ganz gut befreundet, wenn auch nicht intim. Ihren Bekanntenkreis hat sie mir bisher nicht vorgestellt.

Frederik wohnte noch mehrere Jahre zu Hause, versorgt von wechselnden Putzfrauen. In der Schule blieb er sitzen und schikanierte seine Nachhilfelehrer. Wenn ich spät abends nach Hause kam, dröhnten seine Kassetten durchs Haus. In meinen Sesseln hingen mir unbekannte Typen wie knochenlos herum und quälten sich höchstens ein »Hi« ab, wenn ich in der Tür auftauchte. Der Gedanke, sie könnten meinen Sohn zu Drogen verleiten, machte mich damals ganz krank.

Frederik versicherte mir zwar immer wieder: Mama, ich fixe nicht, ich bin doch nicht blöd und mach mir meine Zukunft kaputt – aber das hatten auch die Kinder meiner Freunde ihren Eltern versichert. Am lautesten diejenigen, die längst an der Nadel hingen. Frederik hat mir damals große Sorgen gemacht. Wenigstens schaffte er mit Ach und Krach sein Abitur mit zwanzig Jahren. Ich schickte ihn darauf nach Chikago zu einem Vetter seines verstorbenen Vaters, der Deutschlehrer an einem College war. Von seinem pädagogischen Einfluß versprach ich mir viel, nachdem ich ständig von Außenstehenden belehrt worden war, daß »der Junge eine starke männliche Hand« brauche.

Nach einem Monat im Hause des Onkels hatte Frederik die Nase voll von männlich-pädagogischer Bevormundung und entzog sich ihr, indem er abschiedslos verschwand und durch die Staaten trampte, mit Ansichtskarten dann und wann, die mich beruhigen sollten: Mach dir keine Sorgen, dein Sohn lebt.

Wie gut oder wie schlecht er damals lebte, habe ich nie so recht erfahren. Frederik beschränkte sich bei seiner Heimkehr auf das Erzählen spannender oder lustiger Episoden, wohl um mich nicht nachträglich aufzuregen.

Etwa vier Monate nachdem er in Chikago ausgerissen war, kam eine Karte aus San Diego: »Bitte überweise Geld für zwei Tickets San Diego – München. Bringe Susan Barreto mit. Kuß Frederik.« Und dann noch die Adresse, wohin ich das Geld telegrafisch überweisen sollte.

Was für ein Tag! Fast so schön wie der, als man ihn mir nach der Geburt in den Arm gelegt hatte. Ich war bereits eine Stunde vor Ankunft seiner Maschine am Flughafen. Je näher der Moment der Landung rückte, um so mehr mischte sich Angst in meine Freude. Wie kam Frederik wieder? Süchtig? Heruntergekommen? Hatte er diese Susan Barreto auf der Landstraße kennengelernt, in einem Obdachlosenasyl, in der Drogenszene?

Egal wie und mit wem, Hauptsache, ich bekam ihn wieder.

Und dann sah ich ihn die Ankunftshalle betreten. Um zehn Pfund hagerer, sonnengegerbt, mit ausgebleichten Haaren, ein hinreißender junger Mann, ja, Mann, kein Junge mehr.

Einen Augenblick lang sah er mich forschend an: Was jetzt? Hat sie Vorwürfe mitgebracht?

»Nun komm schon«, lachte ich, unendlich erleichtert und froh. »Gib Mama 'n Kuß.«

An der Art, wie er mich umarmte und festhielt, spürte ich, daß auch er mich ab und zu sehr vermißt haben mußte. Und als ob er meine Besorgnis erraten hätte, versicherte er: »Ich bin clean. Nix Drogen. Bloß total abgebrannt.«

Und dann fiel uns beiden gleichzeitig ein, daß er ja nicht allein zurückgekommen war.

Susan Barreto hatte, zwei Schritte hinter Frederik, unser Wiedersehen abgewartet.

Oh, Susanna.

Der erste Moment unserer Begegnung war wohl der einzige, an dem ich sie verschüchtert erlebt habe. Sie hatte genausoviel Angst vor Frederiks Mutter wie ich vor dem Mädchen, das er als Andenken an seine Tramperzeit mitbrachte. Dann traute sich so ein kleines Lächeln in ihr schmales, südländisches Gesicht.

Wir übersprangen das Stadium des Fremdelns und liebten uns vom ersten Augenblick an. Daran hat sich in den vergangenen zehn Jahren mit Frederik nichts geändert.

Er hatte sie nicht, wie befürchtet, in einem Obdachlosenasyl und nicht auf der Landstraße kennengelernt, sondern als Hilfsschwester in einem Spital in San Diego, in dem er als Putzmann gejobbt hatte.

Susans Mutter war Amerikanerin, ihr Vater Brasilianer. Beide arbeiteten im selben Hotel in San Diego, sie für die Wäsche zuständig, er als Nachtportier. Somit hatten sie sich rund um die Uhr beim Hüten ihrer Kinder abwechseln können.

Ich habe sie im Laufe der Jahre alle kennengelernt, in San Diego und zu Besuch in München – da wohnten sie meistens bei mir. Was für eine herzliche, temperamentvolle, unkomplizierte Familie.

Susan war die schönste von vier Töchtern. Sie hatte das Gesicht einer Madonna. Es stand nur selten in Harmonie mit ihrem Temperament. In meiner Gegenwart war sie stets fröhlich und sanftmütig. Frederik begegnete mir zuweilen mit einer Beule an der Stirn oder einem Pflaster auf der Hand, das Kratzwunden verdecken mußte, was darauf schließen ließ, daß ihre große Liebe nicht nur Eintracht, sondern auch Kriegszustände einschloß. Wenn Susan mich öfter als zweimal pro Woche anrief, auch nachts, dann wußte ich, sie hat Hunger nach Mütterlichkeit.

Wenn Frederik gleichzeitig unverhofft in meinem Büro aufgetaucht war und einfach so herumstand und störte und dann wieder ging, ohne mitzuteilen, weshalb er gekommen war, ahnte ich: Jetzt steht es gerade schlecht um die deutsch-amerikanische Beziehung.

Wenn ich anschließend eine Woche lang nichts von ihnen hörte, war ich beruhigt. Dann liebten sie sich wieder und brauchten mich nicht.

Ich war ihnen immer dankbar dafür, daß sie mich nie mit den Details ihrer Krisensituationen belasteten und somit nie von mir verlangten, Partei zu ergreifen.

3

Nach fünf faulen, bequemen Tagen in Jeans, Turnschuhen und knielanger, um mich herumschlabbernder Wolljacke, mit zufrieden glänzender Haut, weil ohne Make-up, ausgefüllt mit Lesen, Papiereordnen und Schlafen, fiel mir zum erstenmal die Stille auf. Nun ja, mein Häuschen lag in einer ruhigen Nebenstraße, in der ich mit keinen Bewohnern Kontakt hatte, seit Lilly und Walter Böhler aus dem Nachbarhaus ausgezogen waren.

Es war wohl weniger die Stille, als der plötzliche Stillstand in meinem hektischen Leben, der mir zu schaffen machte. Ich saß auf meinem Bettrand und schaute zum Fenster hinaus, in das noch kahle Geäst einer Buche, die plötzlich zu leben begann. Hunderte von kleinen Finken hatten sich auf ihr niedergelassen, es sah so aus, als ob ihre Zweige graue Blättchen trügen. Ein Baum voller Zwitschern.

Wo blieben eigentlich die Vögel, wenn sie starben? Die Erde müßte doch mit ihnen besät sein. Nicht einmal auf meinen Waldspaziergängen hatte ich welche gesehen, auch kein übriggebliebenes Gefieder. Und wie kam ich plötzlich darauf, über den Verbleib von toten Vögeln nachzudenken?

Warum rief mich keiner an? Früher hatte mich Telefonschrillen aus dem Schlaf geholt, vom Klo sowieso. Auf einmal nichts mehr, wie abgeschnitten. Ich hatte schon probiert, ob es überhaupt noch tutete. Vielleicht war der Apparat kaputt. Nein, der Apparat war heil.

Nicht einmal Autoren und Schauspieler riefen an, um sich nach meinem Befinden zu erkundigen. Um sich durch diese Fürsorge bei mir in Erinnerung zu bringen.

Anscheinend hatte sich mein Ausscheiden aus der Firma in der Branche herumgesprochen. Nun wollte keiner mehr wissen, wie es mir ging. Auch diejenigen, mit denen ich mich im Laufe der Zusammenarbeit anhaltend befreundet hatte, meldeten sich nicht. Aber früher hatten wir ja auch nicht täglich miteinander telefoniert – höchstens alle paar Wochen einmal, wenn sie gerade in München zu tun hatten.

Wenigstens meine ehemalige Buchhalterin Frau Holle hätte anrufen können. Auf unserer Abschiedsparty hatte sie heulend an meinem Hals gehangen: Ach, Frau Hornschuh, wie konnten Sie mir das antun? Was wird der Neue aus unserer Firma machen? Am liebsten würde ich kündigen, aber wo finde ich denn noch was in meinem Rentenalter? Nur zu Hause rumsitzen? Ohne Arbeit, nee – da geh ich ein. Ich hab doch niemand. Ich bin ganz alleine – kein Kind – kein Kerl – kein Klacks. Kann ich Gott danken, daß der Drexel mich übernommen hat.

Ich tigerte ein bißchen verloren durch das Erdgeschoß, in dem sich im Laufe der Jahre so viele Möbel, Bilder, Skulpturen und Kleinkram angesammelt hatten. Und Bücher, die nicht mehr in die Regale paßten, irgendwann am Boden oder auf Stühlen gestapelt werden mußten und nicht mehr fortgeräumt wurden, weil ich nicht wußte, wohin mit ihnen.

Ein Leben lang schafft der Mensch an. Wozu braucht man mehr als ein Bett, ein Sofa, Stühle, einen bequemen Sessel, einen Tisch, Schränke und eine funktionell eingerichtete Küche?

Heinz und ich waren mit dem Allernotwendigsten eingezogen. Aber dann fehlten Vasen für Blumen, an der Wand ein Bild, da noch eine Lampe und immer so weiter – das Anschaffen hatte ja auch Spaß gemacht: die Freude, etwas günstig erstanden zu haben. Lauter Trouvaillen hatten wir zusammengetragen, bis selbst auf den Fensterbrettern kein Platz mehr zum Hinstellen gewesen war.

Und das, was ich einmal als eingetopfte Blattpflänzchen nach Hause brachte, hatte sich inzwischen zu sperrigen, deckenhohen Bäumen entwikkelt: Die müssen alle weg. Aber wohin mit ihnen? Man kann sie doch nicht einfach so rausstellen und vertrocknen lassen. Man muß sie in gute Hände geben. Aber wer – mit guten Händen – hat noch Platz in seiner Wohnung für Büsche oder beispielsweise für meine Riesenpalme, es sei denn, er stellt sie mitten im Zimmer auf, bohrt ein dikkes Loch in einen runden Tisch für ihren Stamm und fühlt sich auf den Stühlen drumherum wie subtropisch verreist, mit herunterhängenden, piekenden Palmwedeln im Nacken.

Zum erstenmal machte ich mir Gedanken über das Abschaffen all dessen, was wir einmal gesammelt hatten, ohne die Vorstellung, wie es uns im Alter belasten könnte.

Ich muß das Haus entrümpeln! Ich hatte den Schwur getan, es vom Speicher bis zum Keller auszumisten, wenn ich den Rundflug über Tegel lebendig überstehen würde.

Ich wollte eines Tages als rücksichtsvolle, aufgeräumte Mutter betrauert werden, holte deshalb einen Waschkorb und begann all die überflüssigen Staubfänger – Nippes, Geschenke, Mitbringsel von großen Reisen, den ganzen Kuriositätenkitsch – in ihn hineinzupacken. Die Wohnung wurde dadurch optisch nicht leerer, aber die Erinnerungen nahmen ab. Irgendwie war ja jeder Gegenstand mit einem Erlebnis oder mit einem Menschen verbunden, den man einmal lieb gehabt hatte ...

Warum war ich nicht rigoros genug. Warum war ich so sentimental.

Erst nahm ich ein Stück aus dem Korb heraus, dann noch eins. Am Schluß hatte ich drei Viertel der geplanten Ausschußware wieder an ihren alten Platz zurückgeräumt.

Gemeinsam mit Frau Engelmann, meiner langjährigen Zugehfrau, stieg ich zum Speicher hinauf, um ihn zu entrümpeln.

Allein das Öffnen war mit Schwierigkeiten verbunden. »Klemmt die Tür?« wunderte ich mich.

»Na. Nix. Der ist gesteckt voll«, klärte sie mich auf und erinnerte mich gleichzeitig daran, daß sie mich ja seit Jahren gemahnt hatte, den Speicher aufzuräumen.

Wir schoben uns durch die halbgeöffnete Tür hinein, und ich mochte es nicht glauben, was ich im aufflackernden Neonlicht da vor mir sah.

Außer meinen eigenen, ausrangierten Möbeln, Radios und Stereoanlagen, zig Jahrgängen des »Spiegel« und vielen Kisten hatten meine Kinder inzwischen hier alles untergebracht, was sie aus dem Nachlaß von Onkeln und Tanten geerbt hatten und selbst nicht gebrauchen konnten, aber auch nicht wegwerfen wollten, weil sie es vielleicht doch noch mal verwenden könnten, was sie nie tun würden.

Ich räumte gefüllte Hutschachteln und uralte Golfsäcke vom Deckel einer Reisetruhe mit den Initialen ihrer verstorbenen Patentante Alicia Charlotte Berlinger, um sie zu öffnen, griff in kostbare Abendroben von Balmain und Givenchy (stand im Halsausschnitt) und hielt sie hoch. Größe 36. Wir weiblichen Hornschuhs paßten da eh nicht hinein. Karen hatte vierzig und ich achtunddreißig, und beide wurden wir eh nicht in Monaco zum Galaball eingeladen, wo wir solch edlen Plunder hätten tragen können.

Ich strich mit der Hand über plissierte, elfenbeinbleiche Seide, über eine mit Türkisen und Perlen bestickte Korsage voll morbidem Duft, der von einem alten Parfüm übrigbleibt, wenn sich Blüten- und Gewürzessenzen verflüchtigt haben. Das war Moschus, gewonnen aus der Geschlechtsdrüse des Moschushirsches während der Brunft, weshalb man die armen Tiere beinahe ausgerottet hatte, bevor man ihren Sexualduft synthetisch herzustellen vermochte. »Das haben die Kinder hier untergestellt, während ich verreist war. Die haben von meinem Speicher mehr Gebrauch gemacht als von ihrer Mutter. Stimmt doch, oder?«

»Jo mei«, drückte sich Frau Engelmann um eine Parteinahme herum. »Aber was mach mir jetzt mit dem G'lump?«

»Nichts«, sagte ich, »überhaupt gar nichts. Wie komm ich dazu? Ist ja alles ihr Zeugs. Damit sollen sie sich selber rumärgern, wenn ich tot bin.« Und fühlte mich somit, was den Speicher anbetraf, von meinem Gelübde befreit.

Am nächsten Tag machte ich mich an die Bücherregale, um Platz für moderne Autoren zu schaffen. Da gab es eine Reihe von Schriftstellern, mit denen ich schon in meinem Elternhaus in einem Raum zusammen gewohnt hatte, ohne mit ihnen bekannt zu werden. Ich hatte ihre Werke ein Leben lang für teure Fracht von einer Wohnung zur anderen mitgenommen, bis sie in diesem Hause endlich in Ruhe einstauben durften. Ich hatte sie behalten mit der Absicht, sie irgendwann zu lesen. Nun war ich im Ruhestand angekommen, um mein Versprechen einzulösen. Aber den gesammelten Nietzsche? Vier Bände mit Marx' »Kapital«? Fünf komplette Kunstgeschichten? Eine reichte doch. Bloß welche von den fünf? Und all die Romanschriftsteller, die meine Eltern zusammengetragen hatten. Mußte ich noch Sudermann lesen? Max Halbe? Gustav Meyrink? Jakob Wassermann? Heinrich Mann? Fritz Reuter? Von Franz Werfel schlug ich einen Band auf, ehe ich ihn in den Waschkorb warf, und geriet dabei mitten in ein Gedicht.

... Kinder laufen fort.
Söhne hängen Weibern an.
Töchter haben ihren Mann;
Briefe kommen dann und wann
nur auf einen Sprung.

Kinder laufen fort,
etwas nehmen sie doch mit.
Wir sind ärmer, sie sind quitt.
Und die Uhr geht Schritt für Schritt
um den leeren Tisch.

Ein halbes Gedicht in einem Buch, das ich gerade fortwerfen wollte.

Vielleicht war in den anderen, die ich bereits aussortiert hatte, auch noch etwas, was mich so sehr berühren würde wie dieses Gedicht. Vielleicht sollte ich sie doch noch aufheben?

Somit brach mein ganzes Entrümpelungsprogramm erst einmal zusammen.

»Und die Uhr geht Schritt für Schritt / um den leeren Tisch.«

Der lange, rechteckige Tisch im Wohnraum. Er war einmal Familientreffpunkt gewesen. Die Futterkrippe, um die sich alle versammelt hatten – durcheinanderredend, streitend, lachend, und manchmal flog auch einer heulend vom Tisch. Frederik und Karen hatten ihre Freunde zum Essen mitgebracht. Nicht daß es denen bei uns besser geschmeckt hätte als zu Hause, es ging nur ein bißchen fröhlicher und ungezwungener bei uns zu.

Für jeden, der vorbeikam, war ein Platz an diesem Tisch gewesen. Seine Platte war mit den Narben verglühter Zigaretten, mit Topfringen und einem unausrottbaren Tintenfleck verunziert – ich wäre nie auf die Idee gekommen, sie restaurieren zu lassen. Oder die Tischbeine mit den Spuren spitzer Hundezähne.

Jede seiner Schäbigkeiten hielt die Erinnerung an voll gelebte Zeiten lebendig. Auch an Heinz, meinen Mann, an unsere ersten, verschuldeten

Jahre, den Zusammenhalt beim Aufbau der Firma, an die Kraft, die uns ein intaktes Familienleben verliehen hatte und die uns half, mit Schicksalsschlägen und beruflichen Mißerfolgen fertig zu werden.

Bis zum Verkauf der Firma hatten an diesem verlebten Möbel noch immer Drehbuchbesprechungen bis in die Nacht stattgefunden.

Nun ging die Uhr »Schritt für Schritt um den leeren Tisch«. Und tickte dabei so penetrant laut wie ein Küchenwecker in meine Stille.

Zum erstenmal seit drei Jahren, seit der Zeit, da ich mich von meinem letzten Freund getrennt hatte, weil ich meine Kräfte für die Firma brauchte und mich nicht länger mit einer komplizierten Männlichkeit zusätzlich belasten mochte, wurde mir bewußt, wie allein ich lebte. Nicht einmal ein Hund lag mehr zum Drübersteigen auf dem Fußboden herum. Der Kontakt zu meinen früheren Freunden und Bekannten war im Laufe der Jahre eingeschlafen, weil ich ihnen immer wieder aus Termingründen absagen mußte.

Jede freie Zeit hatte den Wert von Schulferien besessen, selbst wenn ich ihn mit dem Aufarbeiten meines Schreibtisches, mit Silberputzen und Blumenpflanzen verbrachte.

Nun wuchsen sich Ferien zu einem Dauerzustand aus, und ich hatte noch so gar keine Erfahrung, damit umzugehen.

*

Ich setzte mich ans Telefon und fing bei A an, Bekannte von früher anzurufen. Christa Ahrend, Fabrikantenfrau.

»Vicky? Das darf nicht wahr sein! Meldest du dich auch mal? Ich dachte, du würdest mit uns unprominenten Normalbürgern gar nicht mehr verkehren! – Was? Du hast deine Firma verkauft? Na so was. Muß ich Kurti erzählen. – Wir müssen unbedingt mal ratschen. Aber jetzt kann ich nicht. Wir erwarten Gäste heute abend. Ich koche selbst. Stadtküchen kann man ja nicht mehr bezahlen, alles ist so wahnsinnig teuer geworden. Ich würde ja sagen, komm auch, aber ich habe keinen Tischherrn für dich.«

»Wozu braucht man heute noch einen Tischherrn?« erkundigte ich mich.

»Na hör mal, es kommen lauter Ehepaare.«

»Und dazu passen keine Singles? Nicht, daß ich kommen möchte, ich kann sowieso nicht. Aber es interessiert mich.«

»Also wirklich, du stellst vielleicht Fragen – Vicky, ich muß jetzt in die Küche! Laß uns ein anderes Mal ...«

Beim nächsten Versuch kreischten Kleinkinderstimmen hinter der entnervten Stimme von Lilo Behrend: »Vicky! Du bist's! – Meine Tochter ist im Krankenhaus. Ich hab inzwischen die Enkel hier, noch fünf Tage – Benjamin, laß den Hund in Ruh, wie oft (Heulen) – siehst du! Das ist die Strafe – hundertmal hab ich dir gesagt, du sollst Lumpi nicht am Schwanz ziehen, das hättest du auch nicht gern, ach Gott, was sag ich da! Aber nein, du kannst ja nicht hören – nun zeig mal den Finger. Ist ja gar nichts zu sehen – Oma pustet, so (neuerlicher Schmerzensschrei) – was ist denn jetzt schon wieder – Püppilein, hattu Köppi stoßen? Oma kommt ja schon – Vicky? Bist du noch dran? Ich ruf dich nächste Woche an, dann habe ich mehr Zeit tschühüüs.«

Danach meldete ich mich bei Lilly und Walter Böhler, meinen ehemaligen Nachbarn.

Walter war so rasch am Apparat, als ob er jedem Anruf entgegenjieperte: »Ich bin inzwischen pensioniert. Das weißt du noch nicht? Wir haben uns ja auch ewig nicht gesprochen. Da kommt Lilly. Viktoria ist am Telefon.«

Lilly nahm ihm den Hörer ab: »Bist du zu Hause? Ich ruf gleich zurück.«

Fünf Minuten später stieß Lilly einen Seufzer der Erleichterung in mein Ohr. »So, jetzt ist er raus. Ich habe ihn mit dem Hund geschickt. Oh, Vicky, wie kann man nur so einen Aktivisten wie Walter in den Ruhestand versetzen? Der und Ruhestand! Denkt denn niemand an die arme Ehefrau? Du weißt, ich liebe ihn von Herzen, aber Walter in einem Stück vom Aufwachen bis zum Schlafengehen? Ein Glück, daß er seinen Sport hat und den Hund. Da habe ich wenigstens ein paar Stunden am Tag Ruhe vor ihm.« Und dann mit all der Herzlichkeit, die ich zur Zeit so nötig hatte: »Schön, daß du angerufen hast. Wie geht's dir denn? Und den Kindern? Ach, wenn du wüßtest, wie oft ich die Zeit zurückwünsche, wo wir noch Zaun an Zaun gewohnt haben. Hier prozessieren wir mit dem Nachbarn links, mit dem rechten sind wir spinnefeind wegen Wilhelms Bellerei ...« Lilly erzählte und erzählte, bis sie Walter zurückkommen hörte. »Wir müssen uns unbedingt sehen. Ich komme zu dir, damit wir mal in Ruhe reden können. Wenn ich hier 'ne Freundin zu Besuch habe, sitzt er immer dabei und hört zu, falls er uns überhaupt zu Wort kommen läßt.«

Als ich eingehängt hatte, fiel mir auf, daß ich in einer Viertelstunde nicht dazu gekommen war, ihr vom Verkauf meiner Firma zu berichten.

Ich führte noch etliche Telefonate an diesem Tag und stellte fest, daß die meisten meiner Freunde und Bekannten, die nicht mehr beruflich tätig waren, ihren ehemaligen Arbeitsstreß in unermüdliche private Betriebsamkeiten umgewandelt hatten. Ihr Terminkalender war ausgefüllt mit kulturellen, sportlichen und gesellschaftlichen Veranstaltungen, mit Reisen, dem Hüten von Enkelkindern, mit Krankenpflege und Malkursen. Alle klangen schrecklich beschäftigt, keiner schien sich einsam zu fühlen, zumindest gab es keiner zu.

Ich rief auch Frau Holle an, meine ehemalige Buchhalterin. Och danke, sie konnte nicht klagen. Es gehe in der Firma ein bißchen chaotischer zu als früher, aber sie kam mit den neuen jungen Leuten gut aus, und der Drexel, mein Nachfolger, war sehr zufrieden mit ihr. »Er sagt, so eine exakte Buchführung wie meine hätte er noch nie gesehen. Naja, ich hab eben noch 'ne ganz andere Arbeitsmoral als die Jungen. Und wie geht es Ihnen denn so als Freifrau?«

»Ich muß mich erst dran gewöhnen«, sagte ich.

»Das habe ich geahnt!« freute sie sich. »Wenn so alte Arbeitspferde wie wir auf die Weide geschickt werden ... Aber Sie sind ja freiwillig gegangen. Nun sehen Sie mal zu, wie Sie damit fertig werden. Ist ja 'ne große Umstellung. Aber Ihnen geht's ja gut. Sie müssen nicht bloß von Rente leben. Sie haben Ihr Häuschen und vor allem Ihre Kinder ...«

Wenn Frau Holle wüßte, wieviel ich von meinen Kindern hatte!

4

Ein sonntäglicher Brunch bei Lilly und Walter Böhler. Er sollte im Garten stattfinden. Der Wetterbericht hatte ja erst für Montag vereinzelt Niederschläge vorausgesagt. Die Niederschläge hatten versäumt, den Wetterbericht zu hören und trafen gleichzeitig mit den ersten Gästen auf Böhlers Terrasse ein. Da gab's auf dem überdachten Teil zwar Heizstrahler, aber von den älteren Anwesenden hatten es etliche im Kreuz und wollten lieber rein, auch den Jüngeren wurde die Luft zu feucht. Somit blieben nur der Grill draußen und Walter mit Lillys Plastikschürze vorm Bauch, um die Fleischstücke zu wenden.

Ich kam als eine der letzten. Lilly führte mich zwecks Vorstellung von Sitzgruppe zu Sitzgruppe. Außer den Böhlers kannte ich keinen einzigen Anwesenden und hatte den Eindruck, sie wollten mich auch nicht kennenlernen, sie waren sich selbst genug. Im Grunde störte mein Auftritt ihre Gespräche. Zirka sieben Leute scharten sich um den Fernseher und verfolgten konzentriert eine Videoaufzeichnung vom letzten Golfmasters in Augusta, USA. Lilly wollte mich mit ihnen bekannt machen, aber ich winkte ab: »Ach laß man, das muß ja nicht gleich sein.«

Dort, wo sich Walters Freunde aus dem Tennisclub zusammengefunden hatten, wurde zufällig nicht von Tennis gesprochen, sondern von einem

Bridgeturnier und der Zusammenstellung der Tische dafür.

Lilly mußte in die Küche, ich trabte ihr nach wie ein Hündchen. In der Küche stopften zwei Männer Tatarbrötchen in sich hinein. Einer erzählte, Zwiebelstücke spuckend, von seinem dramatischen Gewitterflug in einer einmotorigen Cessna über die Alpen. Ich dachte: Hier bist du richtig, hier kannst du endlich deinen Rundflug über Tegel mit schwarzem Rauch loswerden. Aber kaum hub ich damit an, guckten sie mich mit einem so langgedehnten, irritierten Blick an: Was soll das, gnä Frau?

Lilly nahm meine Verlegenheit in den Arm und schob mich in den Wohnbereich zurück, und zwar an einen reinen Damentisch (irgendwo mußte ich ja unterkommen), an dem man gerade die Vor- und Nachteile von Pampers diskutierte. Es ging da speziell um den Enkel einer Oma, der schon dreieinhalb Jahre alt war und seinen seit Jahren vorbestellten Platz im Kindergarten nicht wahrnehmen konnte, weil er noch immer Pampers in der Hose hatte. Der Kindergarten nahm aber nur solche auf, die inzwischen gelernt hatten, aufs Töpfchen zu gehen. Und wer war nun daran schuld?

»Meine Schwiegertochter«, sagte die Oma. »Den jungen Frauen von heute macht es der Fortschritt einfach zu bequem. Die müssen ja keine Stoffwindeln auf dem Herd kochen und aufhängen und bügeln so wie wir damals. Wir haben doch alles getan, um unsere Kinder so früh wie möglich sauber zu kriegen, damit wir die Windelwirtschaft loswurden.«

Zum erstenmal wurde ich von einem der Gäste dieses Brunchs direkt angesprochen, und zwar von der Dame, hinter der ich auf einem hinzugeschobenen Stuhl saß. »Haben Sie auch Enkel?«

»Nein.«

»Ach«, mit einem leicht befremdeten Mustern. Ich sah doch so aus wie eine, die schon Enkel haben müßte. »Aber Sie haben Kinder, oder?«

»Ja, zwei.«

»Und die?«

»Die sind längst sauber«, entfuhr es mir, und ich fügte rasch hinzu: »Meine Tochter geht in ihrem Beruf auf. Mein Sohn und seine Freundin lassen sich noch Zeit. Sie sagen, nicht vor Mitte Dreißig.«

Und darauf eine Frau, die ich auf Anfang Fünfzig schätzte: »Jaja, der Trend zu Spätgeburten setzt sich immer mehr durch. Ich habe meine Kinder auch erst mit Mitte Dreißig bekommen. Und das nie bereut. Wenn man mit zwanzig Mutter wird, glaubt man doch irgendwann, etwas Entscheidendes in seinem eigenen Leben versäumt zu haben. Berufliche Bestätigung, Liebesabenteuer. Mitte Dreißig hat man das alles gehabt und auch die Reife und das richtige Verständnis für Kinder.«

»Also da bin ich ganz anderer Meinung als Sie, Frau Burger«, begehrte eine andere auf. »Ich habe meine Tochter mit neunzehn bekommen. Ich bin wie eine ältere Schwester für sie.«

»Und wo war Ihre Tochter, als Sie vierzig wurden?«

»Naja, da ging sie auf die Hotelfachschule.«

»Sehen Sie. Da waren Sie sie los. Und ich mit einundfünfzig behalte meine beiden noch ein paar Jahre zu Haus«, freute sich Frau Burger. »Was ist nun besser?«

»Es ist eben alles relativ«, sagte eine Frau, die bisher nur zugehört hatte und stand auf. »Ich muß mal nach meinem Mann sehen.«

Frau Burger stand auch auf, sie wollte ans Büfett, wo Nachschub vom Grill eingetroffen war. Und die nächste ging zu ihrem Mann, der vorm Video saß, und kraulte ihn im Nacken, was ihm lästig war. Ehe ich am Tisch allein zurückblieb, um Zwiesprache mit abgegessenen Tellern zu halten, stand ich auch auf.

Beim Anstehen vor der Gästetoilette sprach mich eine jüngere Frau aus der Tennisclique an. »Ich habe gehört, Sie sind Fernsehproduzentin.«

»Das war ich bis vor einem Monat.«

»Dann kennen Sie doch sicher die Manuela Neuss?« (Den Namen habe ich aus Diskretion geändert.)

»Ja, die kenne ich. Sie hat mal bei uns eine Rolle gespielt.«

»Nun habe ich gestern beim Friseur gelesen, daß sie sich hat scheiden lassen. Also das versteh ich nicht, das war doch eine solche Musterehe mit zwei süßen Kindern und dem niedlichen Hund. Wer von beiden bekommt denn nun den Hund? Wissen Sie was Näheres?«

Ich wollte gerade die Haustür hinter mir zuziehen, als Lilly mit einem Tablett voll Kaffeetassen die Küche verließ und meinen Fluchtversuch mit dem Ausruf »Vicky! Sag bloß, du willst schon gehen«, aufhielt.

»Es war sehr schön bei euch«, versicherte ich. »Vielen Dank für die Einladung, aber ich …«

»Jaja«, begriff Lilly, meine Suche nach einer Entschuldigung abkürzend, »es war langweilig für dich.« Und stellte das Tablett auf dem Dielentisch ab. »Es ist immer schwierig, neu in einem Kreis von Leuten zu sein, in dem sich alle kennen. Es gibt sich ja auch keiner Mühe, einen mit in ein Gespräch zu ziehen.«

»Warum sollten sie auch«, lachte ich. »Ich bin weder ein Golfloch, noch habe ich einen Tennisarm, spiele kein Bridge. Ich habe nicht mal Enkelkinder.«

Lillys Augen leuchteten auf. »Soll ich dir was sagen? Ich bin nicht mal ein Clubmensch. Walter wollte unbedingt, daß ich Golf lerne. Vierzig Trainerstunden habe ich auf der Drivingrange verhackt. Dann sah er selbst ein, daß ich ein hoffnungsloser Fall bin. Es ist ihm lieber, ich spiele überhaupt nicht, als daß ich ihn blamiere. Du kennst ja seinen Ehrgeiz. Jetzt habe ich es gut. Ich kann inzwischen in Ruhe in meinem Garten buddeln und vorm Fernseher bügeln. Guck mir dabei alte Schnulzen an. Hat Walter mich neulich dabei erwischt und gesagt, ich hätte kein Niveau.« Sie lachte herzlich.

Gemeinsam mit ihrem Hund Wilhelm – er war ihr Kinderersatz, seit sie vor sieben Jahren ihre einzige Tochter durch multiple Sklerose verloren hatten – begleitete sie mich zum Auto.

»Manchmal beneide ich dich. Du mußt nicht rund um die Uhr für einen Mann dasein. Du kannst machen, was du willst.«

»Ach, weißt du, Lilly«, sagte ich, meine Tasche nach den Autoschlüsseln durchforstend, »man wünscht sich immer das, was man nicht hat. Und wenn man's dann hat, ist es längst nicht so reizvoll, wie man es sich vorgestellt hat.«

»Hast du auch wieder recht«, sah sie ein. »Was machst du denn jetzt? Erzähl mal. Hast du Reisepläne?«

»Pläne schon, nur keinen passenden Partner dafür. Man kann ja nicht mit jedem reisen. Man möchte doch auch noch befreundet sein, wenn man zurückkommt.«

»Verstehe«, sagte Lilly und pfiff nach ihrem Hund, der sich zu weit entfernt hatte. »Und alleine macht's ja auch keinen Spaß.«

Wir verabredeten uns für den nächsten Mittwoch, an dem Walter seinen Billardabend hatte.

Als ich ins Haus zurückkam, rief Dr. Ilse Wagenseil an, um mich wie jedes Jahr zu einem Dia-Vortrag über ihre Kulturreisen einzuladen. Wo nahm sie nur die Unerschütterlichkeit nach all meinen Absagen her! Es verband mich so gar nichts mit dieser pensionierten Oberstudiendirektorin, außer der Zufälligkeit, in den fünfziger Jahren Zimmer an Zimmer mit ihr in Berlin zur Untermiete gewohnt zu haben. Diesmal sagte ich zu, denn ich hatte am Abend ihres Vortrags nichts Besseres vor. Außerdem hatte sie mir eine Überraschung versprochen.

Was konnte das schon für eine Überraschung sein!

5

Ilse Wagenseil hatte eine alte Villa im Lehel, nahe dem Englischen Garten, von ihren Eltern geerbt. Sie bewohnte das Parterre, die oberen Stockwerke waren vermietet.

In ihrer hochräumigen Wohnung hatte sich seit ihren Kindertagen nichts verändert, bis auf eine neu angeschaffte Sitzgruppe. Eine eidottergelbe, plüscherne Insel mit Fransen zwischen reinem Jugendstil, der wiederum von ihren Großeltern mütterlicherseits in diesem Haus zusammengetragen worden war, wie sie mir später erzählte. An den Wänden hingen Gemälde von Stuck, auch ein Porträt ihrer Großmutter. Ich dachte, was für eine Fundgrube für Filmarchitekten, ein Szenarium für einen Stoff, der in einem großbürgerlichen Haus um die Jahrhundertwende angesiedelt ist.

Und die Gäste, die Ilse zu ihrem Dia-Vortrag eingeladen hatte, wirkten so museal, daß ich sie gleich mitengagiert hätte.

Sie selbst war sehr groß, hager, mit ausladenden Hüften in einem Tweedrock, dessen Stoff so unverwüstlich war wie ihre Treue zu alten Bekannten. Das Wort Mode kam in ihrem Sprachschatz nicht vor. Sie aß nur, um ihren Hunger zu stillen, niemals aus Appetit. Ihre persönliche Bedürfnislosigkeit mußte ihren ererbten Wohlstand beträchtlich vermehrt haben.

Was fängt sie bloß mit all dem Geld an, fragte ich mich. Hat weder Mann noch Kinder, die ihr beim Ausgeben helfen können.

Sie stellte mich etwa einem Dutzend alter Damen vor und zwei Herren, denen man noch im Pensionsalter den Lehrer ansah.

Plötzlich flog etwas Molliges in pfirsichfarbenem, über dem Knie ausschwingendem Hängekleidchen in den Salon.

Nanu, dachte ich, was macht denn dieser Paradiesvogel zwischen all den ehrwürdigen Raben.

Das in die Jahre gekommene Puppengesicht, von tizianroten Locken gerahmt, erinnerte mich an jemand, ich wußte nur nicht, an wen, bis Ilse »Puschel!« rief, »schau mal, wer da ist!«

Angelika Neumann! Das also war die Überraschung. Sie hatte in derselben Berliner Wohnung wie Ilse und ich ein Jahr lang zur Untermiete gewohnt.

Sie flog mir weich und süßduftend an den Hals. Um uns beide legte Ilse ihre in Zärtlichkeiten ungeübten Arme. »Nun sind wir Mädels aus der Martin-Luther-Straße nach so vielen Jahren zum erstenmal wieder beisammen!«

Wir standen da wie die heilige Dreieinigkeit. Ihre Wiedersehensfreude rührte mich in Anbetracht der Tatsache, daß ich die beiden so gar nicht vermißt hatte. Uns trennten Welten.

»Was war das für eine lustige Zeit mit euch beiden!« jubelte Ilse.

Lustig? Was verstand sie unter lustig? Meine Swingplatten, die Kräche und leidenschaftlichen Versöhnungen mit meinem damaligen Freund Egon Wohlfahrt durch die dünne Zimmerwand? Und auf der anderen Seite Puschels Fuselparties mit Freunden von der Schauspielschule bis fünf Uhr früh? Wie oft hatte Ilse sich mit unserem gesamten Abwasch abgemüht, denn weder Puschel noch ich hielten viel vom Küchendienst.

Von uns dreien war Ilse das Mädchen »mit dem wertvollen Charakter« gewesen – grundanständig, hilfsbereit, zuverlässig, niemals leichtfertig. Sie packte zu, wenn sie gebraucht wurde. Ilsebilse – keiner willse – kam der Koch, nahm sie doch.

Hatte sie aber nicht genommen. Rupert hieß der Kommilitone, den sie durch diverse Klausuren und Examen gepaukt und gleichzeitig durchgefüttert hatte. Seinen Referendar feierte er bereits mit einer neuen Freundin, die weniger klug und charakterfest als Ilsebilse war, aber dafür hübscher als sie. Nach dieser schweren Enttäuschung war ihr Mißtrauen stärker gewesen als der Wunsch, ihre weiblichen Gefühle noch einmal in einem Mannsbild zu etablieren. Sie war ledig geblieben.

Es folgte ihr Dia-Vortrag über die Majas. Puschel und ich hatten uns in die hinterste der aufgestellten Stuhlreihen verzogen.

»Du bist fabelhaft schlank! Wie machst du das bloß?« legte sie los. »Ich hab mal ein Interview mit dir gelesen. Damals hab ich mir überlegt, ob ich dich anrufe. Ob du vielleicht 'ne Rolle für mich hast. Schließlich habe ich ja mal Schauspielerin gelernt. Aber dann hab ich mich doch nicht getraut.«

»Meine Damen und Herren, liebe Anwesende«, begann Ilse, »ich freue mich, daß Sie so zahlreich erschienen sind, um der Ausbeute meiner Studienreise durch das Land der Majas mit Aug' und Ohr beizuwohnen.« Sie schob das erste Dia ein und Puschel flüsterte: »Mein Mann ist seit acht Jahren tot. Danach hatte ich einen Lebensgefährten. Das war ein großzügiger Mensch. Dann ist er auch vor einem Jahr gestorben.«

Ich sagte: »Pschscht.«

»An Prostatakrebs«, flüsterte sie in mein Ohr. »Ich lebe in Lüdenscheid. Ganz alleine. Mir ist die Decke auf den Kopf gefallen. Da habe ich Ilse angerufen, ob ich paar Tage bei ihr wohnen kann. Ich brauchte dringend Tapetenwechsel.«

Darauf drehten sich zwei Damen aus der vorderen Sitzreihe gleichzeitig um und sagten: »Pschscht!«

Ilses Vortrag dauerte bereits eine dreiviertel Stunde und verkürzte sich auch nicht dadurch, daß Puschel alle paar Minuten auf die Uhr schaute. Einmal kramte sie in ihrer straßbestickten Handtasche nach einer Zigarette, wagte aber dann doch nicht, sie anzuzünden.

Ihr Blick war auf das Kästchen mit den Dias gerichtet. Der Haufen mit den bereits vorgeführten wuchs nur sehr langsam, der mit denen, die uns noch bevorstanden, wollte nicht abnehmen. Puschel litt, auf ihrem Stuhl herumrutschend, vor sich hin. Ich litt auch ein bißchen bei der schulmeisterlichen Vorführung, wenn auch seßhafter.

Der anschließende Imbiß war im Eßzimmer aufgebaut. Während ich noch Ilses Vortrag lobte, winkte mir Puschel mit gefülltem Glas und Teller von der Schiebetür zum nächsten Zimmer zu, was heißen sollte: Ich gehe jetzt da rein, komm auch!

Nun saßen wir nebeneinander auf einer hartlehnigen Renaissancebank in der Wagenseilschen Bibliothek im dämmrigen Licht einer grünbeschirmten Schreibtischlampe, kauten Schnittchen, schluckten Bowle, und Puschel sagte: »Ich hab mich hier schon mal umgeschaut, als Ilse zum Haarschneiden war. Tausende von Büchern und nicht ein lesbarer Roman dabei. Wozu hebt sie die ganzen Schwarten auf? Sind doch bloß Staubfänger. Wie kann man in so einem Museum leben? Ich an ihrer Stelle würde den ganzen Kram rausschmeißen und mich völlig neu einrichten.«

»Es ist immerhin die Bibliothek ihres Vaters«, gab ich zu bedenken. »Wußtest du nicht, daß er ein sehr bekannter Soziologe war?«

»Nö, woher denn?« Sie sammelte Eikrümel aus ihrem Schoß, steckte sie in den Mund und mußte lachen. »Wenn der gewußt hätte, daß seine Tochter damals unsern Abwasch machen mußte.« Und seufzte. »Ach, Vicky, was waren wir schön jung. Was hatte ich für große Flausen im Kopf. Ich war ja soo dämlich. Bloß weil ich Ähnlichkeit mit Marika Rökk hatte, dachte ich, ich hätte auch Talent. Eines Tages habe ich einen Aufnahmeleiter vom Film kennengelernt. Der hat mir eine Rolle versprochen. Die Rolle hab ich nicht bekommen, aber 'n Kind von ihm. Da war ich erst mal weg vom Fenster. Schlimme Zeiten waren das – die hast du nicht mehr miterlebt. Da warst du schon ausgezogen. Meine Tochter ist bei meinen Eltern in Eberswalde aufgewachsen. Da bin ich erst mit 'ner Dreimannband durch die Ostzone getingelt – ich hatte ja damals 'ne hübsche Stimme, erinnerst du dich? Dann hab ich in einer Wirtschaft in Charlottenburg als Serviererin angefangen, von irgendwas mußte ich ja leben. Und da habe ich meinen späteren Mann kennengelernt. Einen Steuerbeamten aus Lüdenscheid auf Besuch in Berlin, keine Schönheit, aber 'n ordentlicher, guter Mensch. Einen Monat vor dem Mauerbau habe ich meine Tochter aus Eberswalde rüber nach 'm Westen geholt.«

»Lebt sie bei dir in der Nähe?« fragte ich.

»Eben nicht! In Georgia, in der Nähe von Atlanta. Sie hat einen Ami geheiratet. Stell dir vor, ich bin Großmutter von Zwillingen, ich muß dir mal die Bilder zeigen. So was von süßen Boys. Anfangs habe ich für sie gestrickt und gehäkelt, bis meine Tochter schrieb: Mutti, was soll'n wir mit dem Zeugs. Hier ist es doch immer warm! Na ja, ich mach ja immer alles falsch.«

Das Sympathische an Puschel war, daß sie so herzlich über sich selber lachen konnte.

»Besuchst du sie oft?«

»Ich möchte ja so gern, aber ich darf nicht mehr kommen. Mein Schwiegersohn hat mit einem Partner zusammen eine Tankstelle mit 'nem Drive-in. Na ja, mit dem Partner habe ich 'n bißchen rumgeschmust, wie seine Frau ihre Familie in Atlanta besucht hat. Es waren so schöne heiße Nächte ...«

»O Puschel«, sagte ich.

»Tja, o Puschel. Was habe ich in meinem Leben für Mist gebaut. Alles wegen dieser Männer. Hast du einen Freund?«

Ich schaute statt einer Antwort auf die Uhr.

Darauf Puschel erschrocken: »Sag bloß, du willst schon gehen. Es ist ja noch früh, und mit irgend jemand muß ich doch mal von Frau zu Frau reden. Mit Ilse geht das nicht. Und in Lüdenscheid lädt mich ja keiner mehr ein, seitdem mein Lebensgefährte tot ist. Die Frauen haben Angst, ich könnte mich an ihre Männer ranmachen. So ein Quark! Die schauen sich höchstens nach Jüngeren um.« Sie drehte die Ringe an ihren kurzen Knubbelfingern, hatte freundliche Hände und schreckliche Ringe. »Ach, Vicky! Kannst du mir mal sagen, warum so viele junge hübsche Mädchen nachwachsen müssen, die einem alle Chancen verderben?«

»Du warst auch mal jung und hast nicht danach gefragt, ob du ältere Frauen unglücklich machst«, erinnerte ich sie. »Alles wiederholt sich im Leben.«

»Im Grunde genommen ist Ilsebilse besser dran als ich«, sagte Puschel. »Sie vermißt nicht das Zusammenleben mit einem Mann, weil sie es ja nie so richtig erlebt hat. Sie hat ihre geistigen Interessen und keine finanziellen Sorgen. Und was hab ich? Wenn du wüßtet, wie viele Kontaktanzeigen ich inzwischen aufgegeben habe! Die Ausbeute war mager: drei Witwer zwischen siebzig und achtzig. Einer schrieb aus dem Altersheim. Er wollte da raus und bei mir einziehen, damit ich seine Restpflege übernehme. So hatte ich mir das ja nun nicht gedacht. Ein bißchen was vom Leben möchte ich schließlich auch noch haben. Die anderen haben sich als erstes nach meinen finanziellen Rücklagen erkundigt. Weißt du, Vicky, ich bin nicht die Hellste, aber so doof nun wieder auch nicht, daß ich mein bißchen Eingemachtes mit einem Dahergelaufenen teile.« Sie stippte die Asche ihrer Zigarette mangels einer Schale in die hohle Hand. »Es reicht eben nicht mehr, daß man schreibt: Attraktive, lebensfrohe Witwe, Ende Vierzig, sucht liebevollen Partner zwecks ...«

»Wie alt bist du, Puschel?« unterbrach ich sie erstaunt.

»Naja, wenn man weiß, daß schon Dreißig- und Vierzigjährige es schwer haben, einen passenden Partner zu finden, muß man sich eben jünger machen.«

»Aber gleich so viel?«

»Weißt du nicht 'n Mann für mich? München soll doch die Stadt der meisten Singles sein.«

»Aber auch der meisten weiblichen Singles«, gab ich zu bedenken. »Da ist Lüdenscheid bestimmt ergiebiger.«

Zu meiner Erleichterung betrat Ilse mit der Bowlenkanne die Bibliothek. »Na, ihr zwei Hübschen? Habt ihr viel zu tuscheln?« Noch immer dieser forschfröhliche Jungmädelton. Bei aller Intelligenz und Bildung – gefühlsmäßig war Ilse im Backfischalter stehengeblieben. »Habt ihr Geheimnisse?«

»Schön wär's, wenn wir welche hätten«, sagte Puschel und streckte ihr das leere Glas entgegen.

Ich stand auf. »Für mich nicht mehr, ich muß mich leider verabschieden. Ich fahre morgen mit Freunden nach Brüssel.«

»Manneken-Pis«, fiel Puschel zu Brüssel ein. »Du hast es gut. Mich fordert nie einer zum Mitfahren auf.«

»Dafür gehen wir beide morgen in die Neue Pinakothek«, tröstete sie Ilse. »Nachmittags machen wir einen schönen Spaziergang im Englischen Garten, und für abends habe ich uns Konzertkarten besorgt.«

Arme Puschel, dachte ich amüsiert. Sie hatte sich anderes von diesem Münchenbesuch erhofft als Bildung und Spazierengehen.

Beim Abschied sagte Ilse: »Du weißt gar nicht, wie ich mich gefreut habe, daß du endlich mal gekommen bist. Wo du dir doch nichts aus Diavorträgen machst.«

»Es war wirklich interessant«, versicherte ich ihr.

»Ich habe auch eine Videokamera. Aber mit der kann ich nicht umgehen«, gestand Ilsebilse. »Und meine Schützlinge sehen meine Dias sehr gern. Manche schlafen zwar dabei ein. Das Wichtigste ist ihnen sowieso das Büfett hinterher und das Zusammensein.«

»Schützlinge?« begriff ich nicht.

»All die alten Damen, die ich eingeladen habe. Sie leben auf dem Abstellgleis. Wenn einmal pro Woche bei ihnen das Telefon klingelt, ist das schon ein Ereignis. Meistens ist einer dran, der sich verwählt hat. Aus eigener Kraft können sie sich nicht mehr zu irgend etwas aufraffen. Sind körperlich noch rüstig, aber seelisch verdorrt, so ohne Ansprache und menschliche Wärme. Darum kümmere ich mich um sie.«

»Mensch, dazu hätte ich nicht die Nerven«, versicherte Puschel, während ich es plötzlich nicht mehr eilig hatte, nach Haus zu fahren. »Erzähl mal«, sagte ich und setzte mich aufs Sofa in der Diele.

Sie nahm neben mir Platz. »Interessiert dich das wirklich?«

Es war vor allem Ilse selbst, die mich zu interessieren begann. Bisher hatte ich in ihr das Klischee einer pensionierten, ledigen, geschlechtslosen Oberstudiendirektorin gesehen. (Wo nahm ich nur soviel Überheblichkeit her!)

»Da sind einige drunter, die ich aus dem Schuldienst kenne. Inzwischen sammle ich Adressen von Alleinstehenden hier im Lehel, um die sich niemand kümmert. Ich besuche sie unter irgendeinem Vorwand. Manchmal ist es schwer, ihr Mißtrauen abzubauen. Ich schau mir ihr Milieu an und überlege: Wen könntest du mit wem zusammenbringen? Dann lade ich sie zusammen ein, in der Hoffnung, daß sie sich miteinander befreunden. Manchmal klappt's, manchmal nicht. Ab und zu hole ich sie ab und fahre mit ihnen an den Starnberger See zum Kaffeetrinken oder ins Theater. Ich habe inzwischen eine Liste von zweiunddreißig Personen, die ich regelmäßig anrufe und wenn sie krank sind, besuche.«

»Da hast du dir vielleicht was an den Hals geladen«, sagte Puschel.

»In schwachen Momenten denke ich auch, daß ich mich übernommen habe«, gestand sie. »Die Alten haben mich inzwischen so vereinnahmt, daß sie mir schwere Vorwürfe machen, wenn ich zu verreisen wage, anstatt mich um sie zu kümmern. Ich bin zur selbstverständlichen Instanz in ihrem Tagesablauf geworden. Es ist doch wichtig, Menschen aus dem Kokon ihrer Einsamkeit herauszuholen, in den sie sich ausweglos eingesponnen haben. Ich gebe ihnen auch Aufgaben. Fordere sie auf, ihr Leben aufzuschreiben oder für mich was zu sticken, zu häkeln oder zu nähen. Ich hab inzwischen an die vierzig Topflappen.« Sie sah mich an: »Brauchst du zufällig welche?«

»Nein, danke«, sagte ich und stand auf. »Du mußt jetzt zu deinen Gästen zurück. Sonst gibt's Ärger.«

An der Tür zum Salon waren schon mehrmals Gestalten aufgetaucht, die mißbilligend in die Diele schauten. Auch Ilse stand auf.

Nun war ich diejenige, die versicherte, wie sehr ich mich gefreut hatte, Ilse wiederzusehen. »Ich ruf dich an, sobald ich aus Brüssel zurück bin«, und lief die paar Stufen hinunter zur Haustür, die Puschel aufschloß.

»Mensch, der wächst noch mal ein Heiligenschein. Sankta Bilse«, sagte Puschel. Sie folgte mir, in ihrem dünnen Fummel schlotternd, zum weit entfernt geparkten Auto. »Zu schade, daß du morgen verreist. Dann sehen wir uns gar nicht mehr. Ich fahre Sonntag nach Hannover weiter, zu meiner Schwägerin.«

»Aber das nächste Mal, wenn du in München bist«, versprach ich, mein Auto aufschließend, und stieg ein. Sie hinderte mich daran, die Tür zu schließen, weil sie drüberhing, so weich und pfirsichfarben. Und ein bißchen lästig.

»Wir könnten doch mal zusammen verreisen«, schlug sie vor. »Was hältst du davon? Zu zweit macht es mehr Spaß als alleine, und Einzelzimmer sind beinahe so teuer wie Doppelzimmer. Wir Singles sind immer im Nachteil.«

»Geh endlich ins Haus zurück, du wirst dich erkälten.«

»Bilse sagt, es geht sehr gut im Doppelzimmer. Sie reist immer mit einer ehemaligen Kollegin. Sie selber schnarcht, die andere nimmt Oropax! Ich könnte morgen ins Reisebüro gehen und Prospekte besorgen. Was meinst du? Lieber Mallorca oder die Adria? Oder eine griechische Insel?«

»Laß uns ein anderes Mal drüber reden. Jetzt muß ich leider – tschüs, Puschel, war schön, dich wiederzusehen.«

Beim Herauskurven aus der Parklücke sah ich sie in ihrem viel zu kurzen Hängerchen auf der Fahrbahn stehen – enttäuscht und alleingelassen.

Sie tat mir leid, aber nicht genug, um das Wiedersehen mit ihr zu intensivieren.

Ich ahnte nicht, was mir mit Puschel noch bevorstand.

6

Ab Düsseldorf regnete es. Ich saß hinter Walter und Lilly Böhler im engen Coupé, neben und halb auf mir der Bobtail-Labradormischling Wilhelm. Als wir uns Aachen näherten, wohin wir gar nicht wollten, sondern nach Brüssel, fiel Walter ein, daß er uns unbedingt seine ehemalige Technische Hochschule zeigen mußte und auch das Haus, in dem er während seiner Studienzeit gewohnt hatte. Erinnerungsstätten, die Lilly nicht und mich schon gar nicht interessierten. Außerdem goß es in Strömen, die Scheibenwischer schafften die auf sie einstürzenden Wassermassen kaum im Schnellgang. Aquaplaning ließ uns mit hoher Heckwelle über die Autobahn preschen.

Lilly sagte beschwörend: »Walter, rase nicht so! Hörst du nicht, Walter? Du sollst langsam fahren!«

Walter, heiter: »Don't worry, be happy!«

»Walter!«

Und nun er, so herrlich männlich beruhigend an seiner Kopfstütze vorbei zu mir: »Du kannst mir vertrauen. Ich gehe nie ein Risiko ein am Steuer. Oder hast du etwa Angst?«

»Ja, habe ich«, sagte ich gereizt. »Ich liebe schnelle Motorbootfahrten, aber nicht auf der Autobahn!«

»Ach, ihr Weiber, was ihr immer habt! In vierzigjähriger Fahrpraxis war ich nur in drei Unfälle verwickelt, und an denen war ich juristisch unschuldig.«

»Jaja«, giftete Lilly, »aber mir haben immer die Schuldigen leid getan, die so einem geistesgestörten Fahrer wie dir ausweichen mußten.«

»Lilly! Mäßige deinen Wortschatz. Was soll Viktoria von uns denken!«

Ich dachte: Wenn Walter mein Mann wäre, führe ich getrennt von ihm mit der Bundesbahn.

»Hier kommt 'ne Ausfahrt«, sagte er, »kannst du lesen, was für eine?«

Beide klebten mit den Nasen an der überspülten Windschutzscheibe. Sie stritten sich, ob das die erste oder bereits die zweite war, und natürlich hatte Lillys Gezeter schuld. Anstatt aufzupassen, hatte sie ihn durch ihre hysterischen Anfälle abgelenkt: »O Gott, wie halte ich diese Frau bloß aus! Bei dem Sauwetter ist natürlich kein Mensch auf der Straße, den man fragen könnte. Schau mal auf der Karte nach!«

»Was für 'ner Karte?«

»Herrgott, in jedem Atlas sind kleine Pläne von größeren Städten drin. Schau mal nach Aachen ...«

»Ja«, sagte Lilly und blätterte im Autoatlas. »Aber was nützt das, wenn wir nicht wissen, welche Einfahrt wir reingekommen sind. Es ist nur der Stadtkern abgebildet. Und außerdem muß ich mal. Dringend.«

»Ich auch«, sagte ich erleichtert. Als erste hätte ich mich nicht getraut, meine Nöte anzumelden.

»Sobald wir in Aachen sind«, versprach Walter, den seine Blase nicht quälte.

»So lange kann ich nicht warten.« Lilly zwang ihn, vor der nächsten Gastwirtschaft anzuhalten, ließ sich von mir den Regenschirm geben, der hinter mir vor dem Heckfenster lag, öffnete die Wagentür, spannte ihn auf – jetzt wurde Wilhelm rebellisch.

»Wilhelm bleibt drin«, befahl Walter.

Das war Wilhelm egal, er mußte auch, stieg über meinen Schoß hinweg aus dem Auto und plätscherte zum nächsten Straßenbaum. Lilly klappte ihren Sitz zurück und zog an meinem Arm, ich dachte, meine Knie brechen wie Zündhölzer nach der stundenlangen Pressur gegen den Vordersitz, und stieg in eine knöcheltiefe Pfütze.

»Jetzt fehlt bloß noch, daß die Ruhetag haben«, befürchtete Lilly.

Dem Himmel sei Dank, die Gastwirtschaft hatte geöffnet, aber nur ein Klo für Damen und das im ersten Stock. Für Männer war unten, wo blieb da die Gleichberechtigung.

Anschließend kauften wir Fruchtbonbons an der Theke, um den Wirt nicht zu enttäuschen, der bei unserem Hereinstürmen auf Mittagsgäste gehofft hatte.

Nach dem Verlassen der Gaststätte standen wir vor einem neuen Problem: Wie sollten wir den pudelnassen Wilhelm trocknen, bevor er neben und auf mir wieder Platz nahm.

»Ich habe euch ja gleich gesagt, laßt den Hund nicht aus dem Auto. Nun seht mal zu ...«

»Jaja, du Klugscheißer«, pfiff Lilly in Walters Richtung, und zu mir: »Halt mal den Schirm.« Sie hatte immer ein Frottiertuch zur Hand für Wilhelms Pfoten. Zuerst wrang sie die vorderen aus, darauf die hinteren, dann machte er es sich auf dem Rücksitz bequem. Bei seiner Länge blieb kein Platz für mich.

»Du mußt ihn nur ordentlich schubsen, dann rückt er schon zur Seite«, versicherte Walter.

»Nein, das kann ich Viktoria nicht zumuten. Du setzt dich jetzt neben Walter, ich steig nach hinten.« Lillys Angebot mußte als echtes Freundschaftsopfer gewertet werden, denn welche Ehefrau räumt schon gern den Platz neben ihrem Mann am Steuer, es sei denn, es handelt sich bei dem Mitfahrer um einen Behinderten oder jemand über achtzig.

»Um Gottes willen«, wehrte ich erschrocken ab. Lieber den nassen Wilhelm auf dem Schoß als vorne neben Walter, dem Rennfahrer!

Wir näherten uns dem Stadtkern. Walter klemmte über dem Steuerrad auf der Suche nach dem Gebäude seiner ehemaligen Hochschule. Als er es endlich gefunden hatte, bremste er abrupt. Der Fahrer hinter uns mußte voll auf die Bremse steigen, um nicht aufzufahren, stellte sich auf der überschwemmten Straße quer, weil die Räder blockierten, hielt beim Weiterfahren neben Walter an, ließ die Scheibe herunter und zeigte ihm einen sehr unanständigen Finger.

»Unverschämtheit! Lilly, schreib dir die Nummer von dem Lümmel auf. Den zeigen wir an. Viktoria, du bist mein Zeuge.«

Lilly schaute sich kurz nach mir um, tippte gegen ihre Stirn und lächelte beruhigend: Das mußt du nicht ernst nehmen.

Mir fehlte ihre Gelassenheit. Ich war ja auch nicht dreißig Jahre mit Walter verheiratet.

Nun forschte er nach seiner ehemaligen Studentenbude. Er wußte zwar nicht mehr die Anschrift, aber das Haus hatte an einem kleinen Platz gelegen, zu dem Stufen herunterführten – wäre doch gelacht, wenn er den nicht wiederfinden würde. »Lilly, da ist eine Buchhandlung. Spring mal raus und besorge einen Stadtplan.«

Lilly sprang und kaufte und hüpfte ins Auto zurück und breitete Aachen auf ihren Knien aus, während wir aus dem Halteverbot fuhren und Walter seine Aufmerksamkeit zwischen Fahrbahn und Stadtplan teilte. Langsam feuchtete Wilhelms nasser Kopf meine Hose durch, auf der er ruhte. »Er stinkt nach nasser Hund«, stellte Walter treffsicher fest und bohrte gleich darauf seinen Zeigefingernagel in den Plan: »Das isses, das muß es sein. Ist ja gleich um die Ecke.« So sah es zumindest auf der Karte aus. Mit Elan bog er in die nächste Straße ein.

Lilly sagte: »Walter, das ist eine Einbahnstraße.«

Und er: »Ich habe kein Schild gesehen. Hast du eins gesehen, Viktoria?«

»Ja, Walter.«

»Ach, ihr Frauen fühlt euch auch nicht wohl, wenn ihr nicht meckern könnt.«

Als entgegenkommende Autos ihn anblinkten, entschloß er sich, seinen Fehler einzusehen und schoß im Rückwärtsgang die Einbahn retour, was zu erheblichem Unmut unter den übrigen Verkehrsteilnehmern führte. Vor allem, als er sich ebenso rückwärts in eine stark befahrene Hauptstraße hineinschob, quer über den verkehrsreichen Damm, um auf der gegenüberliegenden Fahrbahn seinen Weg fortzusetzen. Hupen, Blinken, kreischende Pneus begleiteten dieses Kamikazeunternehmen.

Lilly schrie: »Ich laß mich scheiden!«

Ich schimpfte: »Das ist ja beinah schlimmer als Rauch im Flieger!«

»Was regt ihr euch auf, ist doch alles gutgegangen«, freute sich Walter und wollte von mir wissen: »Was für Rauch in welchem Flieger?«

Endlich hatte ich die Chance, meinen dramatischen Rundflug über Tegel loszuwerden, da fiel mir Lilly in den ersten Satz: »Bitte, keine Story aus deinem Leben. Dazu fehlt mir jetzt wirklich der Nerv!«

Walter rief: »Hier ist es!« Er hatte von der Straße aus das tieferliegende Plätzchen erspäht mit dem alten Haus seiner Studentenbude. Es war nur durch eine Steintreppe zu Fuß zu erreichen, aber kein Parkplatz weit und breit, um den Wagen abzustellen, weshalb seine Räder nach zweimaligem Anlauf die hohe Bordsteinkante erklommen.

»Walter! Wehe!«

»Don't worry«, beruhigte er Lilly, und dann holperten wir – plop-plop-plop – die Stufen hinunter. Nasser, zusammengeklappter Schirm, Verbandskasten und zwei Wetterhüte rutschen in mein Genick, Wilhelm glitschte vom Sitz.

Ich atmete erst wieder durch, als der Wagen auf dem kleinen Platz zum Stillstand kam.

Walter stellte den Motor ab und schaute entrückt an einem schmalen alten Haus hoch. »Da oben, im ersten Stock links, die zwei Fensterchen, das waren meine.«

»Nun reicht's«, Lilly stieg aus, klappte den Sitz zurück, zog an mir. »Komm raus. Bloß weg hier. Nimm deine Handtasche mit und die Leine. Wir gehen.«

Es waren auf einmal Leute da, die glaubten, daß es sich um einen Unfall gehandelt haben könnte. Für groben Unfug sahen wir drei denn doch zu erwachsen aus. Wenigstens hatte es aufgehört zu regnen.

»Wo wollt ihr hin?« schrie Walter hinter uns her. »Ihr könnt mich doch jetzt nicht allein lassen!«

»Don't worry«, rief Lilly über ihre Schulter zurück. Und als wir uns entfernten ohne einen Blick auf ihn zurück, rief er uns den Namen eines Restaurants hinterher, in dem wir uns treffen wollten.

Der kleine Platz war durch zwei Pflöcke für Anfahrten gesperrt. »Hier kommt er nie raus, es sei denn, er fährt die Treppen wieder hoch«, stellte Lilly befriedigt fest. »Auf alle Fälle landet er auf dem Polizeirevier. Das gönne ich ihm.«

»Dann kommen wir heute nie mehr nach Brüssel«, überlegte ich.

Wir schritten zügig in eine Gasse hinein. Vom Himmel begann es wieder zu tröpfeln, aber ehe sie noch einmal umgekehrt wäre, um den Schirm aus dem Auto zu holen, ließ Lilly lieber ihre Dauerwelle verregnen. »Der ist irre, total pubertär geblieben, den kriegst du auch nicht mehr groß«, schimpfte sie vor sich hin.

»Der war doch früher nicht so, als wir noch Nachbarn waren.«

»Der war immer so«, versicherte Lilly. »Das hast du nur vergessen.« Sie blieb vor einer Bäkkerei stehen. »Schau dir das Gebäck an, mit

Mandeln und Zuckerguß. Das kaufen wir jetzt. Das macht schön dick.«

Hinterher, beim Weitergehen, hatten wir klebrige Finger und spuckten in Tempotücher, um sie abzuwischen. Mitten im Spucken blieb Lilly plötzlich voller Reue stehen. »Wir hätten ihn nicht allein lassen dürfen.«

»Wieso nicht? Sag bloß, du hast Mitleid mit dem Irren! Ich gönne ihm 'ne saftige Strafe.« Und merkte im selben Augenblick, das hätte ich nicht sagen dürfen. Nur Lilly hatte das Recht, ihren Mann zu beschimpfen.

»Wenn er ein Ziel erreichen will, kennt er keine Bedenken. So ist er nun mal, so erreicht er auch alles in seinem Leben«, verteidigte sie ihn.

So hatte er auch einmal vor Jahren, als die Tochter noch lebte, seine kleine Familie in einen kellertiefen Bankrott gesteuert. Aber das hatte Lilly längst aus ihrem Bewußtsein verdrängt und wollte auch nicht daran erinnert werden. Und ich hütete mich, daran zu rühren.

Ich hatte auf dieser Wochenendreise, zu der Lilly und Walter mich eingeladen hatten, weil ich doch jetzt so alleinstehend war, nur eine Pflicht: Dankbar zu sein und alles schön zu finden, was man mir bot.

Als wir das Restaurant betraten, das wie eine Hundehütte am renaissancenen Rathaus klebte, war die Hauptmittagszeit schon vorüber und dämmrige Ruhe in dem niedrigen, nachgedunkelten Raum eingekehrt.

Wilhelm riß Lilly die Leine aus der Hand und stürmte auf einen einsamen Zecher zu, der am oberen Ende des Fenstertisches vor einem Schoppen Rotwein saß.

»Ick bün all do, sagte der Igel zum Hasen«, grinste Walter, sich erhebend. »Wo wart ihr so lange?«

»Wieso haben sie dich nicht eingesperrt?« fragte Lilly dagegen, während wir rechts und links neben ihm Platz nahmen.

»Warum?« wunderte er sich. »Ich mußte nur die Pflöcke aus der Halterung ziehen, um auf die angrenzende Straße zu fahren.« Und lachte aus dem Bauch vor Selbstgefälligkeit.

»So einfach ging das?« bedauerte Lilly.

Als der Ober die Speisekarte brachte, sagte ich: »Dieses Mittagessen ist meine Einladung«, worüber sich Walter herzlich freute. »Dann können wir ja vom Feinsten wählen, Lillymäuschen. Vicky zahlt.« Außerdem bestellte er für sich »noch so einen Schoppen«.

Nun mußte sich seine Frau wegen seines Alkoholkonsums aufregen. Es begann der Streit, wer fährt, und Walter sagte, er sei schließlich alt genug, um seine Fahrtüchtigkeit beurteilen zu können.

Lilly zeterte: »Das bist du eben nicht!«

Ich hatte nicht die Absicht, mich der Gefahr auszusetzen, durch Walter an einer Leitplanke zu sterben, und beschloß, die Reise in Aachen abzubrechen. Während er wie ein Renaissancemensch tafelte, stocherten wir Frauen auf unsern Tellern herum. Uns war vor Ärger der Appetit vergangen, was wiederum Wilhelm freute, dem unsere übriggebliebenen Portionen in einem Blechnapf serviert wurden.

Nach dem Dessert stand Walter auf und ließ sich vom Ober die »Bequemlichkeiten« zeigen, was er sehr witzig fand. Während seiner Abwesenheit trank Lilly vorsorglich seinen zweiten Schoppen aus und machte kreisrunde, verdutzte Augen: »Das ist ja Johannisbeersaft! Dieses Stinktier! Was muß er mein Keifen genossen haben!«

Ich machte dem Ober ein Zeichen wegen der Rechnung. Er trat an den Tisch und sagte, die habe der Herr bereits beglichen.

Nun strahlte Lilly: »Mein Mann, mein Walter! So ist er nun mal!«

Auf dem Weg zum Auto gingen Böhlers vor mir her, sie hatte den Arm um seinen breiten Rücken gelegt und hing verklärt an seinen Lippen. Beide schienen kurzfristig vergessen zu haben, daß ich ihnen mit Wilhelm folgte, der alle paar Meter sein Bein hob – wo nahm der Hund bloß den vielen Treibstoff her? Ich fühlte mich plötzlich als Anhängsel eines ebenso streitbaren wie sich liebenden Paares, das mir unbewußt oder bewußt vorführte, was mir leider nicht vergönnt war – die im Laufe eines gemeinsamen Lebens zusammengewachsene Einheit mit einem Partner.

Der Regen regnete. Der Auspuff röhrte, wie einem Formel-1-Wagen zugehörig, weil auf der Treppenfahrt zu Bruch gegangen. Vor uns lag noch eine Menge Autobahn bis Brüssel. Nach fünf Minuten hielt Walter plötzlich in einer Ausfahrt an und fragte: »Was wollen wir eigentlich in Brüssel?«

Darauf wußten weder Lilly noch ich eine plausible Antwort, außer: »Es war deine Idee.«

»Möchtet ihr noch gerne nach Brüssel?«

Wir zweistimmig: »Nein«, und darauf Walter erleichtert: »Ja, warum habt ihr das nicht gleich gesagt?«

Ja, warum hatten wir nicht?

»Dann würde ich vorschlagen, wir besuchen noch die Kaiserkrone im Dom und fahren danach gemächlich ...«

»Walter, hast du gemächlich gesagt? Meinst du das auch so?«

»... wieder retour. Lilly, du hast doch den Hotelführer mit. Such uns mal was Hübsches aus, wo wir übernachten und gut essen können.«

Lilly fand das Passende im Bergischen Land mit einer Weinstube, in der Walter anfangs den Alleinunterhalter spielte. Er besaß einen unerschöpflichen Vorrat an Histörchen aus seinem Leben und an Witzen, die seine Frau mindestens dreihundertmal gehört haben mochte, ohne zum dreihundertundeinten Mal Ermüdungserscheinungen zu zeigen. Zwischendurch mußte sie seinen Rücken kratzen an einer Stelle, wo es ihn plötzlich juckte und seine Finger nicht hinreichten.

Nach drei Schoppen Wein folgte der besinnliche Teil des Abends. Walter erinnerte sich an seinen Freund Heinz Hornschuh, meinen so früh verstorbenen Mann. »Ich weiß, eure Ehe ging damals nicht gut. Unsere auch nicht. Lilly rieb sich in der Pflege unserer armen Jenny auf – ich hatte Trouble im Büro ...«

»... und ein Verhältnis mit Frau Kühnel«, erinnerte Lilly.

Worauf er nicht einging, weil es ihm heute so unwichtig erschien. »Es gibt immer Zeiten in einer Ehe, wo man sich nicht mehr ertragen kann.«

»Ich war dreimal beim Anwalt«, sagte Lilly und biß in eine Kümmelstange.

»Laß mich doch mal ausreden, Weib! Ich wollte sagen, wenn Heinz heute noch lebte, vielleicht hättet ihr euch genauso wieder zusammengeprügelt wie Lilly und ich.«

»Vielleicht«, sagte ich, mein Glas drehend. Unter dem Tisch wärmte der schlafende Wilhelm mit seinem Rücken meine von den Pumps befreiten Zehen.

»Wie gut, daß es nie zu einer Scheidung gekommen ist. Wir hätten beide danach nichts Besseres gefunden als uns. Gib's zu, Walter.«

»Naja ...«

»Wenn man weiß, wie sehr man sich einmal geliebt hat, sollte man sehr umsichtig mit dem Scheiden umgehen. Man will sich im Augenblick lossein und vergißt dabei, wie sehr man sich im Alter braucht.«

Das Wort Alter mochte Walter nicht hören.

»Wenn wir Glück haben, haben wir noch mindestens zwanzig gemeinsame Jahre vor uns«, sagte Lilly.

»Auf euch beide«, sagte ich, trank mein Glas aus und stellte danach eine gewichtige Frage: »Wenn ihr euch heute abend kennenlernen würdet, seid mal ehrlich, würde da immer noch ein Funke überspringen?«

Walter, um Lilly nicht zu kränken: »Och ja, ich denke schon.«

Lilly verschluckte sich beinah vor Lachen und hustete Kümmelstangenkrümel auf den Tisch. »Haha! Du würdest mich nicht mal mit dem Hintern angucken, sondern die schlanke Vierzigjährige am Nebentisch. Der würdest du zuzwinkern und den Pfau spielen ...«

»Lilly!« unterbrach er sie so laut, daß sich alle anwesenden Gäste im Lokal nach ihm umschauten, auch die schlanke Vierzigerin. »In meinem ganzen Leben habe ich keiner Frau zugezwinkert. Zwinkern wär mir viel zu primitiv.«

»Trotzdem hast du. In Paris. Ich hab's genau gesehen.«

»Da hatte ich was im Auge«, rechtfertigte er sich.

»Ja, hattest du, eine lange Rothaarige!«

»Lilly, bitte!« mahnte ich. »Es war bisher so ein schöner Abend ohne Krach.«

»Auf jeden Fall würde sich Walter heute nicht mehr nach so einer aus dem Leim gegangenen älteren Mutti wie mir umschauen. An so eine muß man sich in fünfunddreißig Ehejahren gewöhnt haben.« Sie sah Walter an. »Woran denkst du, wenn du an mich denkst? In erster Linie an deine Bequemlichkeit. Ich bin deine Haushälterin. Dein Kindermädchen. Krankenpflegerin. Ich kann gut kochen. Vor mir mußt du nicht mehr den tollen Hirsch markieren und den Bauch einziehen. Und wenn du dir ›Tutti Frutti‹ oder irgendsolchen Scheiß im Fernseher angeschaut hast, dann ...«

»Lilly!« warnte Walter. »Das reicht. Erspar uns weitere Details.«

»Jetzt komm ich zu dir, Lilly«, sagte ich. »Wenn du Walter heute abend zum erstenmal begegnen würdest ...«

Ehe ich weitersprechen konnte, fiel mir Lilly ins Wort: »Du wirst dich wundern – ja! Er ist sogar heute mehr mein Typ als damals, als ich ihn kennenlernte. Da war er mir viel zu mickrig. Heute hat er dieses breite Kreuz und die schönen weißen Haare«, ein Streichorchester klang in ihrer Stimme auf, »ja, ich würde sagen: Das ist er und kein anderer. Und wenn er mich auch wollte, wäre ich die glücklichste Frau von neunundfünfzig Jahren, die es auf der Welt gibt.« Sie schwieg einen Augenblick vor sich hin.

Walter sonnte sich in seiner männlichen Attraktivität, die sie gerade beschrieben hatte. Ich beneidete Lilly um ihr Glück – nach fünfunddreißig Jahren noch immer in denselben Mann verliebt zu sein!

Dann sprach Lilly weiter, und in ihrer Stimme strichen nun keine Geigen mehr herum. »Aber ich würde Walter nicht mehr ertragen, ich meine, wenn ich ihn heute kennenlernte. Spätestens nach vier Wochen würde ich diesen chaotischen, anstrengenden, unordentlichen, paschahaften, eitlen, maßlosen Egoisten zum Teufel jagen.«

»Lilly! Was soll denn Viktoria von mir denken!«

»Die kennt dich lange genug. Vor der muß ich kein Blatt vor den Mund nehmen.«

»Bitte, Lilly«, flehte auch ich, um Harmonie bemüht, »jetzt keine Stunde der Wahrheit!«

»Wieso? Du hast doch selber damit angefangen. Du hast gefragt, ob wir uns ...«

»Aber so deutlich wollte ich es nicht wissen.«

»Wenn schon, denn schon.« Lilly hob ihr leeres Glas hoch: »Herr Ober!«

Walter nahm ihr das Glas aus der Hand. »Du bekommst nichts mehr. Du hast genug.«

»Komisch«, wunderte sich Lilly. »Wenn ich noch länger über deine schönen weißen Haare gesprochen hätte, hätte ich noch zwei Schoppen trinken dürfen. Kaum zähle ich deine Fehler auf, bin ich angeblich besoffen. Dabei – ich hab mich ja an sie gewöhnt. Was uns zusammenhält, sind unsere Erinnerungen, unser gemeinsames Schicksal. Denk mal an unsere arme kleine Jenny.«

Walter nahm ihre Hand und küßte sie. »Also gut, trinken wir noch ein Fluchtachtel.« Und winkte dem Ober. Danach sagte er: »Jetzt erzähl ich Viktoria mal, was ich mit dir durchgemacht habe.«

Lilly lehnte sich spannungsfreudig zurück: »Immer zu. Pack alles aus, mein Junge!«

»Stell dir vor, auch sie hat mich betrogen.«

»Jetzt kommt er auf Rudi zu sprechen«, ahnte Lilly. »Aber das weiß doch Viktoria. Das war zu der Zeit, als wir noch Nachbarn waren. Wie oft hat sie für mich gelogen, wenn ich mit Rudi verabredet war.«

Walter war plötzlich enttäuscht von mir. »Das hast du gemacht?«

»Warum sollten wir Frauen nicht genauso zusammenhalten wie du und Heinz?«

»Damals hat es mich schwer getroffen«, erging er sich in nachträglich aufgewärmter verletzter Eitelkeit. »Ich habe Lilly so hundertprozentig vertraut.«

»Und was hatte ich sonst noch von dir außer deinem Vertrauen?« griff Lilly ihn an und gleichzeitig zum Glas mit dem Achtel, das der Ober auf den Tisch gestellt hatte. »Du warst selten zu Haus, weil du Jennys hilflosen Zustand nicht ertragen konntest. Du bist mit der Kühnel in Urlaub gefahren. Ich konnte ja Jenny keinen Tag allein lassen, meine Jenny, ach, meine arme, kleine, geduldige Jenny ... so hübsch, in einem Alter, wo andere ihre Jugend voll auslebten. Wer kam denn noch von ihren früheren Freundinnen vorbei? Höchstens wenn ich sie mal anrief und bat, Jenny zu besuchen. Jenny freute sich tagelang auf dieses Wiedersehen, und dann hatten ihre ehemaligen Freundinnen im Höchstfall eine halbe Stunde Zeit für sie. Und worüber sollten sie auch miteinander reden? Die Mädels hatten ihre Freunde und ihr Vergnügen im Kopf. Jenny kannte Verliebtheit und Discos und Ferienorte nur noch aus dem Fernsehen. Sie hatte ihre Musik und ihren Hund. Das Schlimmste für sie war, als sie ihre Hände nicht mehr bewegen konnte, um ihn zu streicheln. Er wartete doch so darauf.«

»Lilly«, wütete Walter, den Tränen nahe, »hör endlich von Jenny auf! Es war bisher so ein gemütlicher Abend, wie seit langem nicht mehr.«

»Ja«, sagte Lilly, »ein guter Abend, weil wir zum erstenmal wieder mit einem Menschen zusammen sind, mit dem wir ehrlich reden können. Wir kennen tausend Leute. Aber wie viele echte Freunde haben wir denn? Zähl sie mal an einer Hand. Wenn du beim fünften Finger bist, kommst du schon ins Überlegen. Viktoria gehört dazu.«

»Und ich habe Jenny gekannt«, sagte ich.

»Du hast dich um sie gekümmert, wenn ich es zu Hause nicht mehr ertragen habe. Ohne dich hätte ich niemals ein paar Tage verreisen können.«

»Mit Rudi«, sagte Walter anklagend.

»Jawohl, mit Rudi. Und ich habe ihm die Reise bezahlt, er hatte ja kein Geld als Student. Sonst hätte er nicht bei Hornschuhs und uns den Garten gemäht. So was hast du nie nötig gehabt, Walter.«

»Dafür mußte ich Soldat spielen.«

Ich legte eine sanfte Hand auf Lillys Arm, und Lilly kapierte sofort, was ich damit andeuten wollte, und sprach, bei allem Eifer, nun weniger laut, nur für unseren Dreiertisch hörbar: »Das war keine Sexgeschichte mit Rudi damals, glaub mir, Walter. Das war ein dringend nötiges Liebhaben von beiden Seiten. Rudi hatte keine Freundin, und ich hatte keinen Mann mehr, der mich ab und zu mal in den Arm nahm.« Sie trank einen Schluck. »Das Schlimmste war, daß sich Jenny auch in Rudi verliebt hatte. Da hab ich Schluß gemacht.«

»Oh, ich erinnere mich«, sagte ich. »Da kam er plötzlich auch nicht mehr zu uns zum Rasenmähen.«

»Ich habe Jenny gesagt, er hätte sich einen Studienplatz in Freiburg gesucht. Ich habe mich nie mehr mit Rudi getroffen. Dich zu betrügen, Walter, machte mir keine Gewissensbisse, aber unsere Jenny und ihre Gefühle für Rudi? Das hätte ich nie übers Herz gebracht. Aber gib's zu, Viktoria, er war so liebenswert anständig in dieser verkommenen Männerwelt.«

»Und so fleißig. Der nächste, der bei uns schwarz gemäht hat, nahm zwei Mark mehr die Stunde und trank ein Bier nach dem anderen.« Ich schaute auf meine Armbanduhr und wollte gerade sagen, wie spät es inzwischen geworden war, als Walter vorwurfsvoll den Namen »Helmut« ins Gespräch brachte.

Worauf Lilly verklärt zu lächeln begann. »Helmut! Wegen dem habe ich mich wirklich scheiden lassen wollen. Den kennst du nicht, Viktoria. Der war erst später, da gab es Jenny nicht mehr. Helmut, ach ja, ein toller Mann!«

»Jetzt schielst du wie Zarah Leander, wenn sie Tschaikowsky entsagen muß!« giftete Walter.

»Th«, lachte Lilly. »Mir wirft er immer vor, daß ich alte Schnulzen gucke, dabei guckt er selber.«

»Was ist aus Helmut und dir geworden?« wollte ich wissen.

»Naja! Nach dem ersten Liebesrausch begriff ich, daß der auch ganz schön kompliziert war. Hätte ich bloß die Fehler gewechselt. Bin ich lieber bei Walter geblieben«, welcher die Rechnung kommen ließ.

Untergehakt, Walter in der Mitte, standen wir zu dritt vorm Hotel in der nach frischem Grün duftenden Maikühle und warteten auf Wilhelms Rückkehr nach ausführlichem Pinkeln.

»Es ist schön mit dir, Viktoria«, sagte Walter, meinen Arm drückend. »Du kannst so gut zuhören.«

»Was blieb mir anderes übrig. Ihr habt mich ja nicht zu Wort kommen lassen!«

»Du bist noch immer so eine attraktive Frau«, versicherte er mir. »Warum hast du keinen Freund?«

»O Gott, Walter«, stöhnte Lilly an seiner anderen Seite. »Darüber haben wir doch den ganzen Abend gesprochen.«

»Wann denn?«

»Habe ich nicht lang und breit erklärt, warum ich dich nicht mehr ertragen würde, wenn ich dich heute kennenlernte? Wie dann erst Viktoria, die seit Jahren eine emanzipierte Frau ist und unabhängig von einem Mann, der die Brötchen verdient, an denen wir Nur-Ehefrauen uns die dritten Zähne ausbeißen. Glaubst du, die würde ihre Selbständigkeit aufgeben und sich die Launen und Schrullen eines älteren Herrn antun?«

»Sie müßte ja nicht mit ihm zusammenziehen«, meinte Walter.

»Sie müßte überhaupt erst mal einem begegnen, der ihr gefällt«, sagte Lilly.

»Ich kenne einen«, sagte ich.

»Mensch, Viktoria! Ehrlich? Wie heißt er denn?«

»Hans Karlow.«

»Das ist doch der Karikaturist«, erinnerte sich Lilly.

»Der und du?«

»Nein. Wir sind nur Freunde. Er liebt eine Frau, die jünger ist als seine Tochter.«

»Da siehst du mal, was du für ein Glück hast, daß ich dich ein Leben lang behalten habe«, sagte Walter.

Und Lilly retour: »Was finge denn wohl 'ne Jüngere mit dir an? Ha? Die stellt doch Ansprüche.«

Ehe sie ins Detail gehen konnte, kam Wilhelm von seiner Spritztour zurück, und wir gingen alle vier ins Hotel.

»War das mal ein Liebhaber von dir, der Karlow?« wollte Lilly wissen.

»Nein, irgendwie haben wir uns verpaßt. Aber auch das hat seinen Zauber. Es hat dadurch nie aufgehört zwischen uns.«

»Komisch«, wunderte sich Lilly.

Wir umarmten uns, ich ging in mein Zimmer und dachte, wie angenehm, daß jetzt kein Mann im Bett neben mir liegt, der mich daran hindert, noch eine halbe Stunde zu lesen, weil ihn das Lampenlicht stört.

In meiner Reisetasche fand ich die Briefe, die ich heute früh aus dem Postkasten genommen hatte, als Böhlers mich abholten. Einer von Hans Karlow war dabei. Er enthielt eine Ansichtskarte mit dem spitzen Werderschen Kirchturm inmitten des größten Obstanbaugebietes des Havellandes. Ich erinnerte mich, daß früher zigtausend Berliner zur Baumblüte nach Werder fuhren und sich dort selbst bis zum Hals mit Johannisbeer- und Kirschwein abfüllten.

»Viktörchen«, hatte Karlow auf die Rückseite geschrieben, »hier gibt es unterhalb eines Ausflugslokals eine breite Treppe und daneben eine Sandbahn, wo man früher die Opfer des Obstweins, die nicht mehr der Stufen mächtig waren, hinuntergerollt hat. Unten wurden sie auf Leiterwagen geschichtet und so zum Dampfzug Richtung Berlin gekarrt, wo man sie wiederum in mit Stroh ausgelegte Güterwaggons umlud. Ach, mein Viktörchen, wie gerne wäre ich mal eng umschlungen mit Dir die Sandbahn runtergetrudelt. Aber nüchtern, sonst hätten wir ja nichts davon gehabt. Warum bist Du nicht hier? Es vermißt Dich Dein Karlow Hans.«

Wir würden wohl nie aufhören, jung aneinander zu denken.

7

Mein erster Weg, wenn ich nach Hause kam, galt dem Anrufbeantworter, in der Hoffnung, daß zwischen der Mitteilung, daß mein Toaströster repariert und zum Abholen bereit sei, und der Anfrage, ob mein Festgeld noch einmal verlängert werden sollte, sich auch eine Nachricht befand, die mich erfreute. Heute hörte ich zuerst Susans Stimme mit dem starken amerikanischen Akzent. »Hi – Vickydarling! Wir möchten dir besuchen. Sechs ist okay? Aber, bitte, mach kein Umstand, wir kommen nur auf ein Stunde. Bis gleich. Dein Susan und dein Frederik.«

Aha, Pflichtbesuch bei Muttern. Noch so gerade zwischen zwei Einladungen bei Freunden in den Sonntag eingeklemmt.

Hauptsache, sie kamen überhaupt vorbei. Ich hatte beide seit vierzehn Tagen nicht gesehen.

Danach Karens sachliche Mitteilung: »Grüß dich, Mama, es ist jetzt Sonntag, 14 Uhr 33. Du bist leider nicht zu Hause. Ab morgen wird meine Wohnung für drei Tage renoviert. Kann ich solange meinen Felix bei dir parken? Du hast ja jetzt Zeit. Bitte um Rückruf. Danke.«

Eine Stunde Susan und Frederik und drei Tage Karens Kater Felix. Das war doch was.

Ich hörte das Geräusch von Frederiks Wagen und stand schon in der Tür, als sie ausstiegen. Susan trug über einem türkisfarbenen Minikleid eine maigrüne Seidenjacke, darüber einen lavendelblauen Chiffonschal, goldene Trauben in den Ohren sowie goldene Schuhe und sah mir erwartungsvoll entgegen: Na, wie findest du mich?

»Überwältigend«, sagte ich.

»Alles neu. Frederik mag mir nicht mehr mein Schlabberlook. Frederik, findest du mir jetzt schön?«

Er grinste. »Naja, ich hab's nicht ganz so dramatisch erwartet.« Und wich dem Buffer aus, der ihn in die Seite treffen sollte.

Dann erst begrüßten wir uns, und Susan konnte gar nicht genug wiederholen, wie fabelhaft ich aussah. »Du hast dir so erholt. Wenn ich denke, wie du hast ausgesehen beim Italiener damals.«

Sie meinte damit den Tag, an dem ich Karen und die beiden in ein italienisches Restaurant beordert hatte. Ich wußte, daß Kinder einen am liebsten haben, wenn man sie nicht mit den eigenen Problemen belastet. Aber damals hatte ich keine Rücksicht darauf nehmen können. Ich war nervlich am Ende, und ich hatte ihren Beistand gebraucht.

Zuerst war ein Fernsehfilm geplatzt, in den ich schon eine fünfstellige Summe investiert hatte. Bei einem zweiten Projekt sagte der Hauptdarsteller sechs Tage vor Drehbeginn ab. Woher so schnell einen Ersatz nehmen? Stars mit zugkräftigen Namen waren auf lange Zeit ausgebucht.

Schließlich hatten wir eine Notlösung gefunden, das Drehteam reiste zu Außenaufnahmen und saß dort sieben Tage wegen Dauerregen untätig herum. Jeder vergeudete Tag kostete mich ein Vermögen. Der Regisseur überzog die vorgesehene Drehzeit zusätzlich um drei Wochen, dadurch mußten zwei Darsteller, weil in anderen Produktionen beschäftigt, vorzeitig abreisen. Mein langjähriger Produktionsleiter ließ sich von der Konkurrenz abwerben. »Irgendwann kommt der Moment, da geht's nicht weiter. Da merkt man dann doch, daß man nicht mehr dreißig ist.«

»Arm Vicky, fall bloß nicht tot um wie dein Mann!« sagte Susan, besorgt meine Hand streichelnd.

Und Karen, mit dem ihr eigenen Desinteresse für Probleme, die nicht sie selbst betrafen: »An deiner Stelle würde ich mal richtig Urlaub machen, Mama.«

»In dieser Situation? Du hast Nerven!«

»Nun fauch mich nicht gleich an. Was erwartest du überhaupt von uns?«

»Karen!« schoß Susan dazwischen. »Vicky will nichts von uns, bloß ihr Sorgen aussprechen.«

»Bitte, streitet euch nicht«, sagte ich müde und bereute bereits, Karen zu diesem Gespräch dazugebeten zu haben.

Und dann Frederik, sein Besteck über dem geleerten Teller zusammenlegend: »Für wen machst du dich eigentlich so verrückt? Merkst du gar nicht, daß du noch immer die tapfere kleine Frau spielst, die ihre Kinder versorgen muß? Wir sind erwachsen, Mama, wir verdienen seit Jahren unser eigenes Geld. Unseretwegen mußt du nicht mehr schuften. Ich habe immer gedacht, du kannst nicht ohne die Firma. Sie ist dein Leben.«

»Gespickt mit Sargnägeln«, sagte ich.

»Dann verkauf doch endlich den Laden«, schlug Karen vor.

»Ja, Mama, mach das doch«, redete mir auch Frederik zu. »Dann bist du den ganzen Ärger los. Mußt dir auch keine Sorgen mehr machen, wie du die Finanzierung zusammenkriegst ...«

Dieses Gespräch beim Italiener hatte vor einem halben Jahr stattgefunden und meinen Entschluß, die Firma zu verkaufen, besiegelt.

Nun saßen mir Susan und Frederik im Wohnzimmer gegenüber und versicherten, daß ich um fünf Jahre jünger aussehen würde als damals.

»Jünger schon, aber auch unausgefüllter«, gab ich zu bedenken.

»Mensch, Mama, nun mach uns bloß keinen Vorwurf, weil wir dir zum Verkauf geraten haben«, warnte Frederik.

»Mach ich doch gar nicht.« Und fragte, ob sie etwas trinken oder essen wollten.

Sie lehnten ab, auf die Uhr schauend, wieviel Zeit sie noch für mich übrig hatten, bevor sie zu einer Geburtstagsparty nach Feldafing aufbrechen mußten.

Susan erzählte Geschichten aus dem Krankenhaus, in dem sie als Heilgymnastin tätig war. Geschichten, die Frederik schon mehrmals gehört haben mochte. Er schaute aus dem Fenster, mit seinen Gedanken ganz woanders, wobei er einmal vor sich hinlächelte.

Nanu? dachte ich, durch dieses weiche Lächeln kurz irritiert. So guckt er doch sonst nicht, wenn er an seine Geschäfte denkt.

»Enjoy your life«, sagte Susan zum Abschied. »Ich beneide dir um dein Zeit, Vicky.«

Ich winkte ihrem abfahrenden Wagen nach und ging in mein Haus zurück. Vor mir lag ein langer Sonntagabend.

8

»Bert Gregor!« Er sprach seinen Namen wie einen Fanfarenstoß in mein Ohr.

Das war an einem Abend im Mai, so gegen zweiundzwanzig Uhr dreißig, an sich keine passende Zeit für einen Anruf nach jahrelangem Schweigen.

Eigentlich hieß er Albert Gregor Rutenpiller. Bert Gregor war das Pseudonym, unter dem er sich einen Namen als Unterhaltungsschriftsteller und Drehbuchautor gemacht hatte. Er war ein schwieriger Mensch, aber wir hatten uns dennoch recht gut verstanden, als er vor Jahren zwei Stoffe für mich schrieb.

Er fragte mich, wie es mir gehe. Ich erzählte ihm vom Verkauf der Firma. Ja, davon hatte er gehört. Ich fragte, wie es ihm gehe. Er sagte: »Meine Tilla ist vor vier Wochen gestorben.«

Oh, das tat mir sehr leid. Ich hatte Tilla Gregor gern gehabt.

Sie war eine stille, im Schatten eines dominanten Mannes lebende graue Maus gewesen; hatte ihm als Hausfrau, Prellbock, Managerin und Chauffeurin gedient; hatte seine Korrespondenz erledigt, seine Manuskripte abgeschrieben, seine Steuertermine eingehalten, seine Lieblingsmahlzeiten gekocht, sein Halswirbel-Syndrom massiert, seine Koffer gepackt, seine Launen ertragen und sein Fremdgehen. Sie hatte ihn vor allen

Unannehmlichkeiten und Banalitäten des Alltags beschützt.

Vor vier Wochen war sie an einem Hirnschlag gestorben. Einfach so. Daß sie seit Jahren unter extrem hohem Blutdruck litt, wußte ihr Mann, und auch, daß sie dagegen Medikamente einnahm. Aber das war ein Thema zwischen Tilla und ihren Ärzten gewesen, nicht sein Problem. Von Krankheiten wollte er nichts wissen.

Er sagte: »Jeden Augenblick möchte ich ihr etwas erzählen, ich möchte sie was fragen, ich habe Wünsche – nur sie ist nicht mehr da. Immer mehr wird mir die Endgültigkeit ihres Fortgehens bewußt. Nicht einmal verabschiedet hat sie sich von mir. Das Schlimmste ist: Ich konnte ihr nicht einmal danken. Sie war ein Engel, immer tüchtig, immer gutgelaunt und so umsichtig! Und ich war manchmal solch ein Ekel! Jetzt sag bitte nicht, die Reue kommt meistens zu spät.«

Genau das hatte ich gerade gedacht.

Manchmal unterbrach er seinen Nekrolog, um aus einem Glas zu trinken, in dem Eisstückchen klirrten. »Um was ich mich jetzt alles kümmern muß! Es ist schrecklich. Schrecklich! Sie hätte mich wirklich nicht allein lassen dürfen, noch dazu mitten im neuen Roman!«

Zwei Tage später rief er schon wieder zu später Stunde an, um mir sein Leid mit den Frauen zu klagen, die sich bei ihm als Wirtschafterin vorgestellt hatten. Zwei seien dabei gewesen: »Ich weiß schon, was die wollten. Mich, den Witwer, zum Standesamt abschleppen. Und wenn sie erst Madame sind, dann brauchen sie selber Personal, das sie bedient. Nein, danke!«

Dann ging ihm das Öl aus. Er mußte kalt duschen. Wo hat Tilla das Öl bestellt? Wo hat sie die Wäsche hingegeben? Wer bügelte früher seine Hemden? Die Türkin, die schon zu Tillas Zeiten zweimal pro Woche zum Durchputzen kam, wußte es auch nicht. Und wieso explodiert ein Ei, wenn man es in der Mikrowelle zu kochen versucht. Bei all den Haushaltssorgen kam er kaum noch an den Schreibtisch. Eine Sekretärin mußte er auch engagieren. Oh, Tilla!

Ich bin sicher, ich war nicht die einzige, bei der Bert Gregor seine Hilflosigkeit unterzubringen versuchte. Aber ich gewöhnte mich an seine späten Anrufe. Ich vermißte sie, wenn sie ausblieben. Wir sprachen ja nicht nur Haushaltsprobleme durch, sondern auch über Filme und Theaterbesuche. Übers Leben. Er erzählte mir den Anfang seines neuen Romans. Fragte mich nach meinem Urteil.

Wir kamen uns sozusagen näher. Dann bekam er die monatliche Telefonrechnung und beinahe einen Infarkt vor Schreck. Achthundertvierundneunzig Franken und zwanzig Rappen! Nun ja, es handelte sich um Auslandsgespräche.

Langsam kamen ihm Bedenken, ob diese Investition sich überhaupt lohne, er hatte mich ja seit mindestens sechs Jahren nicht mehr gesehen. Wer weiß, was inzwischen aus mir geworden war!

Deshalb machte er mir den Vorschlag, übers Wochenende nach Zürich zu kommen. Das ging leider nicht, weil die verreisten Böhlers ihren Wilhelm bei mir untergestellt hatten. Und außerdem hatte ich gewisse Bedenken: Es war ja möglich, daß er sich unter meinem Besuch etwas anderes vorstellte als ich. Anstatt Spaß in Zürich warteten vielleicht zwei Dutzend Hemden zum Bügeln auf mich.

»Weißt du was, komm nach München. Du kannst auch bei mir wohnen. Sparst du das Hotel.«

Er sagte sofort zu.

Nun war also Bert Gregor auf dem Weg nach München. Frau Engelmann putzte Haus und Silber, es sah bei mir aus wie in »Schöner wohnen«, ich meine so aufgeräumt, als ob gleich ein Fotograf käme und alles knipste. Wilhelm Böhler durfte nicht länger Haare auf die Auslegware im Wohnraum streuen. Er mußte im Flur liegen. Zeit zum Spazierengehen hatte ich auch nicht, weshalb er mich mit anklagenden Blicken verfolgte: Das sage ich alles Lilly und Walter, wenn sie aus Hamburg zurückkommen.

Ich fuhr zum Markt, um für Gregors Besuch einzukaufen.

Bei meiner Rückkehr hatte es zu regnen begonnen – es regnete wirklich viel in diesem Frühjahr

1991. Eine freundliche Frau Mitte Sechzig im Lodenmantel, mit Jägerhütchen und festen Schnürschuhen ging gerade an meinem Haus vorbei, als ich Blumensträuße vom Rücksitz nahm. Sie lächelte mir zu, ich lächelte zurück.

»Ach«, sagte sie, als das Einwickelpapier auseinanderfiel, »das sind ja Pfingstrosen und Campanula und Rittersporn.« Der Regen verdichtete sich. »Ich kenne jede Blume und jeden Strauch.«

»Wie schön.«

»Ich war früher Biologielehrerin, zuerst in Halle an der Saale und nach unserem Umzug in den Westen in Giesing.«

Das war sicher eine von denen, die durch die Straßen laufen in der Hoffnung auf ein Gespräch – eine aus dem großen Heer der Einsamen.

Aber ich hatte wirklich keine Zeit, mich mit ihr zu unterhalten. Ich mußte das Abendessen für Gregors Besuch vorbereiten und schloß die Haustür auf.

Sie sagte: »Ich bin herzkrank« hinter mir her. »Heute habe ich meine Pillen noch nicht genommen. Ob Sie wohl die große Güte hätten, mir ein Gläschen Wasser zu spendieren?«

»Natürlich.« Ich überlegte. Was machst du jetzt? Draußen im Regen kannst du sie nicht stehenlassen. Andererseits läßt du nicht gern fremde Leute in deine Wohnung. Aber so eine liebe ältere Frau? »Kommen Sie rein«, sagte ich.

Sie bedankte sich überschwenglich, wobei sie einflocht, daß es so gute, hilfsbereite Menschen wie mich nur noch selten auf Gottes Erdboden gebe. Die meisten würden Herz und Tür vor den Bitten einer alten Frau verschließen.

Die Arme voll Blumen, den wütend bellenden Hund mit dem Fuß zurückhaltend, wartete ich auf sie. »Nun kommen Sie schon, ich kann den Hund kaum halten.«

Sie putzte sich ausführlich die Schuhe an der Matte ab. »Ach, lassen Sie ihn nur frei. Auch Hunde sind Gottesgeschöpfe, sie tun mir nichts zuleide.«

Nun kannte ich die Vorliebe des Gottesgeschöpfes Wilhelm, fremden Besuchern in den Hintern zu kneifen, und schob ihn vor mir her ins Bad.

Als ich zurückkam, stand die Frau in meinem Wohnzimmer.

»Moment, ich hole Ihnen ein Wasser.«

»Zu gütig. Es kann ruhig Leitungswasser sein. Ich fürchte mich nicht vor Bakterien.« (Es waren ja schließlich auch Gottes Geschöpfe.)

Sträuße und Tüten lud ich auf den Küchentisch, füllte ein Glas mit Wasser und kehrte ins Wohnzimmer zurück. Inzwischen hatte sie Platz genommen und den Mantel ausgezogen: »Damit er nicht Ihr kostbares Sofa befeuchtet.« Sie trug eine langärmelige Bluse und einen gehäkelten Jumper, der nach Heimarbeit aussah. Mit unterwürfigem Dank nahm sie mir das Glas ab und stellte es auf den Tisch.

Ich sah sie zunehmend besorgt an. Sie hatte nämlich gar keine Herztabletten bei sich, für die sie Wasser zum Runterschlucken benötigte.

»Sie haben es schön hier. Das war alles sehr teuer, nicht wahr?«

»Hören Sie, Frau ... eh ...«

»Gerberich. Martha Gerberich«, stellte sie sich vor. »Mein Mann und ich waren immer mehr fürs Schlichte. Kein Luxus, denn er verweichlicht den Menschen und führt ihn auf die schiefe Bahn.«

Das hatte ich nun davon, daß ich sie nicht im Regen stehen lassen wollte. »Tut mir leid, ich habe keine Zeit. Ich erwarte Besuch, Frau Gerberich!«

Als ob sie mich nicht gehört hätte, versicherte sie: »Ich habe immer sehr ruhig und bescheiden gelebt. Erotik nur mit meinem Mann und nur, als wir uns die Kinder wünschten. Wir haben zwei Töchter – Christa ist vierunddreißig und mit dem jüngsten Sohn von Landgerichtsdirektor Habermann in Celle verheiratet. Roswitha ist dreiundzwanzig und noch jungfräulich.«

Ich lief zum Bad und ließ den Hund heraus. Er fegte ins Wohnzimmer, schnupperte an den Knien von Frau Gerberich und schmiß sich auf den Boden. Auf Wilhelm war auch kein Verlaß. Warum kniff er sie nicht?

»Als wir damals Halle verließen, verfiel unsere Ehe.« (Kein Wunder, daß ihr Mann abgehauen war nach nur zweimaligem Beischlaf in elf Jahren.)

»Hören Sie, ich muß jetzt zum Flughafen, einen Freund abholen.«

»Oh! Sie haben einen Freund? In Ihrem Alter?« (Das mißfiel Frau Martha.) »Gott läßt den Menschen rechtzeitig verwelken, damit er nicht mehr zur Sünde taugt.«

So, nun reichte es aber! Ich nahm den Mantel von ihren Knien und wollte ihr beim Anziehen helfen.

Sie schob ihn beiseite und blieb sitzen wie angeklebt. »Ich bin stolz auf meine Reinheit. Vielleicht hatte ich deshalb vor einigen Jahren am linken Oberarm das Heiligenstigma. Das ist ein zweieinhalb Millimeter großer dunkelblauer Kreis mit einem Dreieck darin. Herr Doktor Schmitz aus Neukeferloh hat das Stigma genau begutachtet.«

In diesem Augenblick schloß jemand die Haustür auf. Wilhelm sprang bellend auf und rannte in die Diele. Gleich darauf trat Frederik ein, im Trenchcoat und in Eile. Mit einer Hand den Hund kraulend, guckte er auf meinen Besuch. Grüßte kurz, wollte sich an mich wenden …

»Ich bin Frau Martha Gerberich.« Sie streckte ihm die Hand hin.

»Hornschuh.«

»Das sieht man doch gleich an der Ähnlichkeit, daß Sie Mutter und Sohn sind. Dieselben Augen!«

»Bloß nicht dieselbe Brille«, sagte er und: »Mama, ich brauche dringend ein paar Familiendokumente. Die müssen in deinem Safe liegen. Kannst du mir bitte den Schlüssel dazu geben?«

Ich ließ die beiden allein. Der Schlüssel lag natürlich nicht da, wo ich ihn vermutete. Wo konnte bloß der Schlüssel sein?

Plötzlich stand Frederik neben mir im Schlafzimmer. »Wer ist das? Die spinnt!«

»Was hat sie gesagt?« fragte ich interessiert.

»Irgend etwas von heiligmäßigen Menschen. Die kommen auf den Olymp. Da erleben sie die Gotteskindschaft. Sie werden Lichtgötter und müssen im Luftgewand den Äther reinigen.«

Inzwischen hatte ich den Schlüssel gefunden.

»Woher kennst du sie?«

Ich erzählte es ihm.

Er sagte mir darauf all das, was ich mir selbst schon vorgeworfen hatte.

»Tu mir eine Liebe – nimm sie mit. Schaff sie mir vom Hals. Setz sie an der Bank raus. Bitte!«

»Okay, okay!« Er bekam einen breiten Mund vor unterdrücktem Ärger.

So wurde ich Frau Martha Gerberich samt ihrem Heiligenstigma und ihrem Sitzfleisch los.

Vom Küchenfenster aus sah ich, wie Frederik ihr in den engen Sportwagen half. Sie redete vergnügt auf ihn ein. Dann donnerten sie aus meinem Blickfeld. Beim Füllen der Vasen überlegte ich, ob sie den Trick mit den Herzpillen öfter anwandte, um in fremde Häuser zu gelangen. Lebte sie allein? Kümmerten sich ihre Töchter um sie?

Das Telefon läutete.

Mein Sohn. »Ich bin in der Bank.«

»Hast du die Dokumente gefunden?«

»Ja. Aber ich bekomm die Alte nicht aus dem Auto. Was soll ich mit ihr machen?«

»Zerr sie mit Gewalt raus.«

»Das habe ich versucht. Da hatte sie einen Herzanfall.« Er tobte: »Verdammter Mist. Im Büro wartet ein Kunde auf mich, und ich darf 'ne Verrückte, die meine Mutter ...«

»Jaja«, sagte ich kleinlaut. »Ich hab dir was eingebrockt.«

»Hast du auch«, sagte er kalt. »Jetzt kommt der Notarztwagen«, und hängte ein.

Eine Viertelstunde später rief ich in unserer Bankfiliale an. Ich brauchte nur meinen Namen zu nennen, da erhielt ich schon die gewünschte Auskunft. »Ach, Frau Hornschuh! Als sie den Notarzt sah, ist sie aus dem Auto gesprungen und fortgerannt.«

»Hat man sie verfolgt?«

»Nein, wer so laufen kann, hat keinen Herzanfall.«

Ich bedankte mich für die Mitteilung und war sehr erleichtert, daß mein Sohn Frau Martha losgeworden war.

Gerade füllte ich geschnittene Knoblauchzehen und Salbeiblätter in die Lachsforellen, als Bert Gregor anrief. Er hatte noch eine Maschine früher erreicht. Jetzt stand er am S-Bahnhof, und es war kein Taxi da. Ob ich ihn abholen könnte? Du guter Gott, drei Stunden zu früh!

Ich war nicht zurechtgemacht. Stank nach Knoblauch. Mit den Essensvorbereitungen fing ich gerade erst an. Dieser Mensch verpatzte mir meine ganze Inszenierung!

Bert Gregor kleidete sich gern englisch und das am liebsten kleinkariert. Mein erster Gedanke bei seinem Anblick war: Junge, du mußt dringend abspecken.

Seine Begrüßung fiel förmlich aus. Mit Handkuß. Er wirkte mißgestimmt. Wieso hatte ich ihn beinahe zwanzig Minuten am Bahnhof warten lassen? Inzwischen waren mehrere Taxis gekommen, die er nicht benutzen konnte, weil er ja auf meine Ankunft warten mußte.

Ich sagte: »Es tut mir leid«, und nicht: Was kommste drei Stunden zu früh!

Beim Verladen seiner Tasche im Kofferraum fiel ihm ein, daß er versäumt hatte, seinen Whisky im Duty-free-Shop zu kaufen. Ich sagte, das macht nichts, ich habe welchen zu Hause. Darauf wollte er wissen, welche Marke. Ich sagte ihm die Marke. Darauf sagte er, nein, die trinke er nicht. Er trinke nur eine ganz bestimmte. Und nun fuhren wir vergebens von einem Supermarkt zum anderen, bis wir endlich in einem Delikateßgeschäft in der Innenstadt seine spezielle Marke gefunden hatten. Gregor kaufte den gesamten Bestand von fünf Flaschen auf. Ich dachte: Nanu, wie lange will er denn bleiben?

Wir saßen beim Tee und machten mühsam Konversation. Möglich, daß wir das Telefon vermißten. Ohr an Ohr fiel uns das Plaudern leichter als vis-à-vis.

Wilhelm, der sich nach kurzem Schnappen nach Gregors Hose gesellig in unserer Nähe niederlassen wollte, mußte schon wieder ins Exil. Gregor behauptete, er sei allergisch gegen Hundehaare. Es jucke ihn schon überall. Armer Wilhelm. Das war kein schöner Tag für ihn.

Es begann mein Hin und Her zwischen Gast und Küche zwecks Herstellung des Abendessens. »Nun bleib doch mal zehn Minuten an einem Stück sitzen. Wie soll man denn eine Unterhaltung führen, wenn du pausenlos rausrennst. Warum bist du so hektisch, Viktoria?«

War ich hektisch?

Dabei schaute er immerzu auf die Uhr, ob es nicht endlich sieben wurde. Vor sieben Uhr trank er keinen Whisky. Aber dann? Er kam in die Küche und inspizierte meine Eiswürfelvorräte. War das etwa alles? Das reichte ja höchstens für vier Whiskys on the rocks. Hast du denn keine Eiswürfelmaschine?

Nein. Hatte ich bisher auch nicht vermißt.

Während des Tischdeckens lief er neben mir her. »Habe ich dir schon gesagt, daß wir morgen nach Weimar fahren?«

»Oh, willst du auf Goethes Spuren wandeln?«

»Nein, es geht da um ungeklärte Vermögensverhältnisse. Tilla und ihr Bruder haben ihr Elternhaus zu gleichen Teilen geerbt. Der Bruder wohnt seit langem drin und weigert sich, Tilla die Hälfte auszuzahlen. Er sagt, er habe das Haus mit erheblichen Kosten renoviert – hörst du mir überhaupt zu, Viktoria? – und will ihr deshalb nur ein Viertel vom Gesamtwert zugestehen. Er kann sie aber nicht auszahlen, weil er arbeitslos ist. Nun will ich, daß er eine Hypothek aufnimmt.«

»Davon hat Tilla auch nichts mehr.«

»Aber ich als ihr Erbe. Und darum muß ich hin.«

»Und was soll ich dabei?«

»Na, ich dachte, du fährst mit«, sagte er, verwundert über meine Frage. »Du weißt doch, daß ich seit Jahren nicht mehr Auto fahre. Tilla hat mich chauffiert. Was ist?« Er war irritiert durch meinen Blick, der skeptisch auf ihm lagerte.

»Soll ich vielleicht auch noch mit dem Bruder wegen der Hypothek reden?«

Und er, aufleuchtend: »Ach, das wäre wirklich ... Viktoria, wenn du das tätest ... du hast in deinem Leben doch genügend Verträge ausgehandelt.«

»Den Teufel werd ich tun. Ich bring dich nicht hin. Fahr mit der Bundesbahn nach Weimar und laß Tillas Bruder in Ruhe. Du hast genügend Besitz. Er hat bloß das da und keine Arbeit.«

»So großzügig kann nur einer reden, der selber keine Ansprüche an Grundbesitz in den neuen Bundesländern hat«, giftete er mich an.

Wir saßen uns stumm am Tisch gegenüber und löffelten Suppe. (Wenigstens könnte er sagen, daß sie ihm schmeckt.)

»Was macht dein Roman?« fragte ich schließlich. »Bist du weitergekommen?«

»Ich habe ihn mitgebracht.«

»Ach, willst du hier schreiben?«

»Nein.«

Wollte er mir etwa vorlesen?

Er wollte. Gleich nach dem Dessert.

Während ich abräumte, holte er sein Manuskript aus dem Gästezimmer. »Nun setz dich endlich, Viktoria, damit ich anfangen kann. Also. Du erinnerst dich, daß Lena, meine Hauptperson ...«, er zog an seiner Pfeife, vermißte den nötigen Durchzug, entnahm seinem Ledertäschchen einen Stocher und stocherte und zog. »... ein Liebesver...«, und zog und stocherte »...nis hat. Ein sehr problematisches Verhältnis.«

Er klopfte seine Pfeife im Aschenbecher aus und kratzte anschließend in ihrem Kopf herum; nahm eine andere aus dem Täschchen, mit zwei Fingern Tabak aus einem Lederbeutel und stopfte ihn in die Pfeife; zündete sie an, nahm einen großen Schluck vom Whisky und griff nach dem Manuskript auf dem Tisch; lehnte sich zurück und hub an zu lesen: »Sie schraken aus ihrem quälend heißen, unruhigen Schlaf durch einen Donnerschlag ...«

Telefonläuten. Worauf Gregor sein Manuskript aus der Hand legte und sich die Schläfen hielt. »Mein Gott, kann man in diesem Haus nicht mal einen einzigen Satz ungestört vorlesen? Entweder du rennst raus oder es klingelt das Telefon.«

Ich hatte schon den Hörer abgenommen.

»Hier spricht Frau Martha Gerberich. Ich bin heute vormittag in meiner Erkenntnistheorie durch Ihren Sohn gestört worden. Das ist ja ein Lümmel, Frau Hornschuh. Kein Respekt vor alten Menschen. Nun möchte ich Ihnen vom Huhn erzählen. Das Huhn hat einen Darm und einen Darmausgang, sonst nichts. Niemals kann sich im Kot des Darmes ein Ei bilden. Den Eierstock hat das Huhn zwecks Sinnestäuschung. Die Eier sind materialisierte Äthersubstanzen ...«

Ich drohte: »Wenn Sie mich noch einmal anrufen, hole ich den Notarzt!« Und hängte ein.

Gregor fragte: »Wer war das?«

Ich erzählte ihm von Frau Gerberichs Besuch.

Zum ersten Male hörte er mir interessiert zu, machte sich sogar Notizen am Rande seines Manuskriptes.

»Hast du ihre Telefonnummer?«

»Nein. Was willst du von ihr?«

»Ich möchte sie interviewen. Die Frau entspricht genau dem Bild, das mir von Lenas Mutter vorschwebt. Bitte, lade sie für morgen vormittag ein!«

Ich glaub, ich spinne, sagte ich zu mir.

Danach las er vor.

Nun las er schon einhundertfünfzehn Minuten vor. Unterbrach sich nur, um sein Glas aufzufüllen. Inzwischen gingen die Eiswürfel aus. Aber im Notfall trank er Whisky auch warm. Ich hörte ihm schon längst nicht mehr zu. Ich hatte genug von Albert Gregor Rutenpiller. Daß er schwierig war, wußte ich vorher. Seine Paschaallüren könnte man ihm vielleicht abgewöhnen. Seinen Whiskykonsum bestimmt nicht.

Am Telefon hatte er zuweilen eine schwere Zunge gehabt, aber nicht betrunken geredet. Nun stolperten beim Vorlesen die Silben durcheinander, es klang, als ob sie sich gegenseitig auf die Füße traten. Um Mitternacht schob ich ihn die Treppe zum Gästezimmer hinauf, denn alleine schaffte er es nicht mehr. Nein, sagte ich mir, den nicht. Nicht diesen Herrn. Habe ich so einen nötig?

Am nächsten Morgen erschien er mit angelegten, vom Duschen feuchten Haaren, nach »Dunhill« duftend und sehr verquollen am Frühstückstisch. Es war ihm peinlich wegen gestern abend. Er hatte wohl ein bißchen viel getrunken. Ihm fehlten da ein paar Meter, die er nicht zu rekonstruieren vermochte. Er hatte sich doch hoffentlich anständig benommen? Keine sexuellen Annäherungsversuche? Nein?

Ich mußte sehr lachen.

Gregor sah wohl selbst ein, daß sein gestriger Auftritt nicht gerade imagefördernd gewesen war. Er wollte die Felle retten, die ihm noch nicht davongeschwommen waren, und schaltete um auf Gentleman. Dazu fielen ihm ein paar Komplimente ein für meinen Kirchner an der Wand. Meine Figur. Meine Lachsforelle in Folie: Ausgezeichnet, liebste Viktoria. Sogar mein Nagellack gefiel ihm.

Wir hatten nie davon gesprochen, wie lange er bei mir wohnen würde. Nach seinem Whiskyeinkauf zu urteilen, hatte er wohl fünf Tage im Sinn gehabt – pro Abend eine Flasche. Jetzt fiel ihm plötzlich ein, daß wir noch gar keine Pläne gemacht hatten. »Was hältst du von einem Stadtbummel mit anschließendem Biergarten? Oder einem Ausflug in die Berge? Aber da können wir auch morgen hin.«

»Jetzt fahre ich erst einmal mit Wilhelm Böhler über Land«, beantwortete ich seine Pläne.

»Du meinst den Hund? Ist dir der etwa wichtiger als dein Gast?«

»Wilhelm ist mein Gast, genau wie du. Außerdem kannst du ja mitkommen.«

»Viktoria!« (Habe ich schon gesagt, daß mein Name sich wundervoll als Vorwurf aussprechen läßt?) »Wie hast du dich verändert. Am Telefon klangst du so fraulich und verständnisvoll, ich hätte niemals diese Egozentrik bei dir erwartet. Ich schlage eine Reise nach Weimar vor, du lehnst ab. Ich schlage dir einen Stadtbummel vor, du willst statt dessen mit dem Köter los.«

»Weil er Auslauf braucht. Ist das vielleicht egozentrisch gedacht? Dir könnte Auslauf auch nicht schaden«, mit einem Blick auf die Speckrolle über seinem Hosenbund.

Das hätte ich nicht sagen dürfen. Was gingen mich sein Speck und sein Whisky an? Ich hatte es ja auch nicht gern, wenn man mir meine Schäden und Fehler vorhielt. Aber ich mußte ihm einfach kleine Tritte versetzen, in der Hoffnung, ihn dadurch loszuwerden. Die Vorstellung, noch mehrere Tage vom Frühstück bis zum Ende der abendlichen Whiskyflasche mit Gregor zu verbringen, überstieg mein Geduldsvermögen.

Er stopfte sehr nachdenklich die erste Pfeife dieses Tages. »Vielleicht habe ich mir zu große Illusionen gemacht – du vielleicht auch. Vielleicht bist du genauso enttäuscht von mir wie ich von dir, Viktoria. Verzeih, wenn ich dich ... Ich möchte dich wirklich nicht kränken, aber es fehlt dir so total das Einfühlsame für die männliche Psyche. Wahrscheinlich liegt es daran, daß du schon so lange allein lebst. Du hast dein Anpassungsvermögen verloren.«

»Ja«, sagte ich, »daran wird's liegen.«

Gregor beschloß: »Dann werde ich jetzt mal meine Tasche packen.«

Und ich: »Sag bloß, du willst schon abreisen?«

Das sollte erschrocken klingen. Aber meine Augen spielten nicht mit. Sie müssen aufgeleuchtet haben, denn Gregor stand vom Tisch auf und fragte, ob er mal telefonieren dürfe. Er rief mehrere Münchner Bekannte an, während ich den Frühstückstisch abräumte. Endlich fand er einen, der sich nicht nur freute, von ihm zu hören, sondern auch Zeit hatte, ihn wiederzusehen.

Ich brachte ihn zum Bahnhof.

Er blieb noch einen Augenblick neben mir im Auto sitzen, auf der Suche nach einem möglichst siegreichen Abgang. »Hoffentlich bist du nicht allzu verletzt, wenn ich dich heute schon verlasse. Ich mag dich. Du bist noch immer eine attraktive Frau.« Zur Bekräftigung legte er seine Hand auf mein Knie.

»Ich dank dir, Gregor«, und räumte seine Hand ab. »Du hast dich eben in mir geirrt. Hast eine zweite Tilla erwartet.«

»Ja, meine Tilla«, seufzte er. »Es ist überhaupt noch viel zu früh, an eine zweite Ehe zu denken.«

Das überraschte mich. »So weit hattest du bereits gedacht?«

Und er: »Du etwa nicht?«

»Da könnte der wunderbarste Mann kommen« (kam sowieso nicht), »ich werde nie mehr heiraten.«

»Naja, du bist auch in einer anderen Lage als ich.«

»Da hast du recht«, sah ich ein. »Ich kann selber kochen, bügeln, Knöpfe annähen, Auto fahren und die Wohnung putzen, wenn auch nicht gerne. Aber ich kann's.«

Er schnallte sich ab. »Wir bleiben doch in Kontakt, oder?« fragte er, plötzlich unsicher, weil allein gelassen.

»Aber warum nicht? Wir haben uns doch nicht gezankt. Du kannst mich jederzeit anrufen.«

»Danke«, sagte er.

Dieses Wort hatte ich am gestrigen Abend mehrmals vermißt. »Sollte ich Frau Gerberich noch einmal begegnen, werde ich ihr deine Zürcher Adresse geben. Damit sie dir schreibt.«

»Ach, das wäre reizend, Viktoria.« Da ich keine Anstalten machte, ihn – wie erwartet – zum Bahnsteig zu begleiten, küßte er im Wagen meine

Hand, bedankte sich für die Gastfreundschaft, stieg aus und zog sein Gepäck vom Rücksitz.

Ich wünschte ihm noch schöne Tage in München oder Weimar oder wo immer er sich hinbegeben mochte.

Und sah ihm nach. Ein kleiner Mann mit kräftigen Schultern und kurzen Beinen, in einem karierten Jackett von Aquascutum mit Seitenschlitzen und Lederflecken auf den Ellbogen, rechts eine hirschlederne Reisetasche, links die Plastiktüte mit den noch verbliebenen Whiskyflaschen. So tauchte er Schritt für Schritt in den Bahnhof hinunter. Und tat mir plötzlich leid.

Am Nachmittag erhielt ich per Fleurop einen Strauß weißer Rosen mit seiner beigefügten Visitenkarte. Auf ihre Rückseite hatte er geschrieben: »Partir c'est toujours un peu mourir. Bert.«

Als Drehbuchautor verstand er sich auf effektvolle Abgänge.

9

In der Märkischen Schweiz am Schermützelsee, schräg gegenüber von Buckow, fanden wir einen Gasthof, der sich zwecks Modernisierung im Umbau befand. Auf der Terrasse waren mehrere Tische besetzt. Der Wirt bediente selbst. Wildragout mit viel Soße, blankem Rotkohl und einem lockeren Kartoffelkloß. Wir aßen uns so richtig satt.

Eine Wiese trennte das Gasthaus von dem breiten Schilfgürtel, der das Ufer umschloß. Dazwischen blinkte uns der See voll verhalten-spröder Fontanescher Romantik an. Diese Landschaft versetzt einen nicht in Euphorie wie andere Landschaften mit leuchtenden Farben und dramatischem Panorama. Sie macht still. Und ein wenig melancholisch.

Nach dem Essen hatten wir einen längeren Spaziergang geplant. Unsere Wanderlust reichte jedoch nur bis über die Wiese, auf der Wäsche baumelte, zu einer ins Schilf geschlagenen Schneise.

Hier ließen wir unsere Trägheit von der Leine und fielen ins struppige Gras. Vor uns auf dem spiegelglatten See bewegte sich gar nichts. »Nicht mal ein Schwan«, fiel mir auf.

»Wieso? Vermißt du einen?« wollte Karlow wissen.

»Ich vermisse im Augenblick überhaupt nichts. Ich bin rundum zufrieden. Wollen wir Siesta machen?«

»Siesta macht man nicht, die hält man«, belehrte er mich.

»Na schön. Ich mache sie, und du hältst sie. Was soll ich mich mit dir rumstreiten bei dem vollen Bauch.«

Und nach einer Weile: »Sag mal, Viktörchen, was ich dich schon immer fragen wollte ... Lebst du eigentlich gern allein?«

Ich überlegte. »Das kommt darauf an. Zum Beispiel schlafe ich gern allein und bin froh, wenn beim Aufwachen keiner da ist, der sich mit mir unterhalten will. Ich kann aufstehen, wann ich will, und frühstücken, wann ich will, oder auch nicht. Ich ...«

Hans Karlow an meiner Seite wurde nervös. »Dein Tagesablauf ohne Partner ist bestimmt sehr interessant, aber jetzt bist du erst beim Frühprogramm. Wieviel Zeit mag noch vergehen bis zur Schilderung deiner Abende als Antwort auf meine schlichte Frage: Lebst du gern allein?«

»Also ja – meistens. Aber ein gewisses Zusammengehörigkeitsgefühl, das vermisse ich schon ab und zu.«

Zur Antwort zog mich Karlow an seine Schulter.

Er fühlte meinen Widerstand. Ich wollte gar nicht widerstehen, aber ich konnte mich auch nicht in seinen Arm fügen. »Du hast verlernt, dich anzulehnen.« Als ich mich aufrichten wollte, bat er: »Bleib noch ein bißchen.«

Langsam, ganz langsam spürte ich, wie das Zementkorsett, das ich zum Selbstschutz aufgebaut hatte, in meinem Rücken zu bröseln begann. Man konnte es beinahe bröseln hören.

»Na endlich. Gut so?«

»Es gefällt mir.« Es gefiel mir so gut, einmal nachgeben zu dürfen, mich einfach gehenzulassen, daß ich Sorge hatte, mich daran zu gewöhnen. Deshalb zog ich mich auf die Wiese zurück, rupfte einen Grashalm und band ein Knötchen hinein.

»Wir waren schon mal an einem See zusammen«, erinnerte er sich. »Nachts in Schwanenwerder.«

»Daran habe ich auch gerade gedacht. Ist lange her.«

Das war in unseren frühen »roaring fifties« gewesen. In Valeska Gerts verräucherter »Hexenküche« hatten wir einen neureichen Fabrikanten kennengelernt, der Duscha, die zu unserer Clique gehörte, auf einen letzten Drink in sein Haus am Wannsee eingeladen hatte. Weil sie aber nicht allein mitfahren wollte, mußte er uns übrige Fünf auch mitnehmen.

Karlow zählte auf: »Du, ich, Duscha, dein Freund Wohlfahrt, meine unselige Elfriede ... wer war eigentlich der sechste?«

»Bobby Lentz, der Lokalredakteur.«

»Erinnerst du dich noch an die Fahrt im offenen Chevy über die Avus?«

»Und dann die Villa von dem Fabrikanten!« sagte ich. »Das war vielleicht eine Villa!«

»... und wie wir über seine Kilodose Kaviar hergefallen sind!«

»Wie die Welpen in der Chappi-Werbung, bloß mit Suppenlöffeln. Wohlfahrt hat uns dafür verachtet. Schäbige Schmarotzer hat er uns genannt. Dann hat er sich auf ein seidenes Sofa gelegt. Mit Schuhen. Aus Protest.« Ich band noch ein Knötchen in meinen Grashalm.

»Und der viele Champagner«, fiel Karlow ein. »Überall standen angebrochene Flaschen herum. Der wollte uns blau machen, der Fabrikant. Dann kamst du auf die Idee, schwimmen zu gehen.«

»Wir sind alle ins Wasser, bis auf Wohlfahrt und Elfriede. Wo war eigentlich Elfriede?«

»Die kotzte Kaviar.«

Ich lag auf der struppigen Wiese am Schermützelsee und sah dabei den nächtlichen Wannsee vor mir. »Ich bin ganz weit rausgeschwommen, immer weiter ...«

»Ich habe dich gesucht«, sagte Karlow, »und bin dir nach.«

»Plötzlich tauchtest du neben mir auf wie der leibhaftige Neptun. Ich bin fast untergegangen vor Schreck.«

Er legte sich nun auch ins Gras. »Daran habe ich dich gehindert«, erinnerte er mich.

Das war nicht nötig gewesen. Das wußte ich noch ganz genau. Ich habe wie um mein Leben gekämpft in der plötzlichen Umklammerung seiner Arme und Schenkel. Ich liebte ja Wohlfahrt. Ich war fuchsteufelswild vor Zorn.

»Es war ein harter Nahkampf«, er lachte vor sich hin. »Wir haben dabei viel See geschluckt. Auf einmal hast du aufgegeben und mich umarmt.« Er schien unsere Seeschlacht und ihren leidenschaftlichen Ausgang genauso in seinem Gedächtnis bewahrt zu haben wie ich. Er hatte damals einen wunderschönen Körper.

Ich versuchte noch ein Knötchen in meinem Grashalm unterzubringen, aber dafür war er nun zu kurz. Darum gab ich mein Spielzeug an Karlow weiter. »Da, schenke ich dir.«

Auf der Stegbank lauerte damals Elfriede Grün auf uns. Wohlfahrt hatte sie gleich mitgebracht. Wir haben sie erst gesehen, als wir als letzte pudelsplitternackt aus dem See stiegen. Und das auch noch Hand in Hand.

»Ogottogott, wie war der Wohlfahrt böse! ›Zieh dich sofort an, Viktoria!‹ Und ich, klitschnaß, stieg folgsam in die Wäsche.«

Karlow sagte: »Sie hätten uns wenigstens ein Handtuch mitbringen können.«

»Ich kam mir vor wie in den Wellen der Sünde ertappt. Elfriede machte dir auch ’ne Szene. Und du hast gesagt: ›Aber Friedchen, was kann denn schon passieren in dem kalten Wasser.‹ Das leuchtete auch Wohlfahrt ein.«

Es war ja auch nichts Gravierendes passiert, aber es hatte damals etwas begonnen, das noch heute anhielt, sonst hätten wir die Nacht im See ja längst vergessen.

Noch ein Bild habe ich deutlich vor mir: Der Morgen hatte zu grauen begonnen, in der Villa brannten noch alle Lichter, Lentz kam uns fluchend entgegen: Duscha war mit dem Fabrikanten verschwunden. Er hatte sie im ganzen Haus gesucht, um sechs mußte er in der Redaktion sein, wie kam er jetzt in die Stadt! Karlow schaute im Chevrolet nach, der auf dem Hof vor den Garagen stand, aber es steckte kein Schlüssel. Uns blieb nichts anderes übrig, als durch eine nicht enden wollende Allee zum nächsten S-Bahnhof zu tippeln, das war Nikolassee. Vorneweg rannte Lentz. Wohlfahrts Rücken sah man die Wut über dieses unwürdige nächtliche Abenteuer an. Elfriede jammerte in einem fort: Oh, meine Füße!

»Manchmal schautest du dich nach mir um. Dann sahen wir uns lange an. Ich hatte ein schlechtes Gewissen.«

»Ich nicht«, Karlow bewegte meinen Knötchenhalm wie eine Zigarette im Mundwinkel. »Ich war nur wütend, weil ich mit dir nicht allein sein konnte.« Es tat ihm noch immer leid. »Was haben wir damals verpaßt!«

»Tja, was haben wir verpaßt!«

»Es hätte eine Liebe draus werden können. Aber du mußtest ja den Wohlfahrt angöttern.«

»Und Elfriede Grün? Was hättest du mit der gemacht? Sie erwartete ein Kind von dir«, erinnerte ich ihn.

»Das wußte ich damals noch nicht. Das hat sie mir erst im fünften Monat gesagt. Da waren wir schon längst nicht mehr zusammen.«

»War das Kind der Grund, daß du plötzlich verschollen warst?«

»Ich war damals nicht verschollen«, korrigierte er mich, »ich bin bloß ein Jahr lang zur See gefahren, um Stoff für meine Comicserie ›Tedje‹ zu sammeln. Die wurde ja dann auch ein Riesenerfolg. Gib's zu.«

»Und Elfriede und das Kind?«

Jetzt wurde er ärgerlich. »Was bohrst du auf einmal in meinem Gewissen von damals herum, Viktoria? Das ist leidlich sauber. Ich hab doch bald darauf zwei Mietshäuser von meinem Onkel geerbt. Eins davon habe ich Elfriedes Kind überschrieben, der Anna. Von den Mieteinnahmen konnten die beiden gut leben.« Karlow wurde plötzlich sehr wütend, so kannte ich ihn gar nicht. »Aber was macht die blöde Kuh, die Anna? Kaum ist sie volljährig, verkauft sie das Haus und gibt das schöne, viele Geld einem obskuren Vermögensberater, der ihr 'ne zwölfprozentige Verzinsung versprochen hat und die

Ehe. O nein! Ich darf gar nicht daran denken. Wenn sie mich doch bloß vorher gefragt hätte! Aber davon hat ihr Elfriede abgeraten. Die hat gesagt: Zwölf Prozent ist gut, mach du man, wie du denkst, dein Vater versteht sowieso nichts von Geschäften. Womit sie recht hat. Aber im Vergleich zu Anna habe ich wenigstens einen Vorteil – ich verliebe mich nicht in kriminelle Vermögensberater. Das Geld war natürlich weg, der Kerl auch. Jetzt ist Anna sechsunddreißig, hat ein Kind von einem akademisch gebildeten Schäfer, keine Puseratze im Portemonnaie und wohnt bei uns, weil sie ihre eigene Wohnung wegen Mietschulden hat räumen müssen.«

»Wie geht's Elfriede?«

»Bestens. Sie hat 'ne kleine Eigentumswohnung und eine Pension von dem Mann, den sie später geheiratet hat, aber angeblich hat sie nicht genug, um ihre Tochter zu unterstützen. Sie ist ja froh, daß Anna und der Kleene bei uns wohnen. So hat sie wenigstens einen Grund, uns ständig heimzusuchen und bei uns rumzuschnüffeln. Gestern komm ich nach Hause – Mutter und Tochter sitzen aufm Sofa vorm Fernseher. Enkel krabbelt auf dem Boden rum und stopft tote Brummer in sein Mäuleken. Wenn Anna schon bei uns wohnt, könnte sie wenigstens den Fußboden saugen, die Schlampe, aber nee! Am liebsten würde ich sie rausschmeißen, aber was wird dann aus dem Kleenen?« Er stieß einen urigen Seufzer aus. »Das habe ich nun davon, daß ich in meiner Maienblüte mit der Elfriede rumgezogen bin, nicht mal aus Liebe – bloß weil gerade keine andere da war.«

Ich streckte meine Hand nach ihm aus, um seinen Kummer zu streicheln. Karlow benutzte sie dazu, eine Bremse auf seiner Backe totzuschlagen. »Ach, Viktörchen, warum Elfriede, warum nicht damals du?« Und küßte meinen Daumen.

Ich mußte lachen. »Ach, Hänschen, was ist mir dank Elfriede mit dir erspart geblieben.«

»Ich hätte dich glücklich gemacht.« Er war sich noch nachträglich so männlich sicher.

»Maßlos glücklich«, davon war auch ich überzeugt, »zumindest für ein paar Wochen – bis nach der Euphorie der Alltag gekommen wäre. Dann hätte ich nämlich versucht, aus dir einen ordentlichen Menschen zu machen, der rechtzeitig seine Aufträge abliefert und seine Bankauszüge liest, bevor er seine Freunde in der Kneipe aushält. Wir hätten auf einen Kühlschrank gespart.«

Er sah mich ernüchtert an. »Du hättest von mir verlangt, daß ich die Schlipse trage, die du mir kaufst.«

»Zumindest zu offiziellen Anlässen.«

Er dachte kurz nach. »Das wär nicht gutgegangen.«

»Sag ich doch.«

Wir tranken noch einen Kaffee, bevor wir zurückfuhren. Der Wirt pries uns seine Himbeertorte an. Ich hatte keinen Hunger nach dem deftigen Mittagessen. Karlow bestellte dennoch zwei Stück. »Denk mal an die Schulden, die der Mann durch seinen Umbau hat. Die Saison ist kurz. Wenn sie auch noch verregnet! Er braucht dringend Gäste, die Zeche machen.«

»Dann kauf die ganze Torte. Nehmen wir den Rest für Cordy mit.«

Sie lag wohlverpackt auf dem Rücksitz, als wir uns durch schnurgerade Alleen Berlin näherten. Im Vorüberfahren ein langgezogenes Dorf mit einem buschigen Anger, der eine aus Feldsteinen erbaute, stämmige Kirche umschloß. Ein kurzer Blick in einen Bauernhof. Er sah noch genauso aus wie in unseren Kindererinnerungen an märkische Höfe. Immer mehr verkrautete, unbestellte Felder rechts und links. »Hier will man Golfplätze anlegen«, hatte Karlow irgendwo gelesen.

»Für wen? Für die verarmten Bauern?«

»Für die Berliner natürlich.«

Nun kamen wir auf die Folgen der Wiedervereinigung zu sprechen und diskutierten darüber, bis Karlow vor seinem Haus nach einem Parkplatz suchte.

Er schaute beim Aussteigen an der fünfstöckigen, stuckreichen, taubengrau und weiß gestrichenen

Fassade hoch. »Von außen sieht's ja nach was aus. Aber innen ist alles marode. Wenn ich renoviere, muß ich die Mieten drastisch erhöhen. Die meisten wohnen ja hier schon dreißig Jahre und mehr. Das kann ich denen nicht antun. Am liebsten würde ich verkaufen und mit Cordy in ein Haus mit Fahrstuhl ziehen. Sie sagt zwar nichts, aber ich weiß, daß sie sich genauso wie ich nach einer Bleibe sehnt ohne Anna auf dem Sofa, ständig über ihr Schicksal klagend, mit Elfriede zu Besuch. Andererseits hängen wir beide an dem Kleenen, aus dem soll mal was Ordentliches werden. Ich sehe doch, was bei Elfriedes Erziehung aus Anna geworden ist. Bei dem Kleenen möchte ich aufpassen, damit er in geordneten Verhältnissen aufwächst und 'ne anständige Ausbildung kriegt, wenigstens das. Am liebsten würde ich ihn Anna wegnehmen. Gesetzt den Fall, die zieht noch mal mit irgendeinem Spinner zusammen, der womöglich drogensüchtig ist – und dazwischen mein Enkel? Nee!«

Wir gingen durch die Kneipe in den Hof, in dem der Wirt einen kleinen Biergarten mit sechs Tischen installiert hatte, denselben durch Oleanderbüsche abgegrenzt, die nie genügend Sonne bekamen, um zu blühen. An einem Tisch saß Cordy, unsere Rückkehr erwartend. Der Kleene turnte auf ihrem Schoß herum. Wir setzten uns zu ihnen. »Hier hast du deinen Mann heil zurück«, sagte ich.

»Mit Himbeertorte«, sagte Karlow und stellte sie auf den Tisch, umarmte Cordy und nahm ihr den Jungen ab, der quiekend nach seiner Sonnenbrille patschte.

Er fragte Cordy, wo Anna sei, sie sagte, mit Elfriede auf einer Vernissage, aber sie kämen danach hierher. »Magst du ihn auch mal halten?« fragte Karlow und lieferte seinen Enkel in meinen Armen ab.

Ich setzte ihn vor mir auf den Tisch. Wir sahen uns an. Ich war ihm fremd. Seine Heiterkeit bewölkte sich. Ein Heulen zog auf – Karlow gakkerte wie ein Huhn, um ihn zu erheitern, es nützte nichts, er wollte von mir fort, zurück in seine Arme. Da fühlte er sich geborgen.

»Er rührt mich so sehr«, sagte Karlow. »Verstehst du nun, was ich dir vorhin gesagt habe?«

»Ja«, sagte ich, »den mußt du beschützen.«

Über den Häusermauern verdunkelte der Himmel, im Hof hielt sich die Hitze des Tages. Kein Lufthauch bewegte die Kerze auf dem Tisch. In ihrem Lichtschein betrachtete ich Cordy. Karlows junge Freundin war groß, kräftig gebaut und vollbusig. Sie hatte dunkles, schulterlanges Haar und war auf eine sehr weibliche, altmodische Weise schön.

Auf dem Geburtstag hatte ich nur ein paar Worte mit ihr gewechselt, als Karlow sie mir vorstellte. An diesem Abend lernte ich sie besser kennen.

Sie war Synchronregisseurin. Wir stellten fest, daß wir gemeinsame Bekannte hatten und dieselben Ansichten über sie. Wir redeten und redeten, und Karlow saß schweigend daneben, den schläfrigen Kleinen im Arm, und beobachtete uns beide sichtbar zufrieden: Ein Segen, sie verstehen sich.

Inzwischen hatten sich die Tische um uns herum gefüllt. Der Kleene hatte sein Fläschchen bekommen und schlummerte in einer Tragetasche, die zwischen unseren Stühlen stand. Nur Anna und Elfriede kamen nicht, dafür Duscha in einem plissierten, schwarzen Hänger mit rundem Ausschnitt, aus dem sich der Specknacken bukkelte. Trotz ihrer Unförmigkeit war ihr Gesicht noch immer apart unter weißem kurzgeschnittenen Fransenhaar. Statt einer Brille benutzte sie ein altes Lorgnon an einer Goldkette.

Karlow winkte sie an unseren Tisch. »Gerade heute haben wir von dir gesprochen.«

»Ah ja«, sagte sie gedehnt, und ich sagte: »Grüß dich, Duscha.«

Meine Hand übersah sie. »Wir haben uns schon am Geburtstag begrüßt, Frau Hornschuh.« (Wo sie vom Tisch aufgestanden war, als ich mich dazusetzte.)

Karlow bot ihr einen Stuhl an, den sie mit der Begründung ablehnte, die Luft im Hof wäre ihr zu stickig. Außerdem habe sie heute abend noch Verabredungen. Sie ließ prominente Namen fallen.

»Wenn ich mir vorstelle, daß sie einmal eins der aufregendsten Mädchen von Berlin war! Rassig, erotisch, begabte Modezeichnerin, witzig, sehr schick. In ihrer Nähe wurden Männer zu hechelnden Rüden. Ich denke bloß an den reichen Fabrikanten aus Schwanenwerder, der sie zwei Jahre lang auf Händen tragen durfte. Dann ging er in Konkurs und Duscha zu einem Filmschauspieler über. Sie lebte von einem Rausch zum anderen, im blinden Glauben, es würde immer so weitergehen – an sich unbegreiflich bei einer so intelligenten Person. Eines Tages war ihr Zeichenstil nicht mehr gefragt, antiquiert. Bei ihrem luxuriösen Lebensstil war für ein Sparbuch nichts übriggeblieben«, berichtete Karlow über ihren langen Abstieg. »Ihre Lover wurden immer jünger und anspruchsvoller. Sie hat dann jahrelang als Verkäuferin in Boutiquen gearbeitet. Jetzt hilft sie bei Wertheim im Schlußverkauf aus. Und nun kommst du, die aus ihrem Leben was gemacht hat. Das erträgt Duscha nicht, verstehst du?«

»Mich behandelt sie auch wie den letzten Dreck«, beruhigte mich Cordy. »Dabei habe ich ihr nun wirklich nichts getan.«

»O doch«, widersprach Karlow. »Jedesmal, wenn sie dich sieht, tust du ihr doppelt etwas an. Erstens bist du jung, und zweitens«, er legte seine Hand flächendeckend über die ihre, »und zweitens bist du mit mir glücklich.«

Nach einem prallen Buch voller Frauengeschichten schien Karlow im letzten Kapitel endlich zur Ruhe gekommen zu sein. Je näher ich Cordy kennenlernte, um so sicherer war ich, daß er in ihren Augen nie zu alt werden würde.

»Wo sind jetzt die beiden Weiber«, fluchte er nach einem Blick auf die Uhr. »Das nennt sich nun Mutter und Oma!«

»Sei doch froh«, sagte Cordy, »ohne die beiden ist es viel gemütlicher.«

»Es ist ja nur wegen dem Kleenen. Laß uns bloß mal verreist sein, zum Beispiel nach München, um Viktörchen zu besuchen. Was wird denn dann aus ihm? Die lassen ihn glatt verwahrlosen.«

Cordy sah mich an. Sie dachte wohl dasselbe wie ich. Karlow hatte zwar eine Tochter, Anna, aber durch seinen Enkel war er zum erstenmal Vater geworden. »Wenn ihr nach München kommt, dann bringt ihr ihn eben mit«, schlug ich vor. »Ich sauge auch vorher die Terrasse, damit er keine toten Brummer frißt.«

Einige Wochen später erfuhr ich von Karlow, daß Duscha sich umgebracht hatte. »Keinem ist es aufgefallen, im Haus nicht, wo sie wohnt, und in der Kneipe auch nicht. Im Grunde genommen hat auch keiner ihr böses Mundwerk vermißt. Sie hatte ja 'ne Rasierklinge auf der Zunge. Und trotzdem, sie geht mir nicht aus dem Kopf. Nicht wegen ihres verpfuschten Lebens. Ich habe jetzt erst erfahren, wie einsam Duscha in ihren letzten Jahren war. Sie hatte keinen Menschen und auch keine Verabredungen mit all den Soundsos. Sie wohnte in einem Silo mit lauter Einzimmerappartements – wo einer den andern nicht kennt. Es hat acht Tage gedauert, bis Duscha gefunden wurde. Wieso gibt keiner gerne unumwunden zu, daß er einsam ist. Auch Duscha hat's nicht zugegeben und all die andern nicht, die Abend für Abend in unserer Kneipe sitzen, weil sie sich vor ihrer einsamen Bude fürchten. Warum empfinden sie ihre Lage als Makel, sie können doch nichts dafür, daß sie niemanden mehr haben.«

»Was sollen sie tun? Sollen sie ihre Einsamkeit herausschreien? Dann fühlt sich jeder in ihrer Umgebung moralisch verpflichtet, ihnen zu helfen, und schon werden sie zur Belastung, man zieht sich von ihnen zurück, aus Angst vor zusätzlichen Problemen. Dann kommt zur Einsamkeit noch die Demütigung.«

Nach einer langen Pause sagte er: »Ich weiß schon, warum ich immer seltener auf ein Bier runtergehe. Da sitzen mir zu viele Probleme, und Probleme habe ich selber genug, ich komm ja bei den faulen Weibern und dem Kleenen, wenn Cordy nicht da ist, kaum noch zum Arbeiten. Ich habe einfach Schiß vor zusätzlichen Belastungen.« Und voll Bedauern: »Wenigstens um Duscha hätte ich mich mehr kümmern müssen.

Auch wenn sie ein Aas war. Aber immerhin ein Kumpan aus alten Tagen. Wir hatten sogar mal 'ne kurze Amour zusammen.«

»Ich weiß« sagte ich. »Aber nun ist es eh zu spät mit den Vorwürfen.«

Wir verabschiedeten uns, ich wollte gerade Grüße an Cordy bestellen, als er sagte: »Du bist doch auch einsam und gibst es nicht zu.«

»Das wissen nicht mal meine Kinder, denn wenn sie es wüßten, würde ich zur moralischen Verpflichtung für sie. Und genau das möchte ich vermeiden.«

»Du weißt, daß ich immer für dich ... und Cordy auch.«

»Ja, ich weiß, mein Hänschen. Wie sagte neulich eine alte Dame zu mir, die sich in der Nymphenburgerstraße an einer Hauswand festhielt, weil sie einen Schwächeanfall hatte – es waren schon etliche stur an ihr vorübergetrabt, bevor ich kam und fragte, ob ich ihr helfen könne. Sie sagte: ›Allein die Tatsache, daß Sie mich überhaupt gefragt haben, hilft mir schon wieder weiter. Vielen Dank.‹ Und dann hat sie, wenn auch taperig, ihren Weg fortgesetzt. – Also, vielen Dank für dein Angebot, Hänschen. Zu wissen, daß ich euch jederzeit anrufen kann, reicht mir schon.«

10

Sommerzeit.

Da gab es ein schmales Grundstück am Starnberger See, ehemals Privatbesitz, jetzt öffentlich zugänglich, aber der Eingang so unscheinbar, daß der Massenbetrieb am Tor vorüberrollte. Hierher fuhr ich mit Lilly Böhler an heißen Tagen zum Schwimmen.

»Haben wir's nicht gut?« stöhnte sie neben mir, voll Behagen auf dem Rücken liegend, mit Händen und Füßen pätschelnd. »Kein Stau zum Mittelmeer. Kein überfüllter Strand. Keine Algenbrühe. Keine Nordseequallen. Weißt du was? Ich habe gerade absolute Glücksgefühle. Du auch?«

»Rundum«, versicherte ich ihr mit Blick auf kleine Wattewölkchen in einem blaßblauen Himmel. Drehte mich auf den Bauch und hatte nun die glatte Fläche des Sees vor mir mit seinen buschigen Ufern, noch ohne Boote an diesem frühen Wochentag. Ja, auch ich war wunschlos zufrieden. Es lebe das Rentnerdasein. Wann je hatte ich früher so einen friedlichen Morgen am See erlebt?

Nach uns schwammen zwei junge Männer weit hinaus. Sie unterhielten sich über eine gewisse Biggy. Das Wasser trägt ja jedes Wort.

Lilly fragte nach Bert Gregor. »Hast du mal wieder was von ihm gehört?«

»O ja, vorgestern nacht. Er hat endlich eine gefunden.«

»Wirtschafterin?«

»Mehr als das. Eine attraktive, wohlgestellte Witwe. Er hat sie im Flieger von München nach Zürich kennengelernt. Somit hatte sein Besuch bei mir doch noch ein Happy-End, wenn auch mit einer anderen Dame. Sie wohnt bereits bei ihm. Ist ein großer Fan seiner Bücher und stolz darauf, ihn verwöhnen zu dürfen. Kannst du dir seine Genugtuung vorstellen, als er mir das erzählt hat? Sie ist auch viel jünger als ich. Und überhaupt nicht egozentrisch.«

»Guck mal den Schwan«, sagte Lilly neben mir. Er befand sich im Gleitflug direkt auf uns zu, stemmte sein Fahrgestell wie bremsend vor, während er auf dem Wasser aufsetzte, zog die breiten Schwingen ein und hielt vor mir an.

Aus meiner Perspektive wirkte er wie eine Giraffe ohne Beine. Oder eben wie ein Schwan aus der Sicht eines Frosches. Mit den Zehen nach Grund tastend, versuchte ich, mich dem Ufer zu nähern. Glaubte dabei noch immer, das muß ein Irrtum sein, der kann mich doch gar nicht meinen.

Es war aber kein Irrtum. Er meinte mich. Immer engere Kreise um mich ziehend, verhinderte er meine Flucht. Ich starrte steil an ihm hoch, er schaute aus schwarzen, glänzenden, engstehenden Knopfaugen auf mich nieder (nun trau ich sowieso keinem mit zu engstehenden Augen). Sein roter Schnabel mit dem geschwulstartigen Höcker schnappte nach meiner Schulter.

»Lilly«, schrie ich wie ein Kind nach seiner Mutti.

»Bleib ruhig, ich komme.« Sie war ja eine sehr beherzte Frau.

Als der Schwan ihre Absicht, sich einzumischen, erkannte, öffnete er seine Flügel (Spannweite etwa zwei Meter zwanzig), reckte seinen starken Hals und fauchte böse auf sie zu.

Lilly tauchte unter und erst kurz vorm Ufer wieder auf.

Nun war ich Lilly los.

Mir fiel alles ein, was ich einmal über die Schlagkraft der Flügel gehört hatte. Sie konnten einen Hund töten, einem Menschen den Arm brechen. Und wenn man bedenkt, daß ein einzelner Schwan in der Lage ist, einen beleibten Heldentenor aus einer Wagneroper zu ziehen …

Er schnappte nach meinem Hals, nach meinen Schultern, nach meinen Händen, die ich schützend vors Gesicht hielt. Ich flehte: »Aua, Mensch, hör auf. Das tut doch weh!«

Plötzlich bemerkte ich das konvulsivische Zukken seines Halses – wie bei einem Papagei, wenn man ihn im Nacken krault. Und begriff: Der balzt!

»Lilly!«

Die blödesten Vorstellungen schossen durch meine Angst. Zum Beispiel Zeus – aber ich bin doch keine Leda – Junge, ich könnte längst Großmutter sein! Was willst du von mir – du irrst dich …

Die beiden jungen Männer kraulten in respektvollem Abstand dem Ufer zu und fragten dabei fröhlich: »Fürchten S' Eahna?«

Scheißkerle.

Der See hatte nur zwanzig Grad. Beim Schwimmen war das erträglich gewesen, aber beim Rumstehen im Wasser! Was heißt stehen? Meine Zehen berührten gerade den schlammigen Grund. Ich war klamm bis in die Knochen. Und sehr verzagt, weil von allen Seiten angepickt.

Plötzlich hörte ich eine Stimme, die lockend »putputput« rief, wie auf dem Hühnerhof. Das war Lilly. Sie hatte inzwischen von den am Ufer aufgereihten Zuschauern eine Wurstsemmel erbettelt und warf sie bröckchenweise ins Wasser. Dem Zeusel (bayrische Form von Zeus) mußten inzwischen selber gewisse Zweifel an seinem Liebesobjekt gekommen sein. Er ließ von mir ab und schwamm auf die lohnenderen Brocken zu.

Wie ein hysterisches Wasserhuhn flüchtete ich dem rettenden Land zu, fiel hin, krabbelte hoch und hörte Flügelrauschen hinter mir.

Der blöde Zeusel gab nicht auf. Ich war ihm wichtiger als eine Wurstsemmel.

Ein Schwan, ein stolzer weißer Schwan auf einem blauen See zwischen grünbelaubten Ufern einsam dahingleitend, ist das vollkommene Genrebild perfekt schöner Elegie. Ein Schwan, der das Ufer erklimmt, verwandelt sich im Nu in einen ungelenk watschelnden Gänsevogel, sozusagen in einen Plattfußplattler.

Das war meine Rettung. Ich rannte dennoch ohne anzuhalten bis zur Uferstraße durch. Dort wartete ich, schlotternd vor Unterkühlung, auf Lilly.

Mit unseren Badetaschen über den Schultern und meinen Pantoffeln in der Hand folgte sie nach einigen Minuten. »Ach, warum hatte ich bloß keine Videokamera dabei«, schluchzte sie.

»Na, so komisch war es nun auch wieder nicht.«

»Doch.« Sie setzte sich ins Gras, während ich mich trockenrubbelte. »Wie du da ans Ufer und er hinterher ...«

»Morgen habe ich überall blaue Flecken! Aber kannst du das verstehen? Warum ausgerechnet ich?«

»Vielleicht ist er kurzsichtig.«

»Ja, ist er bestimmt.«

»Ich meine jetzt nicht dein Alter, sondern deine weiße Duschhaube. Vielleicht hat er dich deshalb für eine Schwänin gehalten. Es kommt auf ein Experiment an. Wenn du morgen eine blaue Kappe aufsetzt ...«

»Nein, keine Experimente«, sagte ich entschieden. »Hier komme ich nicht mehr her. Das Risiko ist mir zu groß.« Und zog mich an.

Lilly überlegte: »Wahrscheinlich hat er im Frühjahr beim Kampf um eine Schwänin den kürzeren gezogen. Nun muß er ein Jahr lang als Single leben. Auch so ein Schwan leidet unter Einsamkeit ...«

»Und worauf fällt man nicht alles herein, wenn man allein lebt. Zum Beispiel auf Albert Gregor Rutenpiller«, fiel mir dazu ein. Ich fuhr in die Pantoffeln. Sie waren auf einmal zwei Nummern zu groß für meine durch Unterkühlung dünn gewordenen Füße und schruppten auf dem Weg zum Auto.

Als ich einsteigen wollte, verlor ich den einen, aber nicht ganz, er blieb an den Zehen hängen, mein Fuß knickte mit ihm um.

Der Schmerz machte mich stumm.

»Was ist los«, fragte Lilly.

»Ich kann nicht mehr auftreten.«

Sie fuhr mich zur Ambulanz ins Starnberger Kreiskrankenhaus. Das wurde gerade umgebaut. Wir konnten nicht am Eingang parken, sondern auf einem leicht abschüssigen Hof.

Lilly half mir beim Aussteigen. Ich hielt mich am Autodach fest, auf einem Bein stehend, während sie einen Rollstuhl holte.

Leider hatte sie vergessen, die Handbremse anzuziehen.

Und somit fuhren wir langsam los – das Auto und ich außen dran.

Zwei Tage blieb das Auto in der Reparatur, sieben Tage blieb ich im Krankenhaus. Dann war die Prellung der Schulter durch den Sturz vom Auto so weit behoben, daß sie die Krücke ertragen konnte. Denn auf Krücken mußte ich mich in den nächsten sechs Wochen fortbewegen, weil mein Fuß bis zum Knie in einem Gipsverband steckte. Das Fersenbein war gesplittert.

Die Zeit im Krankenhaus ist mir in guter Erinnerung geblieben. Noch nie habe ich in den letzten Jahren so oft meine Kinder gesehen. Selbst Karen hat mich zweimal besucht – wenn auch zweimal mit dem Vorwurf: »Mama, warum hast du dich nicht nach München verlegen lassen? Es ist so weit hier raus bei dem Verkehr.«

Lilly trieb ihr schlechtes Gewissen wegen der nicht angezogenen Handbremse beinahe täglich vorbei. Auch Walter, auf dem Weg zum Feldafinger Golfplatz, machte bei mir Station. Freunde und Bekannte besuchten mich. Und diejenigen, die nicht in München wohnten, schickten Blumen und riefen an. Frau Holle, meine ehemalige Buchhalterin, meldete sich jeden Morgen telefonisch bei mir. Nicht wegen meines Fußes, sondern wegen ihrem Ärger in der Firma.

Da war die Stimmung schlecht, und alles ging drunter und drüber. Nächsten Sonntag wollte sie mal rauskommen, um zu erzählen, am Telefon geht das ja schlecht – aber dann ist sie doch nicht gekommen. Hans Karlow schickte eine Karikatur: Leda mit dem Zeusel, so wie er es sich nach meiner Schilderung vorgestellt hatte. Ich fühlte mich umhegt, verwöhnt, beachtet und geliebt.

Dann kam die Ferienzeit. Karen flog nach Griechenland. Susan und Frederik waren mit Freunden zu einer Radtour durch Rügen verabredet. Sie saßen nacheinander besorgt auf meinem Bettrand: Können wir dich denn alleine lassen, Mama? Kommst du denn ohne uns zurecht, wenn du wieder zu Hause bist? (Bisher war ich eine pflegeleichte Mutter gewesen, die keine Schwierigkeiten machte. Mußte ich ausgerechnet in ihrer Urlaubszeit zu Bruch gehen?)

»Macht euch keine Sorgen. Ich komme schon klar. Ich habe ja Frau Engelmann, die meine Blumen gießt und für mich einkauft.«

Dann verabschiedeten sich auch Böhlers auf dem Weg nach Sylt. Auch sie mußte ich trösten, weil sie das »arme Hühnchen« Vicky allein ließen.

Zwei Tage wartete ich sehnsüchtig auf Frau Engelmann. Aber auch sie wollte mich verlassen. Ihre Schwester, die mit dem Bauernhof, hatte eine Frühgeburt und brauchte dringend jemand, der sich um ihre kleine Tochter und den Haushalt kümmerte.

Nun denn, Viktoria!

Kann mir mal einer sagen, wie man auf zwei Krücken und einem Bein eine volle Gießkanne von der Küche zu den dürstenden Topfpflanzen im Wohnzimmer bugsiert? Ich habe es mit Schubsen versucht, immer so vor mir her. Bei der ersten Schwelle geriet die Kanne ins Kippeln und schwappte über. In der Pfütze rutschte der Gummipfropfen der einen Krücke wie auf Schmierseife aus. Ich ging zu Boden und machte mir zum erstenmal darüber Gedanken, was passiert, wenn man allein in einem Haus lebt, verunglückt und nicht das nächste Telefon erreichen kann. In meinem Fall würde es bedeuten, daß ich warten müßte, bis die ersten aus dem Urlaub zurückkamen und nach mir schauten. Die Vorstellung gefiel mir ganz und gar nicht.

Mein Zustand war vorübergehend. Wie aber mochte Behinderten zumute sein, die jahraus jahrein alleine zurechtkommen mußten. Wann je stellte man mit heilen Knochen Überlegungen über ihre Nöte an? Nächste Woche wäre ich zu Freunden in die Toskana gefahren, anschließend nach Berlin, um mit Karlow und seiner Liebsten Ausflüge in die Mark Brandenburg zu unternehmen. Es gab Schlimmeres als verschobene Reisen.

Was mir zu schaffen machte, war die Einsamkeit. Ich fing an, laut mit mir selbst zu reden. Es rief mich ja niemand mehr an. Sobald man aus dem Krankenhaus kommt, glaubt jeder, man ist wieder gesund und stellt die Nachfragen nach dem Befinden ein. Meine eigenen Versuche, Kontakt aufzunehmen, wurden mit Bedauern beantwortet: »Ach, weißt du, Vicky, es paßt mir so gar nicht zur Zeit.« Ja, wenn ich Einladungen zu einem Sommerfest zu verschicken hätte, erhielte ich bestimmt keine Absagen. Dann würden alle kommen. Aber eine Bekannte besuchen, die vorübergehend wegen eines lädierten Fersenbeins aus dem Verkehr gezogen worden war? Und außerdem hatten ja einige schon ihre Pflichtbesuche im Spital gemacht. Ich nahm das keinem übel. Vielleicht hatte ich oft genauso reagiert, ohne mir Gedanken darüber zu machen, wie jemandem zumute ist, der sechs Tage mit niemandem gesprochen hat.

Eines Vormittags, ich war gerade mit dem Krückenballett zwischen Eisschrank, Herd, Küchentisch und Geschirrschrank beschäftigt – wobei die Dinger immer umfielen, wenn man sie abstellte –, läutete wirklich und wahrhaftig das Telefon. Mit langen Sprüngen hopste ich zum Apparat und hörte gerade noch das Ende einer auf den Anrufbeantworter gesprochenen Nachricht »... und ruf mich mal an, wenn du Zeit und Lust hast. Deine Ilse Wagenseil.«

»Bilse! Häng bloß nicht ein.« Gleichzeitig schoß mir durch den Kopf, daß ich ihr nach dem Diaabend versprochen hatte, mich bald bei ihr zu melden, was ich nicht getan hatte. Inzwischen war das ein Vierteljahr her.

»Hallihallo!« Ach, diese forschfröhliche Stimme, als ob sie mit wehendem Wimpel einem kleinen Wandervolk voranstürmte. »Ich wollte nur mal fragen, wie es dir geht. Wir haben so lange nichts voneinander gehört, auch Puschel hat sich nie mehr gemeldet.«

Ich erzählte ihr von meinem Ärgernis, sie fragte spontan: »Brauchst du Hilfe?« Aber dann fiel ihr ein, daß ich ja genügend Freunde und vor allem Kinder hatte, die sich um mich kümmerten.

Ich sagte: »Die sind alle im Urlaub.«

Darauf hatte sie plötzlich keine Zeit mehr, mit mir zu reden, und verabschiedete sich ziemlich abrupt. Ich begriff. Bilse hatte mir Hilfe angeboten, ohne zu ahnen, daß ich wirklich Hilfe brauchte. Sie hatte sozusagen den Mund mit Hilfe zu voll genommen. Wie unrecht habe ich ihr mit dieser Vermutung getan!

Eine Stunde später läutete es am Gartentor. Das konnte bloß einer sein, der sammeln wollte. Deshalb stand ich nicht auf.

Dann dröhnte eine Stimme durch mein Klofenster, das offenstand: »Vicky! Hier ist Ilse. Schmeiß mir den Haustürschlüssel raus.«

Sie hatte alles mitgebracht. Salate, Obst, Joghurt, Milch und frische Semmeln. Und vor allem ihr herzerfrischendes Bedürfnis, mir das Leben zu erleichtern.

Jeden Morgen frühstückten wir zusammen. Bilse brachte frische Semmeln und die »Süddeutsche« mit. Sie las zuerst den politischen Teil, ich war mit Feuilleton und Stadtnachrichten beschäftigt.

»Liest du auch die Todesanzeigen?« fragte sie mich einmal.

»Klar. Ich muß doch wissen, wie alt die Gestorbenen geworden sind.«

»Es sind immer mehr dabei, die wir schon überlebt haben. Aber die meisten hatten ein langes Leben.« Sie las mir vor: »Neunzehnzwo, Neunzehnzwölf, hier ist sogar eine Frau Jahrgang 1896 dabei. Wieviel hat sie in bald einem Jahrhundert miterlebt. Ist das nicht beneidenswert?«

»Möchtest du so alt werden, Bilse? Dann lebt doch keiner mehr, den wir von früher kennen. Und die Zeiten werden bestimmt nicht besser. Im Gegenteil!«

»Ach«, unterbrach sie mich, bevor ich rabenschwarze Zukunftsprognosen stellen konnte. »Das haben wir schon so oft gedacht. Und es ist immer irgendwie weitergegangen und wieder gut geworden.« Sie trank ihren Tee aus, schenkte uns beiden nach. Und strahlte vor Lebensneugier.

»Ich brauche noch so viele Jahre, um all das zu studieren, wozu ich bisher nicht gekommen bin. Gerade bin ich dabei, die Philosophen in der Bibliothek meines Vaters durchzuarbeiten. Am liebsten möchte ich noch die chinesischen Schriftzeichen lernen.«

»Du lieber Gott«, sagte ich, »da stopfst du dich im Alter mit so viel Wissen voll, und was machst du damit, wenn du tot bist?«

»Wenigstens sterbe ich mit der Beruhigung, so wenig wie möglich versäumt zu haben. Du wirst das vielleicht nicht verstehen, aber am liebsten hätte ich lebenslang ein Studium nach dem anderen absolviert.« Sie schaute auf ihre Armbanduhr und erschrak: »Oh! Meine Schützlinge! Die warten schon ungeduldig darauf, daß ich sie anrufe.« Sie räumte das Geschirr auf das Tablett und trug es in die Küche. Ich sah ihr nach. Seit ihrer Hüftoperation ging sie ein bißchen schief.

An warmen Nachmittagen verzog sie sich mit mehreren Büchern und einem Schreibblock in den Schatten der Linde in meinem kleinen Garten. Das war ihre Zeit zum Briefeschreiben und Studieren.

An einem frühen Abend unterbrach sie ihre Arbeit und besuchte mich auf der Terrasse, wo ich auf meinem Liegestuhl die letzten Sonnenstrahlen genoß und mit langer Stricknadel unter dem Gips herumstocherte, um das Jucken zu betäuben.

Sie hatte ihren Schreibblock mitgebracht und fragte, ob sie mir etwas vorlesen dürfe, keine Sorge, es sei nicht lang.

Ich räumte meinen Gipsklotz zur Seite, damit sie sich zu mir setzen konnte.

»Eines meiner Patenkinder heiratet in Schwerin. Ich soll am Polterabend eine Rede halten. Habe mir gedacht, schwatze einmal nicht das Übliche. Darum habe ich ein paar alte Aberglauben für Hochzeiter zusammengestellt. Magst du sie hören? Also: Es bringt Glück, wenn es in den Brautkranz regnet. Sollte sich der Bräutigam jedoch im Regen verkühlen und am Altar niesen, bedeutet das wiederum Pech. Um dem vorzubeugen, muß er dreimal schweigend an seiner linken Hochzeitssocke riechen. – Die Braut darf keine Perlen tragen, Perlen bedeuten Tränen. – Beide dürfen sich nicht am Altar umsehen, sonst schauen sie sich nach dem nächsten Partner um. – Wenn sie beim Verlassen der Kirche Tauben sehen, ist das ein gutes Vorzeichen für die Ehe. Beim Festmahl sollte die Braut den Wein nicht mit dem Messer umrühren, sonst muß sie mit Bauchgrimmen rechnen. Dagegen wiederum hilft der Verzehr von schimmligem Brot oder die Bereitschaft, am Freitag ein frisches Hemd anzuziehen.«

»Also dann lieber einmal in der Woche ein frisches Hemd.«

»Was glaubst du! Schimmliges Brot soll sogar das Leben verlängern.«

»Diesen Aberglauben muß ein Bäcker erfunden haben, um seine vergammelte Ware loszuwerden. Das würde ich lieber nicht in deiner Rede erwähnen. Nachher ist eine alte Tante auf der Hochzeit, die das ernst nimmt – und dann macht sie dich für die Folgen verantwortlich.«

Bilse schlug die Schreibblockseite um und kam nun zu den Rezepten für die Hochzeitsnacht. »Der Bräutigam soll vor der Begattung seine Hosenträger aus dem Fenster hängen, damit das erste Kind ein Junge wird.«

»Und wenn er keine Hosenträger hat?«

»Dann wird's eben ein Mädchen«, sagte Bilse. »Als sexuell anregend werden Anis, Baldrian, Beifuß, Gänsefett, Brennesseln, Sellerie und der Talg eines Esels oder Ziegenbocks empfohlen.«

»Ist das Bockfett zum Einreiben oder zum Einnehmen gedacht?« erkundigte ich mich.

Das wußte Bilse auch nicht. Sie suchte zwischen Durchgestrichenem: »Ach, da ist noch was. Wenn der Bräutigam in der Hochzeitsnacht schnarcht, soll die Braut ihm einen Bund Dill unters Kopfkissen legen.« Sie klappte ihren Notizblock zu und sah mich an. »An was für'n Stuß man früher geglaubt hat.«

»Und was sie heute immer noch zusammenglauben.«

Ich hätte mich gerne ausführlicher mit Bilse über Aberglauben und Irrglauben unterhalten, aber sie schaute schon wieder nach der Uhr.

»Schade, daß du gehen mußt«, sagte ich, als sie ihren Block unter den Arm klemmte und aufstand.

»Ich würde ja gern bleiben, aber ich bekomme heute abend Logierbesuch, mein Neffe aus Braunschweig, er bleibt nur eine Nacht.«

Bevor sie ging, goß sie noch die Blumen.

An diesem Abend rief Puschel Neumann an.

»Vicky, ich wollte dich schon längst ... Aber ich komm ja nicht dazu. Ich bin ja kaum noch zu Hause, eigentlich ständig in Dortmund, und da kann ich nicht ungestört telefonieren. Jetzt bin ich für einen Tag in Lüdenscheid, um nach dem Rechten zu sehen. Hab ich mir gedacht, ruf die Vicky an. Wie geht's dir denn? Gut, ja? Also, ich muß dir was erzählen!«

»Du hast einen Mann kennengelernt.«

»Woher weißt du?«

»Du klingst so.«

»Im Speisewagen zwischen Hannover und Dortmund. Da bin ich gleich mit ihm ausgestiegen. Es war Liebe auf den ersten Blick. Er heißt Erich und ist zweiundsiebzig, aber wahnsinnig rüstig, da kommt so leicht kein junger Mann mit, das sagt er selber. Ich habe ehrlich das große Los gezogen. Dabei hatte ich die Hoffnung schon aufgegeben. Wart mal, bin gleich wieder da, will mir bloß 'nen Sherry holen – so, da bin ich wieder. Also, er hat eine Firma, die Mietklosetts verleiht, du weißt schon, für Baustellen und Kirmes und Parties und so, die hat er seinem Sohn übergeben. Nun lebt er nur noch für sein Hobby, die Jagd. Und ich soll ihn auf seinen Jagdreisen begleiten, ist das nicht phantastisch?«

»Geht ihr auch auf Safari?« wollte ich wissen.

»Das hat er früher gemacht, jetzt verträgt Erich die Hitze nicht mehr. Aber wir fahren nach Ungarn, Schweden und nächstes Jahr vielleicht nach Alaska.«

»Alaska auch?«

»Hat er gesagt. Er war schon mal da.«

»Was jagt ihr in Alaska?«

»Ich glaube Bären, oder war das in Kanada?«

»Wozu braucht er einen Bären?«

»Na wegen dem Jagdabenteuer und wegen dem Fell. Er hat schon ein Eisbärfell vorm Kamin. Seine ganze Wohnung ist wie ein ... Also das müßtest du mal sehen. Gleich wenn du reinkommst, gehst du unter zwei Elefantenzähnen durch. Ein Elefantenfuß ist Schirmständer, und auf einem anderen hat er eine Glasplatte als Couchtisch. Und überall Geweihe an den Wänden und ausgestopfte Tiere – ich habe mich erst daran gewöhnen müssen.«

»Wenn du mal stirbst, stopft er dich dann auch aus?« Und bereute im selben Augenblick meine bissige Frage, denn jetzt war Puschel eingeschnappt und wollte gar nichts mehr sagen, ich nähme sie ja doch nicht ernst. Sie wollte einhängen, aber ich beschwor sie, weiterzuerzählen, war doch alles wahnsinnig interessant.

»Bin gerade dabei, mich abzuhärten wegen dem langen Warten auf dem Hochsitz. Habe mich auch in einem Fitneßstudio angemeldet. Das Training ist gut gegen Altersschäden, Vicky.«

»Ich weiß. Das Anmelden ist leicht, aber der Entschluß, zweimal pro Woche hinzugehen, fällt mir zuweilen schwer.«

»Ach, Vicky. In meinem Alter erlebe ich noch Abenteuer! Ist das nicht irre? Manchmal habe ich Angst, daß ich das alles nur träume.«

»Du wirst schon aufwachen, wenn dir die Finger in Alaska frieren.«

»Im Herbst jagen wir erst mal in der Steiermark. Bis dahin muß ich die Jägersprache beherrschen. Erich freut sich, daß ich sein Hobby teilen möchte. Er sagt, die jüngeren Frauen brächten nicht mehr die nötige Leidenschaft für die Jagd auf. Die wollen sich auch nicht mehr bedingungslos einem Mann unterordnen. Die halten es nicht mal eine Stunde auf dem Hochsitz aus. Die wollen lieber in die Karibik reisen und chinesisch Essen gehen und hören ihm gar nicht zu, wenn er seine Safarierlebnisse erzählt. Nicht mal seine

Familie will ihm mehr zuhören, die sitzen lieber vor der Glotze. Seine eigenen Söhne wissen nicht einmal, wie man das Wild anpirscht.«

Ich stellte mir Puschel beim Pirschen vor. Sie rührte mich in ihrer Einfalt und bedingungslosen Bereitschaft, einem schießwütigen Trophäensammler bis nach Alaska zu folgen. Und darum stellte ich meine dummen Randbemerkungen ein.

Ihre Stimme plätscherte noch eine Weile euphorisch vor sich hin, dann wünschte sie mir alles Gute und ich ihr Waidmannsheil. Sie versprach mir eine Ansichtskarte von der herbstlichen Gamsjagd und: »Wenn wir mal durch München kommen, stelle ich dir meinen Erich vor. Aber wehe, du flirtest mit ihm!«

Der Hörer war noch warm in meiner Hand, als Bert Gregor anrief. »Sag mal, Viktoria, mit wem telefonierst du nächtens so lange, außer mit mir?« Im Hintergrund klirrten die Eisstückchen im Glas.

»Ich bin nächste Woche für zwei Tage in München«, sagte er, und ich sagte: »Ich habe ein Gipsbein«, und er darauf, ohne ein höflich geäußertes Mitgefühl einzufügen: »Heißt das etwa, ich kann nicht bei dir wohnen?«

»Ja«, sagte ich und fügte hinzu: »Das hat aber nichts mit meinem Gips zu tun.«

Darauf Schlucken, Klirren, Pfeifeziehen und eine hörbare Verwunderung: »Was ist los? Bist du eingeschnappt wegen der anderen Frau?«

Mir verschlug's darauf die Sprache, ihm nicht. »Es ist längst aus mit der. Das war ein Irrtum. Naja, so etwas passiert eben mal.« Klirren, Ziehen, Raucherhusten. »Ich habe mir gedacht, wir vergessen den mißglückten Abend in deinem Heim und fangen noch einmal ganz von vorne an.«

»Womit?« fragte ich, aber so, daß ihm nur noch die Feststellung einfiel: »Du bist kratzbürstig, Viktoria. Warum? Du hattest doch früher Charme.«

Ich sagte: »Gute Nacht«, legte Bert Gregor aus der Hand und beschloß, den Hörer nicht mehr aufzunehmen, falls er noch einmal anrufen sollte.

Obgleich es schon spät war, stand mein Sinn nach einem schönen, elegischen Film, weshalb ich zum Videorecorder hopste und unter den vielen Kassetten, die greifbar herumstanden, »Out of Africa« auswählte. Schon wieder befand ich mich an diesem Abend im Großwildjägermilieu. Zuerst Puschels Erich, nun Karen Tania Blixens Denys. Ich fragte mich, ob sie wohl auf ihrer Farm am Fuße der Ngongberge auch einen ausgehöhlten Elefantenfuß als Schirmständer beschäftigt hatte.

Meine Tochter hieß nach ihr, Karen. Es war der Wunsch meiner dänischen Schwiegermutter gewesen. Sie hatte der berühmten Schriftstellerin einmal ihren Schal aufgehoben, der ihr von der

Schulter gerutscht war. (Ich meine natürlich geglitten. Bei einer Grande Dame rutscht es nicht.)

An dem Tag, an dem ich endlich meinen Gehgips bekam, machten wir noch einen größeren Einkauf im Supermarkt. Beim Verstauen der Körbe im Kofferraum sagte Bilse: »So, jetzt bist du wieder beweglicher. Morgen kommt Frau Engelmann aus dem Urlaub zurück. Nun brauchst du mich nicht mehr. Dies ist mein letzter Tag bei dir.«

Ich hätte nie gedacht, daß mich Bilses Fortgehen so sehr berühren würde. Ich hatte mich an ihren unerschütterlichen Optimismus, an ihre Fürsorge, an die Gespräche mit ihr und vor allem an ihre beschützende Stärke gewöhnt, die ich bei Männern meist vergeblich gesucht hatte. »Natürlich«, sagte ich, als sie mir in den Wagen half. »Ich habe dich schon viel zu lange von deinen Schützlingen abgehalten.«

»Es ist nicht nur das. Vor allem wird es Zeit, daß ich auf Betteltour für meinen Transport nach Rumänien gehe.« Zum erstenmal erwähnte sie das Dorf, für das sie zweimal im Jahr einen Kleider- und Lebensmitteltransport zusammenstellte und selbst mit hinunterfuhr, um sicher zu sein, daß ihre gesammelten Spenden auch in die richtigen Hände kamen.

»Deine Schützlinge, ein rumänisches Dorf, meine Fußpflege, Philosophie und eine Hochzeitsrede in Mecklenburg. Wie bringst du das alles unter einen Hut?«

»Ich bin eben rundum durchorganisiert«, lachte sie und stieß aus der Parklücke. »In meinem Leben hat es keinen Leerlauf gegeben.«

»Warst du niemals gerne ein bißchen faul?«

»Aber das war ich doch gerade – unter der Linde in deinem Garten.«

»Da hast du ständig etwas aus Büchern herausgeschrieben.«

»Das war Erholung für mich«, versicherte Bilse. »Ich war im Grünen. Du lagst in der Nähe. Ich konnte mich zu dir setzen und mit dir reden. Bei dir mußte ich mich um keine psychisch bedingten Schäden kümmern, nur um deinen Fuß. Vielleicht hat es dir nicht soviel bedeutet wie mir.«

»Mensch, Bilse«, sagte ich, »wenn du wüßtest!«

Ich mochte sie noch nicht verlieren. »Laß uns heute abend zum Abschied eine Flasche Wein trinken. Du mußt doch nicht nach Hause fahren. Das Bett im Gästezimmer ist frisch bezogen.«

Wir lagen auf der Terrasse, umgaukelt von phosphorn leuchtenden Glühwürmchen, Sternenhimmel über uns. Grillen im taufeuchten Gras. Es war eine Nacht, in der man bedauert, nicht mehr jung zu sein.

Wir sprachen von unserer gemeinsamen Berliner Zeit und was inzwischen aus uns geworden war. Wir sprachen von Puschel und ihrem Nimrod Erich. Und hofften so sehr, daß er sie behalten würde.

»Hast du in deinem voll durchorganisierten Leben nie etwas vermißt, zum Beispiel Kinder?« fragte ich, mutig geworden durch den Wein.

Bilse verschränkte die Arme im Nacken und lauschte einem kurzen, verschlafenen Vogelzwitschern irgendwo in der Linde. »Ach, Vicky, mehr Kinder als ich in fünfunddreißigjährigem Schuldienst kann man wohl kaum gehabt haben. Außerdem habe ich sechs Nichten und Neffen, und die haben auch schon wieder Kinder. Leider lebt keiner von ihnen in München. Aber sie wohnen bei mir, wenn sie vorbeikommen. An Weihnachten kann ich mir aussuchen, bei welchen Verwandten ich mitfeiern möchte. Sie laden mich alle ein. Ich bin sehr begehrt als Erbtante. Aber so mißtrauisch möchte ich gar nicht denken. Es herrscht wirklich ein starker Zusammenhalt in meiner Familie.«

Ilsebilse – jeder willse.

»Ich hätte auch gern Schwestern und Brüder gehabt. Mein einziger großer Bruder ist Ende des Krieges gefallen. Damals war er achtzehn. Meine Vettern haben bereits in den fünfziger Jahren den Kontakt zu mir abgebrochen. Sie wollten mit Westkapitalisten nichts zu tun haben. Sie leben irgendwo in Sachsen. Ich habe nie mehr was von ihnen gehört.«

Bilse lachte: »Du und Kapitalist in den fünfziger Jahren.«

»Ich stand ständig bei dir in der Kreide. Ich glaube, du kriegst noch fünfundsiebzig Mark seit damals von mir.«

Sie streckte die Hand aus. »Her damit, plus Zinsen!«

Und ich: »Willst du mich ruinieren?«

»Um noch mal auf die Familie zu kommen. Es ist schön, wenn man Geschwister hat, mit denen man sich versteht. Du hast etwas Besseres – zwei eigene Kinder.«

»Sogar drei«, verbesserte ich sie. »Ich hab ja auch noch Susan, Frederiks Dauerfreundin.«

Dann stellte ich endlich die Frage, die mich seit Tagen bewegte.

Bilse war nicht der Typ Frau, mit der man intime Themen besprach, so wie mit Lilly. Bei aller Freundschaft, die sich in den gemeinsam verbrachten Tagen zwischen uns entwickelt hatte, blieb immer meine Scheu vor der spröden Distanz, die sie um ihre eigene Person aufgebaut hatte. Dennoch interessierte es mich brennend: Hatte es noch ein Liebesverhältnis in ihrem Leben nach diesem unseligen Rupert gegeben, den sie damals durchs Studium fütterte bis zum Assessor, wonach er sie brutal verließ, um eine andere zu heiraten? War Bilse inzwischen lesbisch geworden oder nur noch hilfsbereit? Oder was? Ich fragte.

Sie sah mich verwundert an: »Ich habe doch meinen Gustl.«

Meine Überraschung war grenzenlos. »Du hast einen Freund? Warum hast du mir nicht davon erzählt?«

»Wir haben nie über Männer gesprochen.«

»Wie lange kennt ihr euch?«

Bilse trank einen Schluck, sie war noch immer beim ersten Glas Wein. »Ich war Anfang Vierzig, als wir uns kennenlernten. Ein Studienkollege.«

»Und seitdem?«

»Ja. Wir haben nie geheiratet. Warum sollten wir auch. Für Kinder war's eh zu spät.«

Ich konnte es noch immer nicht fassen. »Aber Puschel hat mir doch erzählt, daß du mit einer pensionierten Studienrätin in die Ferien fährst.«

»Die Studienrätin heißt Gustav. Er war einer der beiden alten Herren auf meinem Diaabend. Warum sollte ich Puschel erzählen, daß er mein Lebensgefährte ist? Sie hat mich schon so genug beneidet um mein ausgefülltes Leben ohne finanzielle Sorgen. Sollte ich sie noch neidischer machen durch das Bekenntnis, auch einen Freund zu haben, wo sie doch so sehr über ihr einsames Singledasein klagte?«

»Aber mir hättest du von ihm erzählen können«, warf ich ihr vor.

»Ja, das hätte ich. Da hast du recht. Aber solange ich hier war, habe ich so wenig an ihn gedacht. Wir sind nie zusammengezogen. Das wäre auch nicht gutgegangen. Ich bin keine Hausfrau. Er lebt bei seiner Schwester. Die bekocht ihn besser als ich. Wir gehen zusammen ins Konzert und in Vorträge. Wir reisen zusammen. Wir haben uns viel zu sagen. Heute abend waren wir verabredet. Er hatte volles Verständnis dafür, daß ich mit dir Abschied feiern wollte. Er hat sich sehr gefreut, daß ich so gerne bei dir war. Weil er weiß, was es mir bedeutet hat.« Sie nahm einen größeren Schluck Wein, damit ihr das Bekenntnis leichter fiel: »In den Tagen mit dir habe ich mich wieder jung gefühlt.«

O je, was waren wir beide plötzlich gerührt.

Gemeinsam mit Bilse durchforstete ich am nächsten Morgen meine Schränke nach Brauchbarem für ihren Rumänientransport. Und legte noch einen Scheck dazu. Und stand daneben, als sie die Plastiktüten voller Kleidungsstücke im Kofferraum ihres Autos verstaute.

»Du kommst doch hoffentlich bald mal wieder? Du hast immer ein Bett hier und den Tisch unter der Linde.«

»Lieb, daß du das sagst, Vicky.«

Und spürte dabei, daß sie bereits Abschied von unserer Gemeinsamkeit genommen hatte und mit ihren Gedanken längst bei ihren anderen Schützlingen war, die sie jetzt nötiger brauchten als ich.

»Aber wir telefonieren, nicht wahr?«

»Ja, natürlich, und wenn ich von der Schweriner Hochzeit zurück bin, gehen wir vielleicht mal ins Konzert. Du hast doch nichts dagegen, wenn Gustl mitkommt?«

»Nein, im Gegenteil, ich freue mich drauf. Bis bald, Bilse.«

»Bis bald, Vicky! Paß auf dich auf.«

Ich stand auf der Straße und winkte mit einer Krücke ihrem abfahrenden Wagen nach. Und hatte dabei einen Augenblick lang ein Gefühl der Verlassenheit wie früher, als ich noch klein war und meine Eltern mit dem Taxi zum Bahnhof fuhren, um ohne mich zu verreisen.

11

Frederik war hier. Mit einem Blumenstrauß, nanu? Blumen fallen ihm sonst nur zum Muttertag ein. Falls ihm der Muttertag einfällt, aber dafür sorgt schon Susan. Er holte mich zum Essen ab, »damit du mal rauskommst aus deinen vier Wänden«. Solange ich den Gips trug, durfte ich ja nicht Auto fahren.

Er hatte einen Tisch beim Italiener für zwei Personen bestellt.

Und Susan?

»Kann leider nicht. Sie läßt dich herzlich grüßen.«

Was für ein hübscher Abend mit Frederik. Er zeigte mir Fotos von ihrer gemeinsamen Rügenreise und erzählte Geschichten dazu. So leutselig hatte ich ihn schon lange nicht erlebt. Zwischendurch mußte er sich immer wieder bücken, um meine Krücken aufzuheben. (Frage: Fallen anderer Leute Krücken auch so oft um?)

Begegnungen mit meiner Tochter verliefen längst nicht so harmonisch wie die mit Frederik. Sie ließ nie die Frau Doktor zu Hause, wenn wir uns zum Essen trafen. Vom edlen Brillengestell bis zu den Schuhen war sie perfekt als erfolgreiche Businеßfrau durchgestylt. Leider hörte das nicht bei ihrem Aussehen auf. Sie blieb stets cool und reserviert mir gegenüber und ließ mich eine Überlegenheit spüren, für die kein Anlaß bestand.

Im Gespräch mußte ich jedes Wort auf die Waagschale legen, um nicht ihre Kritik herauszufordern. Sie machte mich bewußt unsicher. Das ging natürlich nicht lange gut. Irgendwann platzte mir der Kragen. Ich traf mich doch nicht mit Karen, um mich während eines Mittagessens von ihr zum Dorftrottel machen zu lassen, weshalb wir uns meist in gereizter Stimmung trennten. Was für ein Glück, daß ich als zweite Tochter Susan hatte mit ihrem urigen Temperament und ihrer Zärtlichkeit, die mein Herz erwärmte.

Frederik brachte mich nach Hause. Kann ich noch irgendwas für dich tun, Mama? Hast du alles?

Ich bedankte mich für den schönen Abend, bekam die üblichen zwei Küsse rechts und links, sah ihm nach, wie er das Gartentor öffnete und – stehenbleibend – sich noch einmal umsah, um endlich zu sagen, weshalb er mich zu diesem Abend eingeladen hatte: »Ach übrigens, Mama, Susan und ich, wir trennen uns.« (Wie soll ich meinen Schreck beschreiben?) »Ganz freundschaftlich. Ohne Szenen. Nach zehn intensiv zusammengelebten Jahren ist irgendwann der Ofen aus.«

»Das kommt in jeder Ehe vor«, fiel mir dazu ein.

»Wir sind aber nicht verheiratet. Bitte, vergiß nicht, wir waren beide einundzwanzig, als wir uns kennenlernten, und seither immer zusammen.«

»Hast du eine Neue?«

»Nein«, was nicht sehr überzeugend klang. »Und sieh mal, Mama, es geht ja nicht nur um mich. Ich kann noch in zehn Jahren heiraten und Kinder kriegen. Aber Susan mit einunddreißig hat nicht mehr soviel Zeit. Es wäre unfair, sie noch länger für mich zu beanspruchen. Ich nähme ihr damit die Chance, einen anderen Mann kennenzulernen, mit dem sie glücklich werden kann.«

»Du Wohltäter. Komm ins Haus zurück. Wir müssen reden.«

»Genau das, Mama, habe ich befürchtet. Daß du dich einmischst in eine Angelegenheit, die nur Susan und mich betrifft. Darum habe ich auch beim Italiener nicht damit angefangen.«

»Und Susan? Wie nimmt sie es auf?«

»Ich hab dir doch schon gesagt, daß wir uns in Frieden trennen. Gute Nacht, Mama, ich fahr jetzt.« Stieg in sein Auto, gab Gas – und ich stand da, mit meinem Schock allein gelassen.

Aber nur kurz. Frederik brauchte etwa eine Viertelstunde bis zu ihrer gemeinsamen Wohnung, falls er überhaupt dorthin zurückfahren sollte. Inzwischen mußte ich Susan sprechen.

Sie war sofort am Apparat, klang heiter, fragte, ob wir einen netten Abend hatten – dann trat eine

Pause ein. Ich war nicht bereit, auf ihre Konversation einzugehen.

»Vicky«, fragte Susan, »bist du noch da?«

»Ist das wahr, daß ihr euch trennen wollt?«

Danach ihre Stimme, um Leichtigkeit bemüht: »So ist das Leben.«

Mir entging nicht ein heruntergeschlucktes Schluchzen.

»Du willst das gar nicht. Es ist seine Entscheidung, nicht wahr?«

»Wait a minute«, sie mußte sich die Nase putzen. Und dann, ganz ruhig, als ob sie ihr Temperament verloren hätte: »Schau, Vicky, er hat mir ausgelesen wie ein Buch, er hat mir zu oft gelesen. Er kennt mir Wort für Wort.«

Mir brach beinahe das Herz. »Und du, mein Schatz? Wie lebt ein ausgelesenes Buch?«

»Es sucht nach einem neuen Leser.« Das sollte ein Scherz sein, klang aber nicht so. »Wir wußten schon auf unserer Reise, daß es wird unsere letzte sein. Es war wunderbar, aber traurig. Kein Liebe und kein Streit mehr. It's all over, Vicky dear.«

»Das tut mir so leid, Gott, wenn du wüßtest, wie leid mir das tut. Setz dich ins Auto und komm her. Du kannst bei mir bleiben, solange du willst. Wenn ihr mal eine Weile getrennt lebt, vielleicht renkt sich dann alles wieder ein« – und was ich noch so beschwörend auf sie eingeredet habe.

»Danke, Vicky, ich weiß, du liebst mir. Aber wenn vorbei ist, ist vorbei. Ich fühl das. Ich habe heute mein Job gekündigt. Ich geh heim. Ich such mich ganz schnell ein neues Mann und mach viel Kinder. Du wirst godmother von mein erstes kid, okay?«

Ihr tapferer Frohsinn machte mich ganz krank. »Warum willst du nicht in München bleiben? Hier kennst du genügend Leute, du warst gern hier ...«

»Das will ich dich sagen, Vicky. Und du wirst verstehen. Alle Freunde hier sind Freunde von Frederik. Sie haben mir akzeptiert als sein Girl. Wenn es aus ist, sie werden zu Frederik stehen und mir fallen lassen wie ein heißen Kartoffel. Dann ich bin allein hier.«

Beinahe hätte ich gesagt: Du hast doch mich. Aber reichte ich aus? Susan brauchte junge Freunde.

»Und in San Diego? Wen kennst du da noch nach zehn Jahren München?«

»Oh, in San Diego ich habe mein Familie und all mein Freunde von College. Immer, wenn ich ihnen besuche, sie sagen: Okay, Vicky, Munich ist great for holidays and Oktoberfest. Aber was willst du da, wenn er dir nicht heiratet?« Dann hörte Susan das Aufschließen der Wohnungstür – »Frederik kommt« – und hängte ein.

Danach hörte ich nichts von ihr, obgleich ich jeden Tag auf ihren Anrufbeantworter sprach und um Rückruf bat.

Frederik selbst rief mich nur aus dem Büro an, aus einer Atmosphäre der Unpersönlichkeit, die ein privates Gespräch von vornherein ausschloß.

Mittags lag ich auf der Terrasse und wollte lesen und las nur Worte ohne Sinn, schaute in die windgetriebenen Wolken und litt an einem Liebeskummer, der nicht meiner war, wohl aber Susans wegen Frederik, und somit war es auch mein Kummer.

Ich sollte ein Mädchen verlieren, das mir zur Tochter geworden war. Ich war ganz sicher gewesen, daß sie eines Tages die Mutter meiner Enkelkinder werden würde. Ich hatte mir diese deutsch-brasilianisch-amerikanische Mischung schon vorgestellt. Nun durfte ich meine Großmutterpläne für die nächsten Jahre einmotten.

An dem Tag, an dem ich meinen Gehgips loswurde und Wiedersehen feierte mit meinem dünn gewordenen Bein, kam Susan auf dem Weg zum Flughafen vorbei, um sich zu verabschieden.

Frederik mußte im Wagen auf sie warten. Sie wollte mir allein Lebwohl sagen.

Um ihre riesige schwarze Sonnenbrille herum wirkte ihr Gesicht dünner und schärfer. Es hatte seinen größten Zauber verloren, seine fröhliche Ausstrahlung.

»Vicky, ich werden dir nie vergessen.«

»Ich dich auch nicht, mein Mädchen.« Und fragte, was sie jetzt machen wolle.

Sie wußte noch gar nichts. Im Grunde dachte sie nicht weiter als bis zum Augenblick des Abschieds von Frederik auf dem Flughafen, bis zum letzten Blick zurück. Danach war eine blinde Wand.

Ich spürte ihre tiefe Verletztheit. Er hatte sie verlassen. Er hatte sie nicht daran gehindert, in die Staaten zurückzufliegen.

Er war mein Sohn, und weil er mein Sohn war, fühlte ich mich mitschuldig an ihrem Unglück – und war so machtlos. Was hätte ich verhindern können? Eltern haben keinen Einfluß auf die Gefühle ihrer Kinder, wenn sie erwachsen sind. Sie können nicht mehr sagen, verdammt noch mal, nun vertragt euch wieder. Hier ging es ja auch nicht um einen Streit so wie früher. Hier ging es um das einseitige Ende einer Liebe.

Ich wünschte Susan das Allerbeste und bat sie dringend, mir zu schreiben. Versicherte ihr, daß sie jederzeit, wenn sie in Europa sei, bei mir wohnen könne. Schenkte ihr zum Abschied einen meiner Ringe – er paßte auf ihren kleinen Finger.

»My German mother. I'll never forget you, I swear.« Und versprach sich selbst, ihn nie mehr abzusetzen.

Dann lagen wir uns in den Armen und heulten hemmungslos. Das war unser Abschied nach zehn Jahren voller Zuneigung.

Ich brachte sie nicht zum Auto, um Frederik nicht zu begegnen, der draußen auf sie wartete.

Ich war ihm so bitterböse, daß er mir Susan fortnahm.

Es gibt ja nicht nur Scheidungsgeschädigte Kinder, es gibt auch Scheidungsgeschädigte Mütter erwachsener Kinder. Sie bringen einem eines Tages ihren neuen Partner ins Haus und sagen: Der gehört von jetzt ab zu mir, nun mag ihn gefälligst. Und wenn man ihn von Herzen liebgewonnen hat, dann wird einem dieser Partner wieder fortgenommen.

Wenig später rief Karen an.

Ihre Stimme klang locker, fast heiter – beinahe hätte ich sie deshalb nicht erkannt.

»Hallo, Mama? Hier ist Karen. Du klingst so ... Hast du etwa geschlafen?«

»Susan war gerade hier, um sich zu verabschieden.«

»Was sagst du dazu? Ich hab's erst heute von Frederik erfahren. Hat der Junge endlich die Kraft aufgebracht, sich von ihr zu trennen. Ich habe sowieso nie begriffen, wie er sie so lange ertragen konnte.«

»Ich weiß«, sagte ich müde, »du hast sie nie leiden mögen.«

»Sie war zumindest nicht das, was ich mir als Schwägerin vorgestellt habe.«

»Warum eigentlich nicht?«

»Weil sie nicht in unsere Kreise gepaßt hat.«

»In meine schon!«

»Sie hat Frederik in aller Öffentlichkeit blamiert! Sie hatte keine Manieren. Du warst nie dabei, wenn sie ihm laute Szenen gemacht und ihn geohrfeigt hat.«

Das fand ich auch nicht gut, aber im Augenblick war mein Abschiedsweh stärker als meine Einsicht. »Mir hat Susan all die Liebe geschenkt, die ich bei dir vermißt habe.«

»O Gott, Mama, jetzt fang nicht wieder mit deinen Vorwürfen an! Ich weiß, ich bin in deinen Augen ein Snob. Ich bin kalt. Ich habe dich nie geliebt. Ich habe als Baby zuerst Papa gesagt und dann Wauwau und dann erst Mama. Das kannst du mir doch heute nicht mehr vorwerfen!«

»Komm, hör auf, es hat keinen Sinn.«

»Nein«, gab sie ärgerlich zu, »es hat wirklich keinen Sinn. Mit dir ist heute nicht zu reden.«

Womit sie recht hatte. Dazu war ich viel zu traurig.

12

Eines Vormittags im Oktober rief Puschel an. »Wir sind gerade in Vaterstetten bei einem Jagdfreund von Erich. Nun wollte ich fragen, ob ich dich mal besuchen darf.«

»Ja klar«, sagte ich, »mit Erich?«

»Nein, der bleibt bei seinem Freund. Ich würde gern alleine mit dir klönen. Paßt es dir, wenn ich heute komme? So gegen Mittag? Aber mach dir keine Umstände mit Kochen und so – ich hab sowieso keinen Appetit.«

Ich hatte einen in die Jahre gekommenen pfirsichfarbenen Wonneproppen in Erinnerung. Nun stand da eine schmale Person in einem Lodenkostüm, die außer fuchsrot gefärbten Haaren mit der Puschel unserer letzten Begegnung wenig gemein hatte.

»Da staunst du, wie?« fragte sie auf dem Weg vom Gartentor zur Haustür. In der einen Hand trug sie eine schwere Plastiktüte, mit der anderen nahm sie ihre Jacke zusammen, um mir zu demonstrieren, wie weit sie ihr geworden war. »Toll, was? Fünf Kilo habe ich runter, bloß der Bauch will nicht weg.«

»Gibt dir der Erich nicht genug zu essen?«

»Hast du 'ne Ahnung. Wir leben vom Feinsten, dreimal pro Woche Reh-, Gams- oder Wildschweinbraten. Die Tiefkühltruhe muß doch leer werden für den nächsten Abschuß. Ich hab dir übrigens eine Rehkeule mitgebracht, eine frische …«, sie hielt die Tüte hoch, »statt Blumen.« Danach fiel sie mir um den Hals. »Ach, Mensch, Vicky, was bin ich froh, daß du heute für mich Zeit hast«, und blieb noch einen Moment länger an mir hängen, als für ein Wiedersehen üblich ist. Es war wie ein Haltsuchen. Nanu, dachte ich, da kann doch nicht alles stimmen.

Ob ich ihre Karte aus der Steiermark bekommen hätte?

Ja, hatte ich.

Während ich Tee aufbrühte, lehnte sie neben mir am Küchentisch. »Du ahnst gar nicht, wie ich mich auf einen Weiberklön freue. Ich hab doch bloß dich.«

»Und Bilse«, sagte ich, um das Gewicht ihrer Anhänglichkeit auf uns beide zu verteilen.

»Ja, Bilse auch, aber anders. Was versteht die schon von Männern.«

Beinahe hätte ich gesagt: Du irrst. Aber von ihrem Gustl sollte sie Puschel selber erzählen, ich wollte ihr da nicht vorgreifen.

Wir tranken Tee. Puschel stocherte lustlos im Kuchen, den ich für sie aufgetaut hatte. »Tut mir leid, schmeckt bestimmt köstlich, aber ich kann nicht. Erich schimpft auch mit mir. Er sagt, er hat sich 'ne Mollige ins Haus geholt, weil er Mollige mag. Am liebsten würde er mit mir umgehen wie mit der Stopfgans, aber kaum eß ich was, wird mir schlecht.«

»Bist du krank, Puschel? Warst du mal beim Arzt?« forschte ich.

»Nö, warum, tut mir ja nichts weh. Ich hab bloß keinen Appetit. Das ist alles.«

Wenigstens trank sie Tee mit viel Zucker und Milch.

»Paß bloß auf, daß er dich nicht eines Tages gegen eine Dicke umtauscht.«

Puschel sah mich an voll bitterem Triumph: »Kann er gar nicht. Selbst wenn er wollte. Es hält ja keine auf Dauer mit ihm aus. Und soll ich dir was sagen, Vicky? Ich auch nicht mehr. Selbst wenn er mich heiraten würde – auf dem Ohr ist er sowieso taub –, aber selbst wenn, ich würde heute nicht mehr wollen. Ich hab ihn satt. Bis hier!«

»Mach Schluß mit ihm, aber schnell«, riet ich ihr. »Vielleicht kriegst du dann wieder Appetit. Muß ja nicht unbedingt auf Wildbraten sein.«

»Wo soll ich denn hin?« Sie sah mich aus waidwunden Augen an. »Vicky! Wenn ich dir einen Rat geben darf! Es könnte ja passieren, daß du dich noch mal bis über beide Ohren in einen Kerl verliebst. Gib niemals ihm zuliebe dein eigenes Nest auf. Sonst begibst du dich in Leibeigenschaft.«

Ich war erschrocken. »Sag bloß, das hast du getan.«

Sie drehte den Stummel ihrer Zigarette so rabiat im Aschenbecher aus, als ob sie dabei Erichs Kehle im Sinn hätte. »Ich dumme Gans, mich müßten die Schweine beißen. Erich hat zu mir gesagt: ›Was brauchst du noch die Wohnung in Lüdenscheid. Gib sie auf, bist eh nie da. Zieh ganz zu mir. Sparst du jeden Monat dreizehnhundert Mark Miete warm.‹ Das hab ich dann auch gemacht. Meine Möbel verhökert für 'nen Appel und 'n Ei. Naja, viel wert waren sie eh nicht. Ich hätte gerne meinen Fernseher mitgebracht, weil Erich keinen hat, aber das wollte er nicht. So einer kommt ihm nicht ins Haus, hat er gesagt. Und ich, in meinem Liebesrausch, hab auch noch den Fernseher aufgegeben.«

»Oh, Puschel! Dich müßten wirklich die Schweine beißen.«

»Es hätte ja auch gutgehen können. Aber kaum war ich bei Erich eingezogen, schaffte er seine langjährige Putzfrau ab. Nun stehe ich wöchentlich einmal auf der Leiter und wedel seine Trophäen ab. Er sitzt im Sessel und paßt genau auf, daß ich kein Geweih auslasse. Und erzählt mir bei jedem, wie und wo er das Wild dazu erlegt hat. Ich sage: ›Aber Erich, das weiß ich doch, das erzählst du mir jede Woche!‹ Trotzdem muß ich mir immer wieder die ganze Leier anhören. Jetzt begreife ich auch, warum seine Kinder ihn nicht mehr besuchen. Die können sich sein Gelaber nicht mehr anhören. Ich hab keinen Fernseher, keine Besucher, wir gehen nie aus, es sei denn auf Jagd. Da frier ich mir den Hintern auf dem Hochsitz ab, wir haben ja schon Nachtfröste, sitze neben ihm mit Gewehr und muß für ihn das Wild anvisieren und sagen: ›Erich, nu schieß‹, weil er doch selber nicht mehr richtig kneisten kann. Dann trifft er natürlich nichts, was er mir übelnimmt.«

»Warum gibt er dann nicht endlich die Jagerei auf?« erkundigte ich mich.

»Warum gebe ich das Rauchen nicht auf? Es ist wie eine Sucht für ihn.« Puschel sah mich aus unendlich müden Augen an. »Ich muß weg von ihm. Ich such mir einen Job als Putzfrau. Am liebsten in München. Vielleicht könnte ich erst mal bei Bilse in Untermiete wohnen, bis ich was Eigenes gefunden habe. Was meinst du?«

»Bei ihr wird's kaum gehen«, sagte ich, »sie hat bereits zwei alte Damen bei sich wohnen.«

In ihrer unendlichen Güte würde Bilse vielleicht noch eins ihrer eigenen Zimmer für Puschel räumen. Aber was dann? Dann hörten ihre besinnlichen Abende bei klassischer Musik und klugen Gesprächen mit Gustl auf, weil Puschel immer dabeisitzen und womöglich an dem klapprigen alten Herrn ihre weibliche Nochimmer-Anziehungskraft ausprobieren würde. Ohne böse Absicht. Einfach so, zur Selbstbestätigung.

Puschel schaute sinnend auf die Zimmerdecke meines Wohnraums. »Du hast da oben doch noch die beiden leerstehenden Kinderzimmer. Was ist mit denen?«

»Eins ist jetzt Gästezimmer, im anderen hat Frederik noch all seine Sachen.«

Puschel würde sich nie ein eigenes Zimmer suchen, wenn sie erst einmal bei mir eingezogen wäre. Und es würde ihr allein da oben bald langweilig werden. Dann hatte ich sie als Dauergast in meinem Wohnraum. Am Schluß würde ich mich aus Selbsterhaltungstrieb in meinem Schlafzimmer verbarrikadieren, um den Geschichten über ihre Männer zu entgehen, denn ein anderes Thema gab's bei Puschel nicht, soweit kannte ich sie inzwischen. Vor allem aber kannte ich die Grenzen meiner Gutmütigkeit.

»Es geht leider nicht«, sagte ich bedauernd. »Aber Bilse und ich werden uns nach einem schönen möblierten Zimmer für dich umsehen. Bilse kennt ja genügend alte Damen, die allein leben und froh wären, wenn sie jemand bei sich hätten, der sich um sie kümmert.«

»Ja gut«, Puschel konnte ihre Enttäuschung über meine Absage kaum verbergen. Fügte nur noch hinzu: »Aber es könnte auch ein alleinstehender Herr sein, das wäre mir sogar lieber.«

Sie fuhr nach Vaterstetten und vermutlich mit Erich nach Dortmund zurück, und alles ging so weiter wie bisher. Vielleicht hatte sie auch gar nicht von ihm fort gewollt, sondern nur den Wunsch gehabt, sich den ganzen Ärger mit ihm von der Seele zu reden.

Jedenfalls hörte ich nichts mehr von ihr und Bilse auch nicht.

13

Mir kam Puschel erst wieder in Form ihrer mitgebrachten Rehkeule in den Sinn, als Karen anrief.

»Mama, du hast uns schon so oft zum Essen eingeladen, nie hat's geklappt. Jetzt hätte ich dir einen Termin anzubieten, an dem auch Frederik Zeit hat. Wie wär's mit nächstem Freitag, neunzehn Uhr?«

Nun hätte ich natürlich sagen können, daß ich am Freitag, neunzehn Uhr, bereits einen anderen Termin hatte. Den würde ich natürlich absagen. Endlich einmal wieder die Kinder zusammen am Familientisch zu haben, war mir wichtiger als ein Konzert.

Ich erzählte Karen von der Rehkeule im Gefrierschrank. Sie sagte: »Na wunderbar, Mama, aber reicht sie auch für vier Personen?«

»Warum nicht! Es gibt ja eine Suppe vorher und anschließend ein Dessert. Hast du da einen besonderen Wunsch?« Und dann erst begriff ich, was sie gesagt hatte. »Wieso vier Personen? Wir sind doch nur drei.« Wollte sie mir etwa endlich mal einen Freund vorstellen?«

»Wir möchten gern ein Mädchen mitbringen. Heike Johannsen aus Bremen. Sie studiert Zahnmedizin in München.«

Karen hatte »wir« gesagt, »wir möchten gern«, was bedeutete, auch Frederik wollte sie mitbringen.

»Hat er etwa eine neue Freundin?«

»Ja, Mama.«

Wahrscheinlich wußten all ihre Freunde und Bekannten bereits von dieser Neuen, bloß ich nicht. Das kränkte. »Und warum hat er mir noch nichts von ihr erzählt?«

»Warum wohl, Mama. Weil er weiß, daß du noch immer dieser Susan nachtrauerst.«

(O ja, und wie! Ich hatte ihr seit ihrem Abschied von München schon zwei lange Briefe geschrieben, die unbeantwortet geblieben waren, auch versucht, sie telefonisch bei ihren Eltern zu erreichen. Kaum hörten sie meine Stimme, schmetterten sie den Hörer in mein Überseegespräch.)

»Frederik fürchtet, du könntest Heike spüren lassen, daß er ihretwegen Susan verlassen hat. Und darum«, sagte Karen, »sind wir der Meinung, es ist besser, wenn ich beim ersten Kennenlernen dabei bin. Das neutralisiert die Situation.«

Aha. Sie hatten Angst, Mutter könnte sich nicht passend benehmen. Sie wollten aber Staat mit mir machen. (Was zieh ich denn dazu an?) Wenn Frederik dieses Mädchen im Hause meiner hochgestochenen Tochter kennengelernt hat, war ihr Vater gewiß kein Nachtportier in einem Zweitklaßhotel so wie Susans Vater. Dann war er was »Besseres«, Bremisches.

Also gut, spiele ich ihnen die Dame – aber ohne Rehbraten, bei dem ich alle paar Minuten in die Küche flitzen muß, um zu gucken, ob er noch innen rosa ist, und die Soße zubereite. Dann gibt es eben ein Hauptgericht, das ich nur aufwärmen muß. Bin ich verrückt, mich wegen einer Heike Johannsen verrückt zu machen? Ich redete mich so richtig in Rage, heizte mich auf gegen die Neue.

Noch rechtzeitig fiel mir meine Mutter ein und ihre Reaktion auf die Liebhaber, die ich ihr im Laufe der Jahre präsentiert hatte.

Keiner war ihr gut genug für ihre Tochter gewesen und schon gar nicht so, wie sie sich ihn vorgestellt hatte. Der Wohlfahrt war zwar Akademiker, aber viel zu alt. (Das könnte ja dein Vater sein.) Außerdem hofierte er sie nicht genug. Das tat er erst, als er mich mit Karlow pudelnackt aus dem See steigen sah. Damals war er noch besorgt, mich zu verlieren, und hatte sich gedacht: Klemm dich hinter ihre Mutter, bring sie auf deine Seite mit Blumenstrauß und Theaterkarten. Alles Berechnung, auf die sie geschmeichelt hereingefallen war. Als er mich wegen einer Intellektuellen verließ, die ihm geistig mehr bot als ich, sagte sie: Daran bist du selber schuld, mein Kind. Was warst du mit dem Karlow nackt im Wasser.

Warum war Karlow damals nicht da! Warum hatte er sich bereits der christlichen Seefahrt gewidmet, anstatt mich zu trösten. Zum Glück begegnete mir ein junger Maler, der sich das

Geld für seine Ölfarben auf einer Baustelle zusammenjobbte. Der nahm meinen Liebeskummer in den Arm und bewahrte mich davor, meine Zukunft wegen Wohlfahrt aus dem Fenster zu werfen. Um die Sympathie meiner Mutter zu erringen, hat er ihr sogar die Küche renoviert und nur die Malerkosten in Rechnung gestellt. Sie hat ihm dafür nicht mal ein Bier gegen seinen Durst spendiert: Viktoria, wenn du dich mit diesem Habenichts liierst (hatte ich doch längst), bist du nicht mehr meine Tochter. Dein Vater ist tot, dein Bruder ist tot, auf dich habe ich all meine Hoffnungen gesetzt. Ich unterstütze dich, obgleich mir's schwerfällt, damit du Jura studieren kannst. (Damals wußte sie noch nicht, daß ich statt Jura Theaterwissenschaft und Anglistik belegt hatte.)

Nie werde ich ihren Schock vergessen, als ich ihr Heinz Hornschuh mit der Ankündigung präsentierte: Mutter, den werde ich heiraten. – Einen Filmfritzen! Produktionsassistent! (Noch nicht mal Produzent!) Schon wieder einer mit ungewisser Zukunft ohne Pensionsberechtigung! Sie kam nicht mal zu unserer Hochzeit. Damals habe ich meine Mutter beinahe gehaßt. Erst Jahre später, als Heinz seine ersten Erfolge als Produzent hatte, wurde sie seine Intimverbündete, wenn es in unserer Ehe kriselte. Und wir hätten uns keine bessere Großmutter für unsere Kinder wünschen können.

Also wirklich, es war gar keine so schlechte Idee, mich an meine eigene Mutter und ihre Reaktionen auf meine Männer zu erinnern.

Frederik und Karen wünschen sich, daß ich Heike Johannsen akzeptiere und mich mit ihr abfinde, egal, ob sie mir gefällt oder nicht. Wenn nicht, bin ich selbst die Verliererin.

Ja, was kann ich über Heike Johannsen nach ihrem Antrittsbesuch sagen. Sie ist dreiundzwanzig, lang, blond, hat ein feines, sympathisches Gesicht und redet nicht viel. Anfangs ließ sie uns drei Hornschuher Konversation treiben und Histörchen aus der Kinderzeit erzählen, die sie freundlich belachte. Sie wurde erst gesprächig, als die Rede auf Frederiks Antrittsbesuch bei ihren Eltern kam. Was heißt Antrittsbesuch? Das klang nach Diener machen und Referenzen vorzeigen – hatte er etwa ernste Absichten? Und mir hat er gesagt, er sei geschäftlich in Bremen gewesen. Ich suchte seinen Blick. Du Schuft! Mummi, so nannte Heike ihre Mutter, hatte ein Familientreffen arrangiert.

»Wieso Familientreffen?« fragte ich argwöhnisch.

»Meine Brüder und ihre Frauen wollten Frederik ja auch kennenlernen. Es war einfach stark, wir alle einmal wieder zu Hause vereint. Mummi ist ja einmalig im Ausrichten von Festen, gib's zu, Frederik.«

»O ja, es war alles sehr gelungen«, wobei er meinen Blick vermied.

»Meine Brüder hatten ihre Kinder mitgebracht, und wissen Sie, was Mummi gemacht hat? Sie hat ein Pony vom Wanderzirkus gemietet, das konnte Kunststücke, und alle durften drauf reiten.«

»Du auch, Frederik?«

Karen sah mich strafend an.

Dann gingen wir zu Tisch.

Meine Zitronencreme als Dessert fand Heike sehr schmackhaft, Mummi machte sie nur etwas schaumiger. (Mummi konnte eben besser mit Gelatine umgehen als ich.) »Ich bin immer ganz traurig, wenn ich wieder abreisen muß«, sagte sie.

»Warum haben Sie dann nicht in Bremen studiert?« erkundigte ich mich.

»Dann hätten wir uns vielleicht nie kennengelernt«, sie sah Frederik an. Er sah sie an, man spürte, es stimmte zwischen ihnen auch ohne Schmusen und Händchenhalten. (Und das, und nur das ist entscheidend, ermahnte ich mich. Es geht nicht darum, daß du mit Heike auskommst, sondern dein Sohn.) Ich hatte ja auch nichts gegen sie, mir gefielen ihre Selbstsicherheit und gute Erziehung. Sie half mir sogar beim Raustragen des Geschirrs und Einräumen in die Spülmaschine. Solange auch Frederik in der Küche war, um den mitgebrachten Champagner aus dem Eisfach zu nehmen und Gläser aus dem Küchenschrank, verlief unsere Unterhaltung ganz locker. Sobald wir zwei allein waren, verstummte Heike bis auf die Bemerkung: »Mummi hat dieselbe Mikrowelle wie Sie.«

Was sollte ich dazu sagen? Etwa: Fein, daß ich wenigstens etwas gemeinsam mit Mummi habe?

Als letzte betrat ich den Wohnraum und spürte eine gewisse Spannung. Frederik hatte den Champagner entkorkt und in die Gläser gefüllt. Er war sehr verlegen, als er mit der Botschaft herausrückte: »Also, Mama, es ist nämlich so, Heike und ich haben beschlossen zu heiraten.«

Karen sah mich an: Wehe, du bist jetzt nicht begeistert.

Wir standen alle vier auf und stießen mit- und durcheinander an. Man erwartete ein paar passende Worte von mir, ich sagte, ich sei ganz sprachlos vor Überraschung, aber ich freue mich natürlich sehr und wünsche Glück und noch was und umarmte dieses wildfremde Mädchen, das ich von nun an als zukünftige Schwiegertochter behandeln mußte.

Heike hielt mir ihre kühle Wange hin. »Mummi und Paps freuen sich auch sehr, sie mögen Frederik. Natürlich tut es ihnen leid, daß sie mich nach München verlieren.«

»Mama, willst du Heike nicht das Du anbieten?« erinnerte Karen.

Ja, natürlich, das Du. Aber im Laufe des Abends fielen wir immer wieder ins Sie zurück, es paßte besser zu unserem gegenseitigen Fremdeln.

Die standesamtliche Hochzeit war für den 15. März in Bremen geplant. Das war Mummis Wunsch. Denn an diesem Tag vor siebenunddreißig Jahren hatte sie Paps geheiratet. Auch Heikes große Brüder hatten an diesem Tag heiraten müssen. Die kirchliche Hochzeit sollte im Sommer darauf in Norderney stattfinden, wo die Familie seit Großvaters Zeiten ein Ferienhaus besaß.

»Das wird bestimmt sehr idyllisch«, sagte ich. »Hoffentlich regnet es nicht.« Und handelte mir einen strengen Blick von Karen ein. Was hatte ich denn nun schon wieder Falsches gesagt!

Eine Stunde, nachdem die drei mich verlassen hatten, rief Frederik an. »Ich habe gerade Heike nach Haus gebracht.« Danach trat eine kurze Pause ein.

Ich wußte, worauf er wartete und was er hören wollte. »Ja«, sagte ich, »sie gefällt mir, ein sehr nettes Mädchen.« Und schon ging es los, ich konnte keinen Riegel mehr vorschieben, jetzt, wo uns kein anderer mehr zuhörte. »Aber findest du das richtig, daß ich als letzte von deinen Heiratsplänen erfahre? Schließlich bin ich deine Mutter. Ihre Eltern wissen es längst. Da warst du Handanhalten. Bist seit einer Woche wieder hier, sagst mir keinen Ton. Schickst Karen als Einlader vor, bringst sie auch noch als Geleitschutz mit. Stellst mich vor vollendete Tatsachen: Mama, das ist Heike, Heike das ist Mama, nun umarmt euch und sagt du. Peng. Sensibel wie ein Holzhammer! Und das …«

»Mama«, unterbrach er mich, »nun beruhige dich.« (Ich wollte mich aber nicht beruhigen.) »Ich versteh ja, daß ich da einen Fehler gemacht habe. Ich hätte es dir als erste sagen müssen. Aber dann wärst du mir wieder mit Susan gekommen, kein Gespräch mit dir, ohne daß du Susan erwähnst, das ging mir langsam auf den Geist. Wie sollte ich da von Heike anfangen?« Jetzt war er auch wütend.

Weshalb ich einlenkte.

»Wie ist das bloß so schnell mit euch gekommen? Ich meine, daß ihr heiraten wollt? Ihr kennt euch doch erst kurze Zeit, oder?«

»Seit einem Jahr. Wir haben uns öfter bei Karen gesehen. Da fand ich sie am Anfang ganz sympathisch, mehr nicht. Wir haben uns immer gerne unterhalten. Naja, und dann, eines Tages, wie das eben so ist, haben wir festgestellt, daß wir zusammenpassen. Schau, Mama, als ich Susan kennenlernte, war ich einundzwanzig. Ich war ein Freak und ganz schön ausgeflippt. Susan paßte damals zu mir. Es ging ja auch paar Jahre sehr gut mit uns, wir hatten 'ne irre Zeit zusammen. Möchte ich niemals missen. Inzwischen bin ich dreißig und hab ’nen halbwegs seriösen Beruf. Ich habe ihr hundertmal gesagt: Wenn wir zusammenbleiben wollen, mußt du lernen, dich anzupassen. Das schreibt dir deine Mutter in jedem Brief. Du kannst deine Gefühle nicht mehr ausleben wie ein dreijähriges Kind. Du bist einunddreißig. Was habe ich auf sie eingeredet. Aber sie wollte nichts einsehen und nichts dazulernen. Sie hat mich einen Spießbürger genannt, weil ich notgedrungen seriöser geworden bin. Natürlich gab’s immer wieder Versöhnungen. Wir hatten ja eine starke sexuelle Bindung, auch noch nach zehn Jahren. Aber darauf kann man doch keine Ehe aufbauen. Verstehst du das nicht, Mama?«

»Du hast mir ja nie was gesagt.«

»Weil du uns von klein auf beigebracht hast, daß du keine Kinder magst, die petzen«, dabei war ein Grinsen in seiner Stimme.

»Naja, das war doch was anderes«, sagte ich.

Langsam nahm ich Abschied von Susan Barreto. Sie hätte mir auf meine langen Briefe wenigstens mit einer Ansichtskarte antworten können, wo wir uns doch so geliebt haben.

»Und noch was, Mama. Glaub ja nicht, daß ich nicht bemerkt hätte, wie du Heike manchmal angesehen hast. Du hast dabei gedacht: Wie kann der Junge nach einem so temperamentvollen Typ wie Susan auf eine solche naive Blonde reinfallen!«

»Habe ich nicht gedacht«, widersprach ich.

»Hast aber so geguckt als ob. Du kannst deine Kritik schwer verbergen. Und im Grunde hattest du sogar recht. Ich habe Heike noch nie so befangen erlebt und so dumm daherreden hören, wenn sie überhaupt was gesagt hat. Sie hatte echt Schiß vor dieser ersten Begegnung mit dir. Wenn du sie näher kennenlernst, wirst du begreifen, daß sie alle Voraussetzungen mitbringt für was Dauerhaftes. Mit ihr möchte ich Kinder haben.«

»Damit ihre Mummi noch mehr Enkel unter ihre Fittiche raffen kann«, fiel mir eifersüchtig dazu ein. Frederik lachte. »Keine Sorge, Mama, deine nicht. Bremen ist weit.«

»Aber ihr Einfluß reicht bis München.« Das war ja meine Sorge. »Sie wird versuchen, sich in alles einzumischen. Wie ist sie denn so? Erzähl mal!«

»Naja«, zum erstenmal klangen Bedenken in seiner Stimme mit. »An sich kann ich nichts Negatives über sie sagen. Sie hat Energie, Persönlichkeit, Organisationstalent, sie hat alles im Griff. Vor allem ihre Familie. Im Grunde ist sie unerträglich besitzergreifend, aber auf eine überwältigend herzliche Art – ich weiß nicht, wie ich das ausdrücken soll –, sie beschenkt einen mit sich selbst und wehe, man gibt ihr zu verstehen, daß man so sehr gar nicht beschenkt werden möchte.«

»Hast du das etwa getan?« Das interessierte mich aber sehr.

»Klipp und klar. Ich habe ihr gesagt, ich hätte schon von Geburt an eine eigene Mutter, und die reichte mir.«

(Ich reiche ihm!) »Hast du das wirklich gesagt?«

»Sie hat's geschluckt. Widerstand imponiert ihr bis zu einem gewissen Grad. Dann wird's kritisch. Das hat mir ihr Mann prophezeit. Mit dem versteh ich mich bestens. Heikes Vater ist in Ordnung. Bloß der hat nichts zu sagen in dieser Ehe.«

»Wie sind denn Heikes Brüder und ihre Frauen?«

»Die kuschen, solange Mummi in der Nähe ist. Sobald sie aus dem Zimmer ist, werden sie ganz locker und richtig nett. Im Grunde hängen sie alle an ihr, haben mir aber den Rat gegeben: Laß dich ja nicht von ihr unterbuttern.«

»Und ihre Enkel?«

»Welche Großmutter kommt schon auf die Idee, ein Pony aus einem Wanderzirkus auszuleihen? Die lieben sie natürlich.«

»Vielleicht sollte ich mir einen Papagei anschaffen und ihm das Sprechen beibringen, um meinen Enkeln zu imponieren.«

»Ach, Mama«, lachte Frederik, »bis dahin hat's noch Zeit.« Und fügte ernster werdend hinzu: »Heut auf dem Heimweg von dir habe ich mit Heike gesprochen. Ich habe ihr gesagt, wenn wir heiraten, muß sie sich daran gewöhnen, in erster Linie meine Frau zu sein und erst in zweiter Mummis Tochter. Sonst wird der 15. März abgesagt. Sie war damit einverstanden.«

Bevor wir das Gespräch beendeten, fragte ich: »Was hat sie denn von mir gesagt?«

»Sie war ganz erstaunt, daß ich so eine attraktive, schicke Mutter habe.«

»Hat sie das wirklich gesagt?«

»Mama! Muß man dir denn alles zweimal bestätigen, damit du es glaubst?«

»Wir müssen uns jetzt bald mal zu dritt treffen«, schlug ich vor. »Ohne Karen. Die bringt mich immer um meinen Charme. Die ist so streng mit mir.«

»Ach, Viktoria«, amüsierte er sich auf eine beinah zärtliche Art über mich. »Nun schlaf mal schön.«

»Du auch, mein Sohn.«

Es war inzwischen nach Mitternacht, ich las noch in der »Süddeutschen«, wozu ich am Tag nicht gekommen war, als Bert Gregor anrief, mit sopranös klirrenden Eisstückchen hinter seiner langsamen Baßstimme. »Guten Abend, Viktoria. Ich habe mich lange nicht gemeldet.«

»Sag mal, spinnst du, mich so spät noch anzurufen?«

»Du klingst nicht, als ob du schon geschlafen hättest«, sagte er mit schwerer Zunge. »Ich wollte dir nur mitteilen, daß ich mein Haus an einen Kuwaiter Geschäftsmann vermietet habe. Die letzte Wirtschafterin war eine Hochstaplerin. Wenn ich dir das erzähle …«

»Nein, bitte nicht. Ich will das nicht mehr wissen.«

»Jetzt wohne ich in einer Pension mit Blick auf den Zürichsee und wollte dir meine Adresse durchgeben. Hast du was zum Schreiben da?«

»Nein. Und ich steh auch nicht mehr auf, um was zu holen. Schick mir deine Anschrift per Post und ruf mich bitte nie mehr nach dem fünften Whisky an. Am besten gar nicht. Gute Nacht.«

Warum begegneten mir nur noch Männer, die mit Charakterschwierigkeiten und Egozentrik gesegnet waren? Bert Gregor ist nur ein ausführlich dargestelltes Beispiel, außer ihm liefen noch zwei Exemplare an der Peripherie meines Bekanntenkreises mit, die mich ab und zu zum Essen ausführten. Bei jedem entdeckte ich unüberwindbare Macken. Lag das nun an mir selbst, durchschaute ich zuviel, war ich zu kritisch geworden? Im Laufe meines Lebens war mir die Geduld mit männlichen Fehlern abhanden gekommen. Sosehr ich es manchmal leid war, als Single aufzutreten, so zog ich doch diesen Zustand einer Zweisamkeit vor, die einer Notlösung gleichkam. Verschlechtern wollte ich mich ja nun auch nicht und auf keinen Fall meinen Seelenfrieden gefährden.

Lilly Böhler hatte zwar Verständnis für meine Skepsis männlichen Neuerscheinungen gegenüber, dennoch konnte sie seit einiger Zeit das Kuppeln nicht lassen. Wenn sie mich zum Abendessen einlud und ich mich auf ein gemütliches Gespräch mit ihr und Walter freute, war des öfteren ein männlicher Single anwesend, den sie in einem ihrer Clubs aufgetrieben hatten. Wenn der mich sah, ahnte er sofort, weshalb er eingeladen worden war. Wenn ich ihn sah, schaltete ich von vornherein auf Abwehr, damit er ja nicht glaubte, ich wäre mit diesem Kuppelversuch einverstanden.

14

Hänschen Karlow schickte mir eine Karikatur: ein unendlich bieder und altmodisch gekleidetes Paar mit Cordys und seinen Gesichtszügen saß vor einem Standesbeamtentisch. Auf zwei Stühlen hinter ihnen eine weibliche Person, in der ich mich zu erkennen glaubte, und daneben ein junger Mann. Unter das Bild hatte er geschrieben: »Ich möchte mein Mädchen heiraten. Kommst Du? Wir würden uns riesig freuen. Keine Bange, du mußt ja nicht für mich bürgen, nur zeugen.«

Dazu noch das Datum der Trauung.

Ich rief ihn darauf an und erfuhr, daß sie eine klammheimliche Trauung planten. Nicht mal Anna oder Elfriede, die schon gar nicht, durften vorher eingeweiht werden. »Die schwören zwar hoch und heilig, zu schweigen wie ein tiefes Grab. Aber im nächsten Moment ziehen sie mit der Neuigkeit durch die Häuser und dann! Dann sind plötzlich fünfzig Gratulanten da und wollen sich auf unser Wohl besaufen. Dabei habe ich noch nicht mal die Kosten von meiner Geburtstagsfete abbezahlt.«

Daß er ausgerechnet mich als seine Trauzeugin ausgewählt hatte, machte mich stolz in Anbetracht seiner vielen Freunde.

»Es gibt zwar ein paar, die ich sogar noch länger kenne als dich, Viktörchen, aber niemand kenne ich so lange so gern wie dich.«

Cordy hatte ihren jüngeren Bruder zum Trauzeugen ausgesucht. Einen Tag vor der Hochzeit fiel er vom Baugerüst und brach sich einen Lendenwirbel. Ich war bereits in Berlin und holte die beiden zum Essen ab, als sie die Nachricht erhielten.

Was nun?

Cordy rief ihre beste Schulfreundin an. Die heiratete zufällig am selben Tag. Nun war Cordy gekränkt, weil sie dazu nicht eingeladen worden war.

Wir trennten uns an diesem Abend so gegen zehn Uhr – da wußten die beiden noch immer nicht, wer außer mir für sie zeugen sollte.

»Nehmen wir eben einen von der Straße«, beschloß Karlow, »Hauptsache, er hat einen gültigen Ausweis.«

Ich habe lange überlegt, was ich den beiden zur Hochzeit schenken sollte und schließlich eine kleine Originalzeichnung von Zille von der Wand genommen, oh, das gibt Ärger mit Karen, wenn sie merkt, daß das Bild nicht mehr da ist. Nicht wegen des Bildes, sondern wegen seines Wertes. Ich trennte mich selbst schwer von den beiden Zillegören, die nackt in einem Tümpel planschten. Wenn ich mir aber Karlows Freude darüber vorstellte, konnte ich die Übergabe kaum erwarten.

Mit meinem Geschenk in hellgrauem Glanzpapier mit zitronengelber Schleife (die Frau Engelmann gebunden hatte, nachdem sie mein Gewurstel beim Binden nicht mehr mit ansehen konnte) traf ich um elf Uhr zwanzig vorm Standesamt ein. Die beiden warteten schon auf mich. Karlow in einem Nadelstreifenanzug, der ihm zwei Nummern zu eng war, und Cordy mit einer Plastiktüte, in der sie ihren Brautstrauß verbarg, aus Furcht, es könne zufällig ein Bekannter vorbeikommen und das Blumengebinde in ihrer Hand als Heiratsindiz auslegen. Neben ihnen stand ein mittelgroßer, schlanker Mann im Blazer, an dem mir vor allem das kräftige, graue Haar auffiel.

»Habt ihr doch noch einen aufgetrieben?« entfuhr es mir, als Karlow auf mich zukam.

Er stellte ihn mir vor. »Michel Erdmann – wie du heißt, weiß er schon. Sag mal, ihr müßt euch doch von meinem Geburtstag her kennen.«

Erdmann gab mir die Hand, wir sahen uns dabei an, bestimmt waren wir uns auf dem Fest begegnet, allerdings ohne bleibende Erinnerung. »Es waren zu viele Leute da«, entschuldigte er sich.

Beim Hineingehen sagte Karlow: »Wir haben inzwischen viel durchgemacht. Muß ich dir erzählen. Cordy und ich kommen gestern abend nach Hause, ich höre noch meinen Beantworter ab. Da ist unter anderem der Michel drauf und sagt: ›Dein Schrank ist fertig.‹ Ich hatte doch so 'n altes, total vergammeltes Biedermeiermöbel im Atelier stehen, wo ich allen Kram reingestopft habe, den ich nicht gebrauchen konnte. Den habe ich durch ihn restaurieren lassen als Hochzeitsgeschenk für Cordy. Und nun erzähl du weiter, Michel.«

Dem war gar nicht zum Plaudern zumute, aber dann sagte er doch: »Ich kam also gegen zwölf nach Hause und hörte noch das besagte Ding ab. Und höre, wie Karlow sagt: ›Kannst du morgen um elf Uhr zwanzig am Standesamt sein? Wir brauchen dringend noch einen Trauzeugen.‹ Zuerst dachte ich, das ist wieder einer von seinen berühmten Karlowern, über die man nicht immer auf Anhieb zu lachen vermag. Und rief zurück. Ich fragte ihn: ›Wie komme ich zu der Ehre, so gut kennen wir uns doch gar nicht.‹ Und er: ›Gerade deshalb. Weil du nicht zu unserem alten Kreis gehörst, von dem möchte ich keinen dabei haben.‹ Nun, wer ist nicht gerne Notnagel. Ich sagte zu, und erst heute früh beim Duschen fiel mir auf, daß Hans vergessen hat, mir zu sagen, und ich vergessen habe zu fragen, auf welchem Standesamt. Ich rief also bei ihm an, da war seine Tochter Anna am Apparat.«

»O nein!«

»O doch«, sagte Karlow und übernahm nun wieder die Reportage. »Cordy war in der Küche, ich im Bad beim Rasieren. Da höre ich durch die offene Tür, wie Anna fragt: ›Was für 'n Standesamt?‹ Kannst du dir vorstellen, Viktörchen, was ich meiner Bandscheibe in den nächsten Sekunden zugemutet habe? Raus aus dem Bad, Hechtsprung übers Sofa und ihr den Hörer aus der Hand gerissen, zum Drumherumgehen blieb mir keine Zeit mehr. Nun stand sie neben mir und hörte mißtrauisch zu, und ich konnte Michel nicht sagen, welches Standesamt. Fiel mir bloß noch ein: ›Ich hol dich ab. Um halb elf bin ich bei dir.‹ Nun konnte ich ja schlecht meinen guten Anzug anziehen so mitten in der Woche und auch noch vormittags. Anna war eh schon mißtrauisch genug und immer um mich rum: Was für'n Standesamt? Was sollte ich sagen? Was fiel mir dazu ein? Nichts fiel mir ein zu Standesamt. Konnte ja schlecht sagen, daß Michel heiratet, dann hätte er ja nicht anzurufen brauchen, weil er ja gewußt hätte, welches Standesamt. Blieb mir also nichts anderes übrig, als einen Krach vom Zaun zu brechen. ›Steh hier nicht rum und geh mir auf den Nerv. Kümmer dich lieber um deinen Sohn. Hörst du nicht, wie er brüllt?‹ Und bin los. So, wie ich war – in Jeans und Pullover. Türenknallend. Nun erzähl du weiter, mein Engelchen«, forderte er Cordy auf, die sich lieber seelisch auf ihre bevorstehende Trauung vorbereitet hätte.

»Hans hat mir nur noch zugeflüstert: ›Bis nachher!‹ Jetzt hatte *ich* Anna am Hals. Sie fragte:

›Wieso ziehst du dein neues Kostüm an? Gehst du auch zum Standesamt?‹ Ich wußte gar nicht, was ich sagen sollte. Dann fiel mir meine Großmutter ein. ›Ich fahre zu ihr nach Potsdam, weil sie Geburtstag hat.‹ Das erklärte auch den Strauß in der Tüte, den hatte sie inzwischen entdeckt. Ich habe dann noch einen Kuchen und ein Pfund Kaffee mit reingesackt, damit sie mir den Geburtstag glaubt.« Cordy zog den Strauß aus der Tüte und brach beinahe in Tränen aus. »Jetzt ist er ganz zerdrückt. Drei Knospen sind ab.«

Karlow nahm sie samt Strauß in die Arme und drückte sie fest an sich. »Ach, mein Engelchen, das ist doch alles nicht so wichtig. Hauptsache, Anna weiß nicht, wo wir sind. Die hätte ich nun wirklich nicht gern dabeigehabt.«

Während der Standesbeamte seine Rede hielt, betrachtete ich Karlows Rücken vor mir in dem viel zu engen Anzug, den er sich von Michel Erdmann geborgt hatte. Auch Erdmann richtete ab und zu besorgte Blicke auf das edle Stück, besonders auf seine Nähte. Der Hosenbund schien Karlow mächtig einzuengen, man merkte es seinem japsenden Atem an. Cordula sah ihn manchmal ebenso besorgt wie liebevoll von der Seite an. Er tat ihr so leid, der Arme. (Von Cordy kannst du lernen, Viktoria. Die lacht nicht über ihren Mann, der gleich aus allen Nähten platzt, sie leidet mit seiner Atemnot.) Sie war sehr bewegt, als sie zum erstenmal mit »Cordula Karlow« unterschrieb.

Anschließend fuhren wir in ein Restaurant, in dem Hans einen Tisch bestellt hatte. Sein erster Weg führte ihn zur Herrentoilette. Im Nadelstreifen ging er hinein, in Jeans und Pullover, den Anzug überm Arm, kam er sehr erleichtert heraus. Endlich konnte er wieder durchatmen. Setzte sich zu uns und verkündete: »Heiraten macht Durscht.« Mit einer halben Flasche Champagner reihum hatten wir bereits im Auto angestoßen. Jetzt brauchte er erst mal ein schönes kaltes Bier.

Der Ober brachte die Karten und eine Vase für Cordys Brautstrauß. Sie betrachtete abwechselnd den Ring an ihrem Finger und den Mann an ihrer Seite. Und hätte so gern noch ausführlich übers Standesamt gesprochen und ein bißchen mit ihm geschmust, aber Karlow studierte bereits die Weinkarte. Ohne aufzusehen sagte er: »Engelchen, ich liebe dich, und ich weiß, wonach dir der Sinn steht. Aber in meinem Alter käme ich mir ein bißchen komisch vor, wenn ich jetzt mit dir schnäbeln würde.«

Der Ober servierte ein »amuse-gueule«. Karlow berichtete begeistert von dem restaurierten Biedermeierschrank, den er inzwischen in Erdmanns Werkstatt begutachtet hatte. »Den kennst du nicht wieder, Engelchen. Der ist ein Traum geworden.«

Darauf Erdmann in seiner gelassenen Art: »Glaub ja nicht, daß wir dir die Rechnung ersparen, weil ich die Ehre hatte, dein Aushilfstrauzeuge zu sein. Zwei Leute haben eine Woche an dieser Ruine gearbeitet.«

»Na, hör mal, wie kommst du denn darauf«, ereiferte sich Karlow und fügte bescheidener hinzu: »Aber es wäre nett, wenn du morgen den Schrank liefertest und die Rechnung erst in vierzehn Tagen, damit wir genügend Zeit haben, uns unbelastet an ihm zu erfreuen.«

Irgendwann kamen wir noch einmal auf sein Geburtstagsfest zu sprechen.

»Habe ich euch eigentlich erzählt, daß es beinahe mein letztes Fest gewesen wäre?«

»Nein, wieso das?«

»Ihr kennt nicht die Geschichte von meinem verräucherten Rundflug über Tegel?«

Endlich hatte ich ein Publikum, dem mein Erlebnis noch neu war, und hob an: »Also, einen Tag nach eurem Fest hatte ich die letzte Maschine nach München gebucht. Wir mußten ewig warten, bis man uns endlich einsteigen ließ. Der Pilot entschuldigte sich wegen der Verzögerung, aber ein Steward hatte Rauch in der Maschine gesehen, weshalb ein ausführlicher Durchcheck nötig gewesen war. Aber jetzt sei alles in Ordnung und die Maschine startbereit. Kaum donnerten wir los, fiel schwarzer Rauch auf uns nieder ...« Während ich immer dramatischer wurde, bemerkte ich, daß Michel Erdmann zu essen aufgehört hatte und mir interessiert zuhörte. Bisher war er zwar höflich und umsichtig mit mir umgegangen, hatte jedoch nicht ein einziges Mal das Wort direkt an mich gerichtet. Jetzt unterbrach er meine spannende Schilderung mit der Frage: »Wo haben Sie gesessen?«

Wo ich gesessen habe? »Na, in der Mitte. Warum?«

»Ich saß ziemlich weit vorn.«

»In derselben Maschine?« Mein Entzücken ist kaum zu beschreiben. Endlich ein Erlebniszeuge! Von nun an sprachen wir jede Gefahrensituation einzeln durch und schilderten uns unsere Nervenanspannung und unsere Überlegungen in Todesnot während dieser endlosen zwanzig Minuten in der Luft.

Karlow und Cordy warteten noch den letzten Rauchausstoß bei der Landung ab, dann verloren sie das Interesse an unserem Erlebnis, es war ja alles gutgegangen, und unterhielten sich separat, wobei sie öfter den Kleenen erwähnten.

Erdmann und ich waren noch längst nicht fertig mit unserem Erinnerungsaustausch. Zum Beispiel Herr Obermayr mit seinen Schlittenhunden. »Wie die nacheinander an jeder Ampel ausgestiegen sind«, lachte Erdmann.

»Das haben Sie auch gehört?«

»Das war nicht zu überhören.«

Ich schaute ihn an. »Wieso haben wir uns nicht gesehen, als wir auf die Ersatzmaschine warteten? Wir waren ja nicht mehr viele, die an diesem Abend noch Lust zum Fliegen hatten.«

»Ich auch nicht«, lachte er. »Mußte ich den Helden spielen? Ich habe in meinem Berliner Bett übernachtet und bin erst am nächsten Vormittag nach München gestartet.«

Erdmann war so gar kein Machotyp. Er gab seine Feigheit zu und lachte sogar noch darüber. Das machte ihn mir schon recht sympathisch. »Haben Sie wenigstens den Grund für die Raucherei erfahren?«

»Nein. Vielleicht hat es in einer Berliner Zeitung gestanden, aber dann erst am Tag darauf. Da war ich schon in München.«

»Somit wird es für uns ein ewiges Rätsel bleiben«, bedauerte ich.

Gleich nach dem Dessert mußte sich Michel Erdmann verabschieden. Er hatte eine unaufschiebbare Verabredung. »War schön, Sie kennenzulernen, Frau Hornschuh. Jetzt waren wir schon per Zufall auf demselben Fest, in derselben Lebensgefahr und auch noch zusammen Trauzeugen. Warten wir auf den nächsten Zufall.«

»Falls es noch einen gibt.«

»Das weiß man nie«, er gab mir die Hand. »Aber wenn, dann werden wir uns sofort erkennen. Bis dann, Frau Hornschuh.« Er verabschiedete sich noch vom Brautpaar, bedankte sich für das ausgezeichnete Mittagessen und verließ das Restaurant, seinen Nadelstreifenanzug überm Arm.

Ich sah ihm nach und dachte: Schade, ich hätte mich gern noch mit ihm unterhalten.

Karlows baten mich auf einen Kaffee zu sich nach Hause. Ehe wir die fünf Treppen zum Atelier in Angriff nahmen, kehrten wir kurz in der ebenerdigen Kneipe ein. Hänschen brauchte einen Magenbitter, er hatte zuviel gegessen – und dann die Aufregung als Bräutigam – und der enge Hosenbund von Erdmanns Anzug. Er hätte ihm beinahe sein geregeltes Innenleben abgeschnürt. Gott, was hatte er gelitten auf dem Standesamt!

Der Schankraum war um diese Nachmittagszeit leer bis auf einen Tisch, an dem der Wirt mit Elfriede und Anna saß, der Kleene auf Annas Schoß, an einem Bierfilz kauend.

»Nimm ihm sofort das Ding aus dem Mund«, schimpfte Karlow, »da sind doch Bakterien dran.«

»Wenn ich ihm den wegnehme, brüllt er. Er ist so nörgelig zur Zeit«, sagte Anna. »Er kriegt wohl wieder einen Zahn.«

»Wo ist sein Schnuller?«

»Oben. Glaubst du, ich geh wegen 'nem Schnuller fünf Treppen hoch?« Und zu Cordy: »Du bist aber schnell aus Potsdam zurück.« (Ich dachte, was ein Glück, daß sie den Brautstrauß im Restaurant hat stehenlassen.) »Du warst wohl gar nicht in Potsdam, wie?«

Elfriede, die bisher stumm geblieben war, sagte plötzlich: »Cordy hat 'nen neuen Ring auf. Zeig mal her, Cordy, sieht aus wie 'n Ehering.«

»Also doch Standesamt«, heulte Anna auf, »ich hab's ja gleich geahnt.«

Und nun ging's los. Ich dachte, bloß raus hier, was jetzt kommt, ist nicht dein Milieu, Viktoria. Ich umarmte Cordy herzlich, sagte tschüs zu den andern, Karlow brachte mich auf die Straße. Da fiel mir mein Geschenk ein. Wo war mein Geschenk? Als du ins Restaurant gingst, hattest du es noch, Viktörchen. Plötzlich erinnerte ich mich. Ich hatte es ans Tischbein gelehnt, als ich mich setzte.

»Auf zum Restaurant«, sagte er und ging zu seinem Wagen, ich hinterher.

»Du kannst doch Cordy jetzt nicht alleine lassen.«

»Warum nicht? Die wird mit den beiden Weibern viel besser fertig als ich. Jetzt ist sie ja auch nicht mehr Fräulein Heimisch, sondern Frau Karlow.«

»Du bist feige«, sagte ich beim Anschnallen, »du drückst dich vorm Familienkrach.«

Er wollte aus der Parklücke fahren, trat mittendrin auf die Bremse. »Also was willst du? Daß ich hierbleibe, oder daß wir dein Geschenk holen?«

»Nun fahr schon.«

Und dann kam er auf Michel Erdmann zu sprechen. »Es war doch eine gute Idee, ihn als Trauzeugen zu nehmen.«

»Ja, sehr.«

»Ein richtig netter Typ. Wie alt schätzt du ihn?«

»Schwer zu sagen. Mitte Vierzig?«

»Mitte Fünfzig.«

»Also das hätte ich nicht gedacht.«

»Der tut ja auch was für sich. Spielt Tennis. Joggt jeden Morgen um vier Blöcke. Hat 'nen Multitrainer in seinem Schlafzimmer. Läßt die Kartoffeln auf dem Teller liegen. Kein Wunder, daß mir sein Anzug zu eng war.« Karlow am Steuer kam ins Erzählen. »Früher war er mal ein erfolgreicher Industriemanager, frag mich bloß nicht, wo, habe ich vergessen. So genau kenne ich ihn ja auch nicht, eigentlich erst seit einem Jahr. Mit achtundvierzig hatte er einen schweren Herzinfarkt. Danach gab er seinen Job auf. Er wollte keinen Streß mehr. Hat er sich einen Jugendtraum erfüllt und 'ne Tischlerlehre gemacht. Ihm liegt das Handwerkliche. Dann hat er sich mit einer Restauratorin zusammengetan. Sie haben 'ne Werkstatt mit zwei Angestellten. Die leitet sie. Er hat sich mehr mit Möbeldesign beschäftigt. Aber das Künstlerische war wohl doch nicht seine Stärke. Seit neuestem beteiligt er sich an einer Firma, die Altbauten saniert.«

»Wenn bloß das Bild noch da ist«, sorgte ich mich. »Was für 'n Bild?« wollte er wissen.

»Na, euer Hochzeitsgeschenk.«

»Wir kriegen also ein Bild von dir.« Und weil ich nicht bereit war, ihm zu sagen, um was für ein Bild es sich handelte, fing er wieder von Michel Erdmann an. »Er ist geschieden, 'ne Tochter hat er auch. Die ist aber bei seiner Frau.«

»Sag mal, warum erzählst du mir das alles?«

»Ich dachte, es würde dich interessieren. Ich hab doch gesehen, wie du ihm nachgeschaut hast, als er gegangen ist. So, als ob's dir leid tut.«

»Hänschen! Der ist doch viel zu jung für mich.«

Wir hielten vor dem Restaurant und stiegen aus.

»Naja«, sagte Karlow, »er lebt ja auch mit der Restauratorin zusammen. Aber eigentlich schade. Irgendwie hättet ihr ganz gut zusammengepaßt.«

Das Lokal hatte bereits geschlossen und öffnete erst wieder um neunzehn Uhr.

Bis dahin zu warten, erschien ihm der Spannung zuviel. »Sag wenigstens den ersten Buchstaben.«

»Ein Z.«

Während wir zum Auto zurückgingen, fing er an zu raten. »Ein Bild mit Z. Zetzetzet ...«, sagte er vor sich hin. Zahnpasta fiel ihm ein, Zürich, Zuckerdose, Zwangsversteigerung, Zugspitze, Zölibat, Zitrone, Zirkus, Zeugungsakt, Zigeuner.

»Ja«, sagte ich, »es ist ein Zigeunermädchen mit 'nem Tamburin auf einem Esel reitend.«

Er sah mich von der Seite an. »Du willst mich verscheißern«, worauf ich zustimmend nickte.

»Ist es ein großes Z oder ein kleines?«

»Ein großes.«

»Zille?« kam ihm plötzlich in den Sinn.

Nun hielt ich es auch nicht mehr aus. »Eine Originalzeichnung. Zwei nackige Rotzgören in einem Tümpel planschend. Wenn man genügend Phantasie aufbringt, könnte man sagen – Hänschen und Viktoria im Wannsee.«

Er fuhr an den Straßenrand und nahm mich in die Arme.

Zwei Tage lang blieb ich noch in Berlin. Am Mittag des letzten Tages brachten mich Cordy und Hans Karlow mit dem Kleenen, der sich inzwischen nicht mehr vor mir scheute, nach Tegel. Ich nahm die wärmende Herzlichkeit ihrer Freundschaft mit in die Maschine und die Erinnerung an eine kleine, weiche, kräftige Kinderhand, die mir die Kette vom Hals gerissen hatte.

Ich nahm noch mehr mit. Ein gewisses Bedauern. Dieser Michel Erdmann – Karlow hatte ganz recht gehabt – es hatte mir wirklich leid getan, als er das Restaurant vor uns verließ. Er war der erste Mann seit langer Zeit, der mir rundum gefiel. Wie sagte er noch beim Abschied: Jetzt waren wir schon per Zufall auf demselben Fest, in derselben Lebensgefahr und auch noch Zeugen bei derselben Trauung. Warten wir auf den nächsten Zufall.

Mehr als drei Zufälle gibt es bestimmt nicht. Aller guten und aller schlechten Dinge sind drei. Und selbst ein vierter Zufall würde nichts daran ändern, daß er ein paar Jahre zu jung für mich war und mit einer Restauratorin zusammenlebte.

Irgendwann muß man mit dem Sichabfinden beginnen.

In München glücklich gelandet, lud ich mein Gepäck auf ein Wägelchen, bezahlte die Parkgebühren und machte mich auf den Weg zu P 4 und auf die Suche nach meinem Auto.

Ich warf das Gepäck in den Kofferraum, machte es mir hinter dem Steuerrad bequem – my car is my castle – und startete. Nichts. Versuchte es noch einmal – wieder nichts. Brauchte eine Weile, um zu begreifen, daß nicht der Motor daran schuld war, sondern meine eigene Schußligkeit. Auf der Fahrt zum Flughafen hatte über mir ein Wolkenzusammenbruch stattgefunden, weshalb ich das Licht einschalten mußte. Leider hatte ich in der Eile vergessen es auszumachen. Nun war die Batterie tot.

Ich stieg aus und überblickte das weiträumige Parkareal auf der Suche nach Hilfe. Ich machte mich auf zu den wartenden Taxis und fragte den Fahrer am Ende der Schlange, ob er mir nicht helfen könne. Der war sofort bereit, mußte sich aber zuvor an der Zentralkasse erkundigen, ob er ins Parkgelände hineinfahren durfte. Nach zehn Minuten war er wieder da mit der Auskunft, das dürfe nur der ADAC.

Im Ankunftsgebäude, in einer der offenen Telefonmuscheln, hörte ich dreizehnmal die automatische Durchsage »ADAC Pannenhilfe, bitte warten«, bis ich endlich eine Stimme im Ohr hatte, die nicht vom Band sprach. Schilderte ihr meine Lage, wurde nach meinem Standort gefragt – den konnte ich leider nicht genau beschreiben – und nach meiner Autonummer, die mir auf Anhieb nicht einfiel. Aber ich würde am Eingang von P 4 auf den Pannenwagen warten, der in zirka zehn Minuten eintreffen sollte.

Ich wartete am Eingang zehn, zwölf, dreizehn, vierzehn, sechzehn, achtzehn, zwanzig Minuten. Kein Pannendienst in Sicht. Dafür kam ein stattlicher Mensch gegangen, Seesack über der Schulter, die Ferne im blauen Blick und nun auch mich, die sich ihm in den Weg stellte und lossprach.

»Aber ich bitte Sie, meine Dame, das mache ich doch gerne.« Schließlich hatte er jahrelang im afrikanischen Busch gelebt, wo er mit ganz anderen Pannen fertiggeworden war.

Ich zeigte ihm, wo mein Wagen stand. Er ging mit diesen wunderbar zuverlässigen Schritten vonhinnen, um seinen Wagen zu holen – und kam nicht wieder. Weshalb ich zum Eingang von

P 4 zurückrannte, um gerade noch miterleben zu dürfen, wie das gelbe Auto vom Pannendienst wieder abfuhr.

Nervlich angerüttet kehrte ich zu meinem Auto zurück. Da wartete der Buschmann mit seinem Stationcar auf mich. Er schob mein Auto aus der Parklücke, verband unsere beiden Batterien mit dem Überleitungskabel, ich mußte starten, hörte endlich Geräusche der Wiederbelebung, während der Buschmann sagte: »Nun haben Sie wieder Saft, meine Dame«, und fuhr vor mir ab.

Bei der Ausfahrt steckte ich meine Parkkarte in den Automatenschlitz und wartete auf das Hochgehen der Schranke. Sie ging aber nicht hoch, inzwischen war die Parkzeit überschritten. Ich wollte zurücksetzen, konnte jedoch nicht starten – die zu kurz aufgeladene Batterie war wieder tot. Nun stand mein Auto als Hindernis vor der geschlossenen Schranke, während ich zur Zentralkasse rannte, um nachzuzahlen. Ich fragte dabei den Schalterbeamten, ob ich nicht eine Pauschale vorauszahlen dürfe – das ginge leider nicht, da müßte ich noch mal wiederkommen, wenn nötig, worauf ich meinen ersten Ausfall hatte und »Scheißcomputerbürokratie« brüllte.

Darauf begab ich mich wieder zu den Telefonmuscheln in der Halle. Ich rief Frederik an. Seine Sekretärin sagte: »Frau Hornschuh, das geht jetzt nicht. Ihr Sohn hat gerade einen wichtigen Kunden da.«

Das war mir egal: »Stellen Sie durch.« Ich schilderte Frederik meine dramatische Lage.

Er fragte dagegen: »Mama, was erwartest du von mir? Soll ich meine Termine absagen und zum Flughafen kommen. Warum rufst du nicht noch mal den ADAC an? Wozu zahlst du seit Jahren Beitrag?«

»Danke für den Rat«, sagte ich und hängte ein. Warum habe ich Frederik überhaupt angerufen? Ich wollte nur ein bißchen Trost von ihm.

Also noch einmal den ADAC. Diesmal war gleich ein Informant am Telefon – im selben Augenblick dröhnte nahebei ein Jumbojet in die Höhe. Ich brüllte mein Anliegen in den Hörer, verstand aber die Antwort nicht bei dem Krach. Das ist der Nachteil von offenen Telefonzellen.

Auf dem Rückweg zu P 4 sah ich schon von weitem, daß hinter meinem Wagen, der die Ausfahrt blockierte, ein zweiter stand. Auch das noch.

Ein Mann stieg aus, so Mitte Siebzig und emotionell auf Hundert: »Ist das vielleicht Ihr Wagen?« Und dann ging's los: »Blödes Weib, zu dämlich zum Autofahren – blockiert die Ausfahrt – typisch Frau – kein bißchen Verstand –«

Und nun ich, gegen ihn ankeifend: »Kann ich was dafür, daß ich 'ne Panne habe? Wenn Sie nicht so ein verkalkter Dodel wären, hätten Sie längst gemerkt, daß es noch eine zweite Ausfahrt gibt!«

Darauf wollte er, erst recht im Zorn, weil ihm das nicht selber aufgefallen war, meinen Ausweis sehen. Den gab ich ihm nicht. Aber er hatte sich ja schon meine Autonummer aufgeschrieben. Er würde mich wegen dem »verkalkten Dodel« anzeigen, und ich versprach ihm eine Gegenklage wegen »blödes Weib«.

Dann kam der Pannendienst vom ADAC und wünschte meine Mitgliedskarte zu sehen. Die fand ich nicht in den Scheckkartenfächern meiner Brieftasche, suchte mit immer nervöseren Fingern. Der Pannenhelfer stand daneben und sah mir zu – erinnerte mich daran, daß schließlich noch andere auf ihn warteten. Ich durchblätterte mein Notizbuch, anschließend das Taschenalbum mit den Familienfotos und siehe, da klemmte wenigstens die Bankbestätigung über meinen ADAC-Jahresbeitrag.

Er lud meine Batterie auf – mein Parkschein war inzwischen wieder um wenige Minuten abgelaufen. Zum drittenmal suchte ich die Kasse auf. Vor einem der Schalter tobte der Dodel, der auch nachzahlen mußte, weil er zu lange hinter meinem Wagen vor der Schranke gewartet hatte – »alles wegen diesem blöden Weib«, was der Beamte jedoch nicht als Grund ansah, ihm die Nachzahlung zu erlassen …

Es gibt Situationen, für die werden meine Nerven langsam zu alt.

Das Haus war ausgekühlt, als ich die Koffer hineintrug. Noch im Mantel lief ich von Heizkörper zu Heizkörper, um sie anzustellen.

Auf dem Anrufbeantworter war unter anderem Bilse Wagenseils Stimme: »Liebe Viktoria. Es geht um Puschel. Es geht ihr sehr schlecht. Bitte, ruf mich gleich an, wenn du zurückkommst.«

Erst danach entdeckte ich den Strauß, der auf unserem Familieneßtisch stand. An der Art, wie er in eine viel zu enge Vasenöffnung gestopft worden war, erkannte ich Frederiks Unverstand im Umgang mit Blumen.

Ich nahm ihn mit in die Küche und schnitt seine Stiele an, dabei fiel eine Visitenkarte aus den Blüten. »Herzlich willkommen zu Haus. Heike.«

Blumen zum Empfang. Wann wäre das je meinen Kindern eingefallen.

Sollte ich dieses Mädchen bei unserer ersten Begegnung wirklich unterschätzt haben?

15

»Gut, daß du da bist«, sagte Bilse am Telefon, »ich wollte gerade zu Puschel.«

»Ist sie denn hier?«

»Im Krankenhaus.«

»Was?«

»Ich habe versucht, dich zu erreichen, aber ich wußte ja deine Berliner Nummer nicht.«

»Ich komme sofort, muß bloß mein Auto aus der Werkstatt ... Wo liegt sie denn?«

»Ich hole dich ab«, sagte Bilse. Und dann sagte sie noch: »Vorgestern ist sie operiert worden. Krebs an der Bauchspeicheldrüse, Metastasen überall. Man hat sie gleich wieder zugemacht.«

Mein Gott, Puschel.

Auf dem Weg zum Krankenhaus erzählte mir Bilse von ihrem Anruf vor fünf Tagen. Es ging Puschel schon seit Wochen nicht gut. Dann waren die Schmerzen so unerträglich geworden, daß sie endlich einen Arzt aufgesucht hatte. Der wollte sie umgehend ins Krankenhaus überweisen, aber Puschel wollte nicht in Dortmund bleiben, wo sie keinen hatte, der sich um sie kümmern würde. Sie wollte zu uns nach München.

»Und ihr Erich?«

»Sie sagt, er ist allergisch gegen Krankenhäuser. Seit dem Tod seiner Frau betritt er freiwillig keins mehr.«

Bilse hatte Puschel vom Flughafen abholen wollen. Als die Maschine landete, wurde ihr Name ausgerufen. Puschel hatte einen so schweren Zusammenbruch in der Maschine gehabt, daß man gleich eine Ambulanz zum Flughafen bestellte.

»Wenigstens ist ihr noch eingefallen, daß ich sie erwartete und benachrichtigt werden mußte. Sonst hätte ich gar nicht gewußt, wo sie liegt.«

Ich war wie betäubt von Bilses Nachricht. »Weiß es ihre Tochter in Amerika?«

»Ich telefoniere täglich mit ihr. Sie ist sehr erschüttert, weil sie nicht kommen kann. Sie hat heute ihr drittes Kind bekommen. Ihr Mann Jack hat mich gerade vorhin angerufen, damit ich es Puschel noch erzählen kann.«

»Und Puschel«, fragte ich. »Weiß sie, was sie hat?«

»Nein«, sagte Bilse, »ich habe die Ärzte gebeten, es ihr nicht zu sagen. Warum soll man ihre gezählten Stunden damit belasten? Sie hofft doch so gern. Sie glaubt, daß man ihr eine Geschwulst entfernt hat und daß sie in zwei Wochen entlassen werden kann. Sie glaubt alles. Sie hat nicht einmal gefragt, ob die Geschwulst bösartig war. Ich habe versprochen, anschließend mit ihr in ein Sanatorium in die Berge zu fahren. Darauf freut sie sich jetzt.«

»Hat sie Schmerzen?«

»Kaum. Dafür wird gesorgt. Sie hat übrigens oft nach dir gefragt. Sie hängt so sehr an dir.«

»Ein Glück, daß wenigstens du da warst«, sagte ich. Puschel hing an mir, und ich, wenn ich ohne Bilse zum Krankenhaus gefahren wäre, hätte nicht einmal gewußt, nach wem ich fragen soll. Neumann war ihr Mädchenname. Nicht einmal ihr Vorname wäre mir auf Anhieb eingefallen.

»Wie heißt sie eigentlich jetzt?«

»Angelika Däumel.« Bilse sah mich kurz und verwundert von der Seite an.

Als wir in Kitteln die Intensivstation betraten, wurde gerade das Bett gerichtet, in dem Puschel bisher gelegen hatte. Mein Schreck war unbeschreiblich. Kam ich zu spät? Blieb mir denn keine Chance mehr, etwas gutzumachen?

Dann klärte uns eine Schwester auf. Man hatte Frau Däumel gerade auf eine normale Station verlegt.

»Wenn man sie verlegt hat, muß es ihr doch besser gehen«, sagte ich zu Bilse auf dem Weg dorthin, aber sie meinte, vielleicht braucht man das Bett für jemanden, der noch zu retten ist.

»Weiß Erich Bescheid?«

»Ja«, sagte sie. »Puschel wollte es zwar nicht, aber ich habe ihn trotzdem angerufen. Er muß doch wissen, was sie hat und wo sie ist.« Sie fügte hinzu: »So wie er reagiert hat, nehme ich an, daß er überhaupt nicht begreift, was mit ihr los ist.«

Sie lag allein in einem Zweibettzimmer, an Schläuche angeschlossen. Ein kleines Gesicht, umrahmt von einem Kranz herausgewachsener grauer Haare vor rotgefärbten Strähnen. Ihre Haut wirkte seltsam glatt, wie aus Porzellan. »Endlich kommst du«, lächelte sie mir entgegen.

»Mensch, Puschel, was machst denn du für Sachen?« und setzte mich zu ihr. »Wenn ich geahnt hätte, daß du schon aus der Intensiv heraus bist, hätte ich dir doch Blumen mitgebracht. Erzähl mal, Puscheline, wie geht's dir denn?«

»Erst habe ich gedacht, ich muß sterben – wär ich bloß früher zum Arzt –, aber es ist ja noch mal gutgegangen ...« Sie sprach leise, kaum verständlich.

Und nun Bilse, auf das Fußende des Bettes gestützt, mit ihrer forschen Fröhlichkeit: »Ich bring dir nicht nur Vicky mit, ich habe noch eine große Freude für dich. Rat mal, wer mich heute mittag angerufen hat.«

»Erich«, sagte sie erschrocken. »Will er etwa kommen? Er soll mich so nicht sehen.«

»Beruhige dich«, ich streichelte ihre Hand. »Du siehst sehr hübsch aus. Du hast gar keine Falten. Ich hab im ersten Augenblick gedacht, du hättest dich liften lassen.« (Was fällt einem in solchen Momenten für ein Schwachsinn ein, aber ich schien das Richtige gesagt zu haben, ich hatte damit ihr Bedürfnis, hübsch auszusehen, beruhigt.)

»Tust du mir einen Gefallen, Vicky? In meiner Tasche ist mein Schminkzeug, da drüben, machst du mir ein bißchen Rouge auf die Backen?«

Jetzt griff Bilse energisch ein. »Vielleicht noch Lidschatten, ja? Für uns bist du schön genug, und Erich kommt nicht. Und jetzt will ich endlich die große Überraschung loswerden. Weißt du, wer mich angerufen hat? Dein Schwiegersohn Jack. Du bist heute zum drittenmal Großmutter geworden. Es ist ein Mädchen, und es soll Angelika heißen, nach dir. Es war eine leichte Geburt, Mutter und Kind sind wohlauf, und ich soll dich herzlich grüßen.«

Puschel fing an zu weinen. Wir beglückwünschten und umarmten sie und wischten ihr die Tränen ab, und dann kam eine junge Ärztin herein, stellte sich vor, schaute sich Puschels Bettkarte an, fühlte ihren Puls und fragte anschließend, in welchem verwandtschaftlichen Verhältnis wir zu der Patientin stünden.

»Das sind meine besten Freundinnen«, antwortete Puschel für uns. »Meine Familie lebt in Amerika« – wie stolz das klang: meine Familie – »und heute bin ich zum drittenmal Großmutter geworden.«

Frau Doktor gratulierte, dann waren wir wieder zu dritt.

»Hat Jacky noch was gesagt?« wollte sie wissen.

»Ja, gute Besserung, du sollst schnell gesund werden. Dann schicken sie dir ein Ticket, damit du sie besuchen kannst. Sie brauchen dringend deine Hilfe bei drei Kindern. Am liebsten möchten sie dich für immer drüben haben.«

Ich hätte der korrekten Bilse nie zugetraut, daß sie so wunderschön und überzeugend schwindeln kann.

Die Freude schien Puschel erschöpft zu haben. Ihre Stimme klang kaum noch verständlich. »Ich mache auch keinen Mist mehr, ich verspreche, ich will nur noch Omi sein. Die Männer – ach, die Männer –, damit ist jetzt Schluß –«

Eine koreanische Schwester kam herein und gab ihr eine Spritze.

Wir spürten, daß unser Besuch sie anzustrengen begann – sie war so müde –, aber sie wollte auch nicht, daß wir gehen. Wir versprachen, morgen früh wiederzukommen. »Dann mache ich dir ein perfektes Make-up. Schlaf schön, Puschel.«

»Ja, danke –«

Als sich Bilse zum Abschied über sie beugte, murmelte sie »... und Weihnachten fahren wir in die Berge ...«

»Ich komm auch mit«, versicherte ich ihr. »Dann machen wir drei alten Mädchen die Alpen unsicher.« Sie sah uns nach – schmerzfrei dank der schweren Opiate, gelöst und froh.

Ehe wir gingen, hinterließ Bilse ihre Telefonnummer auf der Station.

Sie fuhr mich nach Hause. Wir schwiegen beide. Einmal sagte Bilse, aus langem Nachdenken heraus: »Fromme Lügen sind manchmal doch besser als die Konfrontation mit der Realität. Puschel ist jetzt glücklich ...«

Ich wollte sie noch ein bißchen bei mir behalten, wenigstens ein Abendbrot lang.

Aber Bilse war in Eile. »Daheim sitzt Gustl. Um den habe ich mich seit Tagen kaum noch gekümmert. Er wohnt jetzt bei mir, weil seine Schwester zur Kur ist. Es geht ihm nicht gut. Seine Augen lassen rapide nach. Ich habe versprochen, ihm heute abend aus seinen geliebten ›Wahlverwandtschaften‹ vorzulesen. Das schafft er nicht mehr allein, weißt du, unsere Goetheausgaben sind so klein gedruckt.«

Gegen fünf Uhr früh rief sie mich an. »Ich bin eben vom Krankenhaus benachrichtigt worden. Es geht zu Ende.«

Puschel war nicht mehr bei Bewußtsein, als wir eintrafen. Wir saßen an ihrem Bett, bis sie zu atmen aufhörte. Auch wenn sie unsere Anwesenheit nicht mehr gespürt hat, so ist sie doch wenigstens nicht allein gestorben.

Gegen halb sieben gingen wir auf den Parkplatz zu unseren Autos. Es war ein scheußlich feuchtfrostiger Morgen.

»Ich benachrichtige ihre Familie. Übernimmst du Erich? Ich geb dir seine Nummer. Wir müssen ja auch an die Beerdigung denken ...« Und dann brach Bilse an meinem Hals in Tränen aus: »Sie war so ein armes Hühnchen. Sie hat es immer gut gemeint und immer alles falsch gemacht.«

Ich rief Erich erst an, nachdem ich einen starken Tee getrunken hatte.

»Ja bitte?« nörgelte seine Altmännerstimme.

Als ich ihm sagte, daß sie um sechs Uhr zehn gestorben war, machte ihn meine Mitteilung stumm. In diesem Augenblick schien ihm wohl zum erstenmal bewußt zu werden, daß er den einzigen Menschen verloren hatte, der noch bereit gewesen war, seinen schwierigen Charakter und seine Jagdmanie zu ertragen. Ich gab ihm meine Telefonnummer durch und meine Adresse.

Er sagte: »Moment.« Es dauerte eine Weile, bis er Papier und Bleistift gefunden hatte, wiederholte beim Schreiben meine Telefonnummer und Adresse, dann hörte ich ihn schluchzen und das Auflegen des Hörers.

Die nächsten Tage ließen uns wenig Zeit, um Puschel zu trauern. Bilse führte lange Überseegespräche mit ihrer Tochter und dem Schwiegersohn wegen der Beerdigung. Man bat sie, die Kosten dafür bis zur Testamentseröffnung auszulegen. Nun gab es aber kein Testament, es gab auch kein Vermögen. Das glaubten sie ihr nicht. Wer weiß, was Puschel ihnen vorgesponnen haben mochte, was sie einmal erben würden. Wenigstens fanden wir in ihrer großen Tasche eine Mappe mit all ihren Dokumenten, Versicherungen und Bankunterlagen, wenigstens hatte sie daran gedacht, die mitzunehmen. Auch ihr Schmuck war in der Tasche, ein paar Briefe und Fotos, an denen sie gehangen hatte. Es mußte ihr wohl in Dortmund die Ahnung gekommen sein, daß sie vielleicht nie wieder dorthin zurückkehren würde.

Wir untersuchten und registrierten ihren Nachlaß im Beisein von zwei Krankenschwestern als Zeugen und gaben ihn anschließend einem Anwalt in Verwahrung, damit die Erben nicht auf die Idee kamen, wir hätten uns daran bereichert, eine Vermutung, die sie bereits am Telefon geäußert hatten. Weshalb sich die korrekte Bilse zutiefst in ihrer Ehre verletzt fühlte. So etwas war ihr noch nie passiert.

Erich schickte einen Verrechnungsscheck über zweitausend Mark für die Beisetzung bei gleichzeitiger Bitte um Belege über unsere Auslagen und den Rest an ihn zurück. Er schien schon lange keine Beerdigung mehr bezahlt zu haben, sonst hätte er wissen müssen, was für Kosten da zusammenkommen.

Der Mann vom Begräbnisinstitut, mit dem ich verhandelte, riet mir, bei einer Feuerbestattung lieber keinen Eichensarg zu wählen, sondern einen aus Fichte, weil der besser brennt.

Puschel hat eine anständige Trauerfeier im Krematorium bekommen, mit Glockenläuten und Orgel und einem schönen Sarggesteck. Dafür haben Bilse und ich gesorgt. Es hat auch kurz ein Pfarrer gesprochen, aber den konnten wir beiden einzigen Leidtragenden kaum verstehen, weil nebenan auf dem Friedhof ein Preßlufthammer zugange war.

Wir nahmen Abschied von Puschel, bevor der Vorhang zuging und ihr Sarg in die Tiefe fuhr.

»Was wird aus ihrer Urne?« überlegte ich beim Verlassen des Krematoriums. »Hast du mit ihrer Verwandtschaft darüber gesprochen?«

»Ja, gestern mit ihrer Tochter«, sagte Bilse im Schneeregen, der auf uns niederfiel, die Schultern fröstelnd hochziehend. »Sie legen keinen Wert darauf, daß ich sie rüberschicke.«

»Aber irgendwo muß Puschel doch unterkommen. Vielleicht spreche ich noch mal mit Erich.«

»Ja, frag ihn«, sagte sie und brachte mich zu meinem Auto.

»Im Notfall kommt sie auf unserem Erbbegräbnis unter. Das ist groß. Da ist noch Platz für ihre Urne.«

Und somit besteht die Möglichkeit, daß Puschel Neumann, diese rührende, törichte Person, die einmal ein Filmstar wie Marika Rökk werden wollte und übers Tingeln durch die Provinzen nicht hinauskam, eines Tages neben einem berühmten Soziologen und anderen Universitätsprofessoren und ihren Gattinnen ihre letzte Untermiete bezieht.

16

Ich hatte Michel Erdmann, Karlows Aushilfstrauzeugen, gerade aus meinem Gedächtnis geräumt, da rief er mich in München an. Seine Stimme richtete eine geradezu mädchenhafte Befangenheit in mir an. Wo war meine Gelassenheit, meine Selbstsicherheit geblieben? Die Überlegenheit meines reifen, erfahrenen Alters, woooo?

»Ja, hallo, Herr Erdmann.«

»Karlow hat mir Ihre Telefonnummer gegeben, ich hoffe, ich störe Sie nicht. Wie geht es Ihnen?«

»Och danke«, sagte ich, »und Ihnen?«

»Auch och danke«, und war selbst ein bißchen verlegen. »Karlow ist gerade dabei, sein Haus zu verkaufen.«

»Ja, ich weiß, das hat er mir erzählt.«

»Natürlich. Sie telefonieren wahrscheinlich öfter mit ihm als ich. Nun hat er ein großes Problem. Er möchte seinen Enkel mitnehmen, wenn er eines Tages umzieht, seine Tochter ist wohl keine zuverlässige Mutter. Aber sie gibt ihn nicht her. Sie benutzt das Kind als Druckmittel gegen Karlow: Entweder wir beide oder keiner.«

»Ja, das ist ein großes Problem«, sagte ich.

Kleine Pause. »Ich habe noch oft an seine Trauung gedacht.«

»Das kann man ja auch so leicht nicht vergessen.« Mein Lachen klang leicht kicherig.

»Ich meine mehr unsere gemeinsamen Zufälle, das war schon seltsam«, was ich bestätigte. »Und jetzt kommt noch einer hinzu, ich trau mich gar nicht, davon anzufangen«, weshalb ich ihn ermunterte, frisch von der Leber weg zu reden.

»Es ist nämlich so, ich habe eine Tochter, Isabelle, sie ist zweiundzwanzig. In den Ferien hat sie einen Knaben kennengelernt, der in München lebt. Nun will sie auch nach München und mit ihm einen Computerlehrgang machen. Der Typ ist ganz nett, nicht das Gelbe vom Ei, aber Väter sehen das immer anders als ihre Töchter. Belles Mutter wäre auch froh, wenn sie nach München geht, sie hat hier angeblich keinen guten Umgang. Nun kommt unser Problem – die Wohnungsnot. Sie wissen ja selbst, wie schwer es ist, in München ein Appartement zu finden, es ist praktisch unmöglich für junge Leute. Ich habe schon bei allen Bekannten herumtelefoniert, natürlich vergebens, dann fiel mir Karlow ein. Der kennt doch Gott und die Welt, und jetzt kommt Zufall Nummer vier: er gab mir sofort Ihre Telefonnummer. Bei Ihrem letzten Gespräch haben Sie ihm erzählt, daß Sie beabsichtigen, ein Zimmer an einen Studenten oder Azubi zu vermieten.« Zum erstenmal nach diesem Herumgerede holte er tief Luft: »Nun frage ich Sie, liebe Frau Hornschuh, ist das Zimmer noch frei?«

»Was für ein Zufall«, sagte ich ernüchtert. Die Enttäuschung, daß er nicht meinetwegen, sondern in der Hoffnung, seine Tochter bei mir unterzubringen, angerufen hatte, gab mir meine Selbstsicherheit zurück. »Das Zimmer ist noch zu haben, ich wollte erst nächste Woche inserieren.«

»Na großartig«, jubelte er.

»Ich vermiete zum erstenmal«, sagte ich, »und ich möchte natürlich wissen, wen ich ins Haus kriege. Wenn ich nun Sie als Vater frage, wie ist Ihre Tochter, dann werden Sie Ihre Belle als einen Ausbund an Tugend, Ordnung und Zuverlässigkeit schildern. Damit sie das Zimmer kriegt. Verstehen Sie meine Bedenken?«

Er lachte. »Vollkommen. Und wenn ich Ihnen jetzt sage, daß meine Tochter weder tugendhaft noch ordentlich noch zuverlässig ist, was dann?«

»Dann werde ich es mir überlegen«, und nannte ihm den Preis für das Zimmer, den ich mir vorgestellt hatte. Er war sofort einverstanden. Hatte ich etwa zuwenig verlangt? Natürlich. Ich hatte ja ursprünglich an einen armen Untermieter gedacht, den ich nicht ausbeuten wollte. Nun konnte ich schlecht sagen, für die Tochter eines wohlhabenden Vaters nehme ich hundert Mark mehr. Aber es ging ja nicht nur um den Preis. Es ärgerte mich plötzlich, daß ich Michel Erdmann überhaupt so blindlings zugesagt hatte – einfach aus dem Wunsch heraus, mit ihm in Verbindung zu bleiben, wenn seine Tochter bei mir wohnte.

Ich wollte ihn wiedersehen.

In den nächsten Tagen kratzte ich mit Frau Engelmanns Hilfe die festgeklebten Poster aus Frederiks Kinderzeit von den Wänden und weißelte sie. Wir strichen auch seine ramponierten Möbel und nähten jeansblaue Vorhänge und Kissenbezüge. Für die Couch suchte ich eine blau-weiß-orange-gemusterte Baumwolldecke aus und dachte dabei immerzu an Michel Erdmann und wie er sich freuen würde, daß seine Tochter in so einem lichten, freundlichen Dachzimmer mit Blick in den Garten unterkam.

Er rief mich übrigens noch mehrmals an. Zuerst, um mir Belles Ankunftstermin mitzuteilen. Dann ging es um ihr Auto, eine Rostlaube, die einen Achsenbruch erlitten hatte, weshalb Erdmann beschloß, seine Tochter und ihren Hausstand selbst nach München zu befördern.

Das hieß, er würde zwei Tage hier sein, natürlich im Hotel, aber er freute sich schon jetzt darauf, mich bei dieser Gelegenheit wiederzusehen.

Er freut sich, hat er gesagt und dabei so überzeugend geklungen, beinahe zärtlich – oder hatte ich mich verhört? Auf einmal hatte ich Lust auf ein neues Kleid. Seit Jahren laufe ich in Hosen herum, weil es bequemer ist, dabei habe ich doch Beine zum Vorzeigen.

Meinem an sich so zuverlässigen, realistisch denkenden Verstand zum Trotz versetzte ich mich täglich mehr in einen Zustand verliebter Vorfreude. Ich hatte beinahe vergessen, wie beschwingt man sich auf diesem Wolkenteppich zwischen Schuhsohlen und Straßenpflaster fühlt. Wie jung das Schweben macht. Meiner fröhlichen Ausstrahlung vermochte sich niemand zu entziehen, der mir begegnete. Ich auch nicht. Mich quälten keine Zukunftsängste mehr, keine schlechten Launen, tägliche Ärgernisse verloren an Bedeutung. Ich lebte richtig gern mit mir.

Zwei Tage vor ihrer Ankunft in München rief Erdmann noch einmal an und klang vom ersten Ton an wie jemand, der mir eine Hiobsbotschaft verkünden muß. »Es geht um Belles Hund, den sie vor einem Monat aus dem Tierheim geholt hat. Anfangs hatte ihre Mutter versprochen, ihn zu versorgen, aber plötzlich hat sie sich's anders überlegt. Sie sagt, mit einem Hund sei sie ständig ans Haus gebunden. Wir haben schon im ganzen Bekanntenkreis herumtelefoniert – keiner will sich mehr mit einem Hund belasten. Wohin mit ihm, wenn man verreist. Ich kann ihn nicht nehmen, in unserm Haus sind Hunde nicht erlaubt. Ich habe auch Karlow angerufen. Er hat mir gesagt, daß Sie selber Hunde hatten, liebe Frau Hornschuh.«

»Und was glauben Sie, warum ich heute keinen mehr habe? Aus denselben Gründen wie Ihre geschiedene Frau und all Ihre Bekannten. Ich will nicht mehr durch ein Tier ans Haus gebunden sein.«

Das war doch deutlich genug, oder? Trotzdem ließ Erdmann zum erstenmal keine Rücksicht walten, sondern sprach beschwörend weiter: »Er ist ein sehr geduldiger, ruhiger Hund mit einer auf Langzeit trainierten Blase. Schließlich ist er in einer Drogen-WG aufgewachsen und kam nur auf die Straße, wenn sein Besitzer auf der Suche nach neuem Stoff war. Sein längster Spaziergang war bis zur Gedächtniskirche, wo die Aussteiger mit ihren Hunden sitzen. Da hat ihn auch Belle kennengelernt.«

»Ist Ihre Tochter etwa auch drogensüchtig?« fragte ich schon sehr besorgt.

»Nö. In ihrer Schulzeit hat sie mal Gras geraucht, aber jetzt ist sie clean. Wissen Sie, Belle ist so eine Art Kümmerer. Sie hat ein paar Freunde in der Drogenszene, für die sie sorgt. Sie füttert auch ihre Hunde. Shit war ihr besonderer Freund.«

»Wer ist Shit?« fragte ich.

»Na, der Hund, den sie gern mitbringen möchte. Sein Besitzer ist tot.«

Mein »Aha« klang nicht sehr ermunternd, darum fügte er beschwörend hinzu: »Belle hat versprochen, daß Sie sich überhaupt nicht um ihn kümmern müssen. Sie füttert ihn, läuft morgens vor dem Kurs mit ihm und abends; wenn sie zurückkommt.«

»Das haben mir meine Kinder früher auch versprochen, wenn sie Hamster, Katzen und Hunde, die keiner mehr haben wollte, ins Haus brachten.« Ich sah plötzlich Belastungen auf mich zukommen, mit denen ich nicht gerechnet hatte. War ich Puschel, die ein Opfer ihrer Männerabhängigkeit geworden war? Dabei kriegte ich ja nicht einmal den Mann, nur seine Tochter und ihren Hund ins Haus.

»Es tut mir leid«, sagte Erdmann, der meine Ablehnung spürte, »es war ja nur eine Anfrage, sagen wir, eine Zumutung. Entschuldigen Sie, Frau Hornschuh.«

Naja, andererseits, einen Hund im Haus zu haben, für den ich nicht bis zu seinem Lebensabend verantwortlich sein mußte, sozusagen ein geleaster Hund, der anschlug, wenn nachts obskure Typen durch den Garten geisterten, ein Begleiter auf meinen Spaziergängen …

»Ja, warum soll sie ihn eigentlich nicht mitbringen?« sagte ich zu Erdmann.

Vom Küchenfenster aus sah ich einen Wagen vorfahren und unter der Laterne vor meinem Haus einparken. Eine Tür ging auf, und eine blecherne Mädchenstimme rief: »Mensch, Michel, wo sind wir denn hier? Das ist doch am Arsch von München! Ich dachte, ich wohne mitten in der Stadt!«

»Nicht so laut«, pfiff Erdmann seine Tochter an. »Sei froh, daß ich überhaupt ein Zimmer für dich gefunden habe.«

Das fand ich auch. Und Nymphenburg als Arsch von München zu bezeichnen, ging nun wirklich zu weit. Ein ziemlich hochbeiniger schwarzer Hund sprang aus dem Wagen und wetzte zum nächsten Baum.

Ich verließ meinen Beobachtungsposten und ging ihnen entgegen. Erdmann stellte mir seine Tochter vor. Es folgte das übliche Begrüßungsgerede: Wie war die Fahrt, hatten Sie viele Staus unterwegs? Sie wohnen wunderschön, Frau Hornschuh, und so fort. Währenddessen rannte Shit, der Hund, an uns vorbei ins Haus und wieder hinaus auf die Straße und mich beinahe um.

Belle Erdmann war so groß wie ihr Vater, hatte denselben Haarschnitt wie er und seine kantigen Züge geerbt – ihm standen sie allerdings besser als ihr. Sie war keine Belle.

Gemeinsam schleppten sie ihr sperriges Gepäck – Stereoanlage, Fernseher, Eisbox, Computer, pralle Seesäcke und Taschen – die schmale Stiege hinauf ins Dachgeschoß. Anschließend lud ich sie zu einem Willkommensdrink ein.

Belle fragte, ob sie mal telefonieren dürfe, Erdmann bedankte sich für das wunderhübsche, weißblaue Dachzimmer mit angrenzendem Duschbad. »Nein, wirklich, Frau Hornschuh, so schön hatte ich es nicht erwartet!«

Dabei hatten wir beide ein Ohr bei Belles Telefongespräch.

»Tag, Mike – ja, vor 'ner halben Stunde – ja, ganz okay, leider kein TV-Anschluß im Zimmer. – Ja, gut. Wo? Ich komm dann hin – also bis gleich – he, Mike« (fiel ihr noch ein) »bring dir 'nen Schlafsack mit. Die Couch ist irre schmal.« Sie hängte ein und sah an unseren besorgten Mienen, daß wir zugehört hatten.

Ursprünglich hatte ich das Zimmer nur an Erdmanns Tochter vermietet, dann kam ihr Hund dazu, nun auch ein Mike mit Schlafsack, was würde noch folgen? Wollte sie eine WG in meinem Dachgeschoß eröffnen?

»Kommt überhaupt nicht in Frage«, nahm mir ihr Vater das Problem ab. »Frau Hornschuh hat bestimmt nichts dagegen, wenn Mike dich ab und zu besucht. Aber einziehen tut er nicht, verstanden?«

»Mensch, Michel, nun mach kein Faß auf! Ist ja bloß für zwei, drei Nächte in der Woche. Mike wohnt bei seinen Eltern. Da ist es zu beengt. Wo sollen wir denn sonst hin?« Sie sah mich an. »Was meinen Sie, Frau Hornschuh?«

Ich hatte zwar eine Meinung, war aber zu feige, sie zu äußern, um nicht gleich am ersten Tag als Zimmerwirtin mit Drachenflügeln dazustehen. Mein Schweigen nahm sie als Okay und schenkte mir das erste Lächeln. Erdmann sah mich kopfschüttelnd an. Ich würde ja sehen, was ich davon hatte.

Er fuhr ins Hotel, um sich umzuziehen. Für neun Uhr hatte er einen Tisch bei »Sabitzer« bestellt.

»Wo ist eigentlich der Hund?« fragte ich Belle, die nach oben verschwand, um auszupacken.

»Ach ja, wo ist der eigentlich?« Sie hatte ihn noch gar nicht vermißt. »Die lange Fahrt und die neue Umgebung, das muß der Hau für ihn gewesen sein. Wahrscheinlich ist er abgehauen.«

Wir gingen auf die Straße hinaus und riefen: »Shit«, »Shit«, »Shit«. Es kam ein Mann vorbei und sah uns komisch an. Naja, klang ja irgendwie merkwürdig. »Er wird schon wiederkommen«, sagte Belle. »Wenn nicht, rufen wir morgen die Polizei an. Ich geh jetzt auspacken.«

Zuvor kehrte sie in meiner Küche ein, öffnete die Kühlschranktür und stellte dabei fest: »Keine Cola« (ein Getränk, dessen Welterfolg ich nie begreifen werde, weshalb es in meinem Haushalt nicht mehr vorkam, seitdem Frederik ausgezogen war). »Kann ich mir 'ne Selters nehmen?« und hatte sie schon in der Hand. »Morgen kauf ich selber welche.«

Während Belle im Dachgeschoß verschwand, ging ich in mein Schlafzimmer, die Tür stand offen. Vor meinem Bett lag Shit und wedelte mit der Schwanzspitze zwischen gefalteten Hinterläufen. Es traf mich ein verlegen blinzelnder Blick aus unendlich geduldigen Plüschaugen. »Oh, Shit«, stöhnte ich und meinte damit weniger ihn als die Situation, in der ich mich befand. Wenn ich jetzt nicht die Kraft aufbrachte, ihn mit harschen Tönen zu verjagen, würde er mein Zimmer als seinen Schlafplatz annektieren.

Ich brachte die Kraft nicht auf. Er hatte blonde Vorderpfoten und blonde Klappohren, sonst war er schwarz. Er robbte auf mich zu und rollte sich auf die Seite, damit ich ihn am Bauch kraulen konnte. Ich kraulte ihn am Bauch. Er war sehr mager, und sein Fell war stumpf.

»Shit ist da«, rief ich ins Dachgeschoß. »Soll ich ihn raufschicken?«

»Bitte nicht, den kann ich jetzt wirklich nicht gebrauchen«, rief Belle zurück.

Shit sah mir zu, wie ich vor geöffneten Schranktüren stand und überlegte, was ich anziehen solle. Dabei kratzte er sich heftig am rechten Ohr. Wieso hieß er eigentlich Shit? Ich hatte zwar keine Drogenkenntnisse, aber soviel ich wußte, war das der Slangausdruck für Haschisch.

Dann kam Michel Erdmann, um uns abzuholen. Er trug den Nadelstreifenanzug, der Karlow bei seiner Trauung hatte verzweifeln lassen.

Ich hatte auch ein elegantes Kostüm an. Wir musterten uns gegenseitig mit einem Blick des Wohlgefallens.

Gemeinsam stiegen wir zu Belle hinauf.

In ihrem Zimmer hatte sich in einer Stunde viel verändert. Ihre schwarze Musikanlage erdrückte beinahe den schrägwandigen kleinen Raum. Meine neuen jeansblauen Vorhänge und Kissen hatte sie auf den Flur geräumt. Auf dem weißen Tisch klemmte ein lackschwarzer Überzug. Der blau-weiß-orangegemusterte Baumwollstoff auf der Couch war einem schwarz eingefärbten Flokatiteppich gewichen.

Irgendwann wurde sie sich unserer sprachlosen Ergriffenheit bewußt und sagte: »Tut mir leid, aber wenn ich hier wohne, brauche ich eben meine eigene Atmosphäre.«

Erdmann sah mich mit einem verzweifelten Blick an, es war ihm alles so peinlich. Ich half ihm aus seiner Not, indem ich die Hoffnung äußerte, daß Belles Freund Mike einen schwarzen Schlafsack mitbringen würde, damit nicht auch er auf den Flur geräumt wurde. Belle sah mich so an, als ob sie meine Ironie für unangebracht hielte.

»Und warum hast du dich noch nicht umgezogen?« schimpfte ihr Vater. »Wir müssen gleich fahren. Der Tisch ist für neun bestellt.«

»Ich komme nicht mit«, sagte sie. »Ich bin mit Mike woanders verabredet. Aber du kannst mich ja unterwegs absetzen.«

17

Dieser Michel Erdmann gefiel mir heute beinahe noch besser als bei Karlows Hochzeit, denn am Tisch bei »Sabitzer« gehörte mir seine Aufmerksamkeit ganz allein. Ich will jetzt nicht die vielen kleinen Gesten anführen, mit denen er mir seine Wertschätzung ausdrückte, sonst müßte ich ja wie Frau Pappritz reden, die einmal der Knigge der Bundesregierung war. Er war bezaubernd zu mir. Aber sah er in mir nur eine Dame, an der er gutzumachen versuchte, was er mir mit seiner Tochter an den Hals gemietet hatte? Sah er in mir auch eine Frau, zum männlichen Drübernachdenken und In-Erwägung-Ziehen?

Er ahnte ja nicht, daß ich, seit ich ihm begegnet war, dreimal pro Woche im Fitneßstudio an den Geräten malochte und zweimal meine Haut im Hallenbad krebsrot schwamm, weil sie das Chlor nicht vertrug? Daß ich mir teure Cremes kaufte in der Hoffnung, sie würden in meinem Gesicht die Wunder bewirken, die der Beipackzettel versprach?

Seit Karlow mir erzählt hatte, daß die Restauratorin, mit der er zusammenlebte, kein »thirtyager« war, sondern sein Jahrgang und es sich somit bei ihm um die seltene Spezies Mann handelte, die nicht auf Jugend stand, hatte ich Hoffnung geschöpft. Vielleicht war ihm eine erfahrene, reife Frau lieber als eine junge, die Ansprüche stellte.

Im Zusammenhang mit Belle erzählte er mir ein bißchen aus seiner Managerzeit und dem gesellschaftlichen Streß, dem er damals ausgesetzt war. Belle hatte alles gehabt in ihrer Jugend, nur keine Eltern, die da waren, wenn sie Eltern brauchte. Dann kam sein schwerer Herzinfarkt und der Wunsch danach, sein Leben von Grund auf zu ändern. Ein Handwerk zu lernen. Seine Frau zog damals eine Scheidung einem gesellschaftlichen Abstieg in Tischlerkreise vor. Belle kam ins Internat. Danach wohnte sie bei ihrer Mutter. Fing ein Studium an, brach es bereits im ersten Semester wieder ab. Jobbte mal hier, mal da. Weigerte sich, ihre männlichen Partner in sogenannter Berliner Society zu suchen. Wurde zum Sorgenkind, das für Wochen abhaute, ohne zu sagen, wohin.

»Oh, das habe ich auch mit meinem Sohn durchgemacht«, fiel mir dazu ein. »Der war mal ein halbes Jahr in Amerika verschollen. Ich habe mir damals die Nerven gehalten vor Angst um ihn. Und heute ist er solide und hat drei gutgehende Reisebüros.«

»Da haben Sie Glück mit Ihrem Sohn«, sagte Erdmann und erzählte mir von der Fahrt mit Belle von Berlin nach München. Zum erstenmal war er länger als eine flüchtige Stunde mit ihr zusammen gewesen. »Früher hatte ich nie Zeit für sie, und als ich endlich Zeit hatte und mich um Belle bemühte, vermißte sie keinen Vater mehr. Auf der Herfahrt hat sie zum erstenmal geredet, auch über sich selbst. Na schön, jetzt macht sie diesen Computerlehrgang. Ohne den geht heute gar nichts mehr. Ihr Ziel aber ist es, in einer Hilfsorganisation aktiv zu werden. Ihr Freund Mike war schon mal in Somalia als Helfer. Aber das Elend der verhungernden Kinder hat er auf die Dauer nicht ertragen. Sein Mitleid hat ihn untergebuttert. Belle selbst ist in ihrem Bemühen um ein paar Drogensüchtige gescheitert. Im Grunde genommen hat sie bloß ihre Hunde satt gemacht. Belle ist noch sehr jung und unerfahren in ihrem Bedürfnis zu helfen, aber sie hat inzwischen begriffen, daß die besten Bemühungen nichts nützen können ohne Kapital dahinter. Jede Hilfsorganisation ist ein finanzielles Faß ohne Boden, und ich soll ihr jetzt helfen, bei wohlhabenden Bekannten auf Betteltour zu gehen. Und dabei weiß sie noch gar nicht, wo gezielt sie helfen will, ohne sich zu verzetteln. Ich habe ihr geraten, sich erst einmal auf Einzelfälle zu konzentrieren, denn Not ist überall, und ich werde sie dabei unterstützen, so gut ich kann. Ich fürchte nur, sie überschätzt mein Vermögen. Als Vater möchte ich natürlich auch verhindern, daß sie selbst einmal zum Notfall wird.«

Nun erzählte ich von meinen Kindern, unterbrochen durch immer neue Speisengänge. Es war ja nie viel auf dem Teller, aber das wenige war schon zuviel für mich. Mein Magen war zu. Es gab kein noch so ausgeklügeltes, kalorienarmes Rezept, das für mich zum Abnehmen so geeignet war wie Verliebtheit. Nur befand ich mich jetzt in einem Alter, wo ich aufpassen mußte. Man nimmt ja meistens an den falschen Stellen ab.

Unsere Gespräche machten mir diesen Mann immer sympathischer, und so mochte es ihm auch mit mir gehen. Er sagte nicht mehr Frau Hornschuh, sondern Viktoria und beschloß, seinen Wagen stehenzulassen und mich mit einem Taxi heimzubringen, damit er mir unbesorgt zutrinken konnte.

»Ich würde mich freuen, wenn wir Freunde würden, Viktoria.«

»Ja, ich auch«, sagte ich.

Und hatte mich wohl zu früh gefreut, denn das Schicksal konnte das Zufallen nicht mehr lassen. Von einem Tisch, der nicht in meinem Blickwinkel lag, waren drei Gäste aufgestanden, ein Mann und zwei Frauen, und begaben sich an unserem Tisch vorbei dem Ausgang zu.

Eine Frau blieb plötzlich vor uns stehen und starrte mich überrascht an. Das war meine Tochter Karen. »Mama! Was machst denn du bei Sabitzer?« rief sie aus, mit einer Verblüffung, als sei ich sonst nur an Wurstbuden anzutreffen.

Es blieb mir nichts anderes übrig, als ihr Erdmann vorzustellen. Sie musterte ihn mit raketenhaft ansteigendem Interesse.

Ihre Freunde, schon im Mantel, kamen von der Garderobe zurück und fragten: »Karen, kommst du?«

Und sie: »Fahrt schon vor ...«

Es blieb Erdmann nichts anderes übrig, als sie zu fragen, ob sie sich nicht zu uns setzen wolle.

Nun hatten wir meine Tochter am Tisch, die sofort auf ihn einsprach. Wo kommen Sie her, ach, aus Berlin, da habe ich viele Freunde (davon hat sie mir nie etwas erzählt), und schwärmte von Berlin. Erwähnte bemerkenswerte Ausstellungen, Inszenierungen an der »Schaubühne« – alles Themen, auf die er gerne einging, er vergaß dabei nie, mich ins Gespräch mit einzubeziehen. Meine Tochter ließ mich bloß nicht zu Wort kommen. Der Ober brachte uns auf einen Wink ein drittes Glas. Karen brillierte mit ihrem Kunstverstand, erwähnte dabei so ganz nebenbei, daß sie nur eine kleine Zahnärztin sei, wenn auch sehr erfolgreich.

»Sag mal, warten deine Freunde nicht auf dich?« fragte ich dazwischen.

»Ach, die sind nicht so wichtig«, schob sie meine Aufforderung, sich zu verabschieden, beiseite. Und sprach weiter auf Michel Erdmann ein. Seiner Reaktion war anzumerken, daß er im Gegensatz zu mir ihre Gegenwart nicht als Störfaktor empfand, eher im Gegenteil. Sie schien ihn zu beeindrucken. Wie sehr, konnte ich so schnell nicht beurteilen, denn ich mußte aufs Klo.

Ich stand noch in »Damen« vorm Spiegel, als Karen hereinbrach. Sie stürmte in eins der Kabinette, hatte nicht mal mehr Zeit, die Tür zu schließen. »Ich mußte schon längst – dann habe ich euch getroffen. Sag mal, Mama, wie kommst du zu so einem tollen Mann. Das ist doch nicht etwa dein Lover?«

»Ich habe Erdmann durch Karlow kennengelernt. Seine Tochter wohnt jetzt in Frederiks Zimmer«, und fügte hinzu: »Nein, er ist nicht mein Liebhaber. Wie kommst du denn darauf?«

»Dann bin ich beruhigt«, rief sie beim Pinkeln. »Ich habe schon befürchtet, bei dir sei noch mal der Frühling ausgebrochen. Du hast mich ein paarmal so eifersüchtig angesehen.«

»Du spinnst«, fiel mir dazu nur ein.

»Dann ist's ja gut. Er ist auch viel zu jung für dich.«

»Erdmann ist Mitte Fünfzig.«

Sie lachte. »Na und! Er ist mein Typ. Ich hatte schon immer einen Vaterkomplex.«

So enthusiastisch hatte ich Karen noch nie erlebt. Ich wußte gar nicht, daß solche Regungen überhaupt in ihrem Gefühlsleben vorkamen.

Was sie noch sagte, ging im Rauschen unter. Sie verließ das Kabinett und stellte sich neben mich, um ihre Hände zu waschen.

»Woher nimmst du eigentlich die Sicherheit, daß du auch sein Typ bist?«

»Das mußt du schon mir überlassen, Mama«, wies sie mich siegessicher zurecht.

Durch den Spiegel sah ich, wie sie mit dem Kamm in ihren kurzen, dichten, durch Strähnen aufgehellten Haaren herumriß. Dabei machte sie ein Gesicht, als ob sie sich bildschön fand.

(Laß nur, mein Kind, dachte ich, auch du wirst mal alt.)

»Außerdem hat er eine langjährige Lebensgefährtin«, sagte ich.

»So what?« lachte Karen. »Das ist normal. Es gibt immer Partnerwechsel im Leben.« Damit rauschte sie aus »Damen« hinaus.

Ich hatte plötzlich keine Lust mehr, an den Tisch zurückzukehren, ließ mir meinen Mantel geben und bestellte ein Taxi.

Mir fehlte die Lust, mitzuerleben, wie Michel Erdmann auf Karen hereinfiel, denn nichts macht eine Frau älter, als wenn ihr die eigene Tochter einen Mann ausspannt.

Auf der Straße fror ich der Ankunft des Taxis entgegen und hoffte dabei bis kurz vorm Einsteigen, daß Michel Erdmann aus der Restauranttür stürmen und mich zurückholen würde, was ein Trugschluß war. Er schien mich wohl noch gar nicht vermißt zu haben.

Nun begriff ich, daß die vielen Zufälle nur dazu dagewesen waren, damit Michel Erdmann meine Tochter Karen kennenlernte.

Ich kam heim. Shit stand vor der Haustür. Man hatte ihn wohl in den Garten gelassen, aber vergessen, ihn wieder hereinzuholen.

Im Dachgeschoß probierten Belle und Mike die Stereoanlage mit Michael Jackson aus.

Ohne den Mantel auszuziehen, ging ich an den Kühlschrank und griff nach einer angebrochenen Flasche Wein. Jetzt hatte ich einen Schluck verdammt noch mal nötig.

Als ich ein Glas aus dem Schrank nahm, stand plötzlich ein junger Mann in der Tür. Ich weiß nicht, wer von uns mehr erschrak. Wir hatten uns beide nicht in der Küche erwartet.

»Hallo, ich bin Mike.«

Er war lang und dünn wie eine Stricknadel, besaß aber schöne, weiche Züge, die besser zu Belle gepaßt hätten. Sein braunes Haar hatte er zu einem Pferdeschwanz zusammengebunden.

»Möchten Sie auch einen Schluck Wein?« Und als er nickte, nahm ich ein zweites Glas aus dem Schrank. »Belle hat gesagt, Sie hätten nichts dagegen, wenn ich heute nacht hierbliebe.«

»Alsdann prost!« sagte ich. »Auf ein gutes Zusammenleben. Aber haltet eure Lautstärken da oben in Grenzen.« Was er mir hoch und heilig versprach.

»Wenn ihr Lust habt, könnt ihr morgen bei mir frühstücken.«

»Ja, gerne. Welche Zeit?«

»Um neun. Oder ist euch das zu früh?«

Mike war viel zu überrascht von meinem unerwarteten Angebot, um eine Zeitverschiebung in Erwägung zu ziehen. »Okay, dann stellen wir eben den Wecker auf kurz vor neun.« Und flitzte ins Obergeschoß, während ich noch meinen Anrufbeantworter abhörte. Lilly Böhler war drauf: »Liebe Vicky. Ich möchte bloß wissen, wie es ausgegangen ist. Ich bin doch so gespannt.«

Warum habe ich ihr nur von Erdmann erzählt. Nun mußte ich ihr auch gestehen, daß das Kartenhaus meiner Verliebtheit zusammengefallen war.

Die nächste Nachricht hatte Erdmann hinterlassen: »Jetzt ist es 23 Uhr 10, Freitag. Liebe Viktoria, wir machen uns große Sorgen um Sie. Vom Oberkellner wissen wir, daß Sie sich ein Taxi bestellt haben. Geht's Ihnen nicht gut? Ist es was Ernstes? Wo sind Sie? Wir rufen später noch einmal an. Ihr Michel Erdmann.«

Ich brauchte dringend eine Schlaftablette, damit das Nachdenken ganz schnell aufhörte, und kramte in meinem Arzneischrank. Es müßte doch noch eine aus meiner Streßzeit da sein. Es war aber keine mehr da. Ich fand bloß Aspirin und Hustensaft, Zahnseide, Rheumasalbe. Und was zum Gurgeln.

Als ich über den schlafenden Shit hinweg in mein Bett stieg, rief Karen an. »Mama, endlich, Michel Erdmann hat auch schon versucht, dich zu erreichen. Wo bist du denn plötzlich abgeblieben? Im Grunde genommen war's ja unmöglich von dir, so einfach fortzulaufen, ohne adieu zu sagen. Wir haben uns schließlich Sorgen gemacht. Was ist passiert?«

»Ich hatte es plötzlich mit der Galle«, was nicht einmal gelogen war in Anbetracht meines Ärgers. »Damit wollte ich euch nicht den Abend verderben!«

»Und wie geht's dir jetzt?«

»Schon besser. Ich habe ein Mittel genommen.«

(Hustensaft oder Rheumasalbe?)

»Na, dann ist's ja gut«, sagte Karen.

»Wo seid ihr denn?«

»Im Augenblick bei ›Schumann's‹. Ich muß ihm doch die Münchner In-Kneipen vorführen. Mama, der Mann ist hinreißend. Ich glaube, das wird noch eine lange Nacht.«

»Dann wünsche ich euch noch viel Vergnügen.«

»Ja, danke. Schlaf gut.«

Ich hatte das schöne Gefühl endgültig verloren und mußte damit fertig werden.

Nun hatte Karen das schöne Gefühl.

Shit an meinem Bett machte »Wuff«, weil er Belle und Mike gehört hatte. Es war neun Uhr. Ich hatte verschlafen.

Wir begegneten uns in der Diele. Die beiden sahen übernächtigt aus und bewegten sich nach dem Schock des Weckerläutens, als ob sich ihr Gleichgewicht noch nicht so richtig eingependelt hätte.

»Tut mir leid«, sagte Belle, »aber Sie haben zu Mike gesagt, um neun gibt's Frühstück.«

»Kaffee oder Tee?« gähnte ich.

Während Belle und ich in der Küche umeinanderhantierten, schickten wir Mike mit Shit ums Karree. Belle brachte keinen Ton heraus. Wie schön, dachte ich, sie ist genauso ein Morgenmuffel wie ich.

Zum erstenmal seit Jahren saßen wieder junge Leute neben mir am langen Familientisch. Die Sonne schien durchs Fenster auf aufgetaute Semmeln und goldgelb und kirschrot leuchtende Marmeladen. Dort, wo früher unsere Hunde gelegen hatten, von denen nur die Spuren ihrer spitzen Welpenzähne im Tischbein übriggeblieben waren, dort lag nun Shit und kaute an einem Mettwurstbrot.

Es war beinahe wie in alten Zeiten.

Ich schaute in die Sonne. Manchmal gab es hier Spätherbsttage so warm wie im September.

»Plötzlich habe ich Lust auf einen Ausflug«, sagte ich zu Belle und Mike. »Ich fahre irgendwohin, vielleicht nach Salzburg und nehme Shitty mit.« (Ich hatte seinen Namen in Shitty abgeändert, das klang weniger drogenträchtig und nicht so fäkalisch.)

»Mensch, Hund, dir geht's aber gut hier«, kaute Belle und stieß ihn leicht mit der Schuhspitze an.

Dann ging das Telefon.

»Das ist bestimmt dein Vater, Belle. Geh du ran.« Es war ihr Vater.

»... och, der geht's wieder gut.« Sie hörte ihm eine Weile zu. »Mensch Michel – das wär ja stark! Wann kommst du? – Okay, bis gleich.«

Belle kehrte vergnügt zu ihrer angebissenen Marmeladensemmel zurück. »Wir wollen uns ein Auto angucken, weil meins zusammengebrochen ist. Die Sprechstundenhilfe von Ihrer Tochter will ihren kleinen Peugeot verkaufen. Baujahr 87, nur 65 000 runter, unfallfrei«, sie sah Mike an, welcher juchzte, »Mensch, das wär doch ... also wirklich, ich kenne den Alten nicht wieder.« Dann fiel ihr ein, daß sie mir herzliche Grüße von ihm ausrichten sollte. »Aber Sie sehen ihn ja sowieso, wenn er uns abholt. Nächstes Wochenende will er schon wieder kommen.« Und zu Mike: »Ausgerechnet am Wochenende. Die einzige Zeit, wo wir frei haben. Die will ich nun wirklich nicht mit Vätern verbringen. Wenn der jetzt öfter hier antanzt, also nee. Das hielte ich für schwer übertrieben.«

Ich beschloß, meine Landpartie umgehend anzutreten, um Michel Erdmann nicht begegnen zu müssen. Ich hatte wirklich keine Lust, ihm meine gestrigen Gallenbeschwerden zu beschreiben.

An diesem sonnigen Dezembertag war Salzburg ohne Festspiele und Touristenströme ein pastellfarbenes, vor sich hindösendes barockes Provinzstädtchen mit Christkindlmarkt. Ich fuhr zum Mönchsberg hinauf, um von dort Richtung Festung zu wandern.

Shitty trabte ohne Leine neben mir her. Er blieb höchstens einmal kurz am Wegrand stehen, um zu schnuppern. Wir kamen zu einer Stelle, wo sich der Blick weit ins Land öffnete, die Wiesen waren noch so grün.

»He, lauf doch mal«, forderte ich ihn auf. Er begriff nicht, was ich meinte, weshalb ich ihn in die grüne Weite scheuchte. Da stand er nun im Gras herum und sah mich so bekümmert an, als ob ich ihn nicht mehr haben wollte.

»O Hund, komm her, ich mag dich ja.«

Freiheitsgefühle und dieselben über Land auszutoben, würde ich ihm schon noch beibringen, mußte ja nicht heute sein.

Warum bin ich eigentlich nach Salzburg gefahren? Ich hätte meine Enttäuschung auch in der Umgebung von München ablaufen können.

Zog mich die Erinnerung an eine rauschhafte Verliebtheit hierher zurück – auf diesen Weg, auf dem wir Walzer getanzt und uns auch sonst nicht so benommen hatten, wie es sich auf einem Spaziergang gehört? Damals war ich vierzig, er soviel jünger. Es war schon einundzwanzig Jahre her, aber fühlte ich mich heute auch nur einen Tag älter als damals!?

Der »Rosenkavalier« fiel mir ein. Die Szene der Marschallin im ersten Akt.

»Wie kann das wirklich sein, daß ich die kleine Resi war und daß ich auch einmal die alte Frau sein werd ... Wo ich doch immer die gleiche bin ... Und man ist dazu da, daß man's ertragt. Und in dem Wie, da liegt der ganze Unterschied.«

Ja, Marschallin Hornschuh, nun bist du in deiner Brombeerzeit, und Bedauern hilft dir gar nichts. Das Altern ist andern auch schon passiert, sofern sie nicht vorher gestorben sind. Jetzt kommt es eben auf das »Wie« an, möglichst gelassen damit fertig zu werden.

Michel Erdmann als Schwiegersohn wäre eine gute Lösung. Wenn Karen die Absicht hat, ihn zu ehelichen, wird sie ihr Vorhaben so siegreich beenden wie Blücher die Völkerschlacht bei Leipzig.

Zu mir hätte er wohl doch nicht gepaßt. Wenn ich längst Baucis bin, ist er noch lange nicht Philemon.

Als Schwiegersohn jedoch steht er mir altersmäßig viel näher als Karen mit ihren sechsunddreißig Jahren. Wahrscheinlich werde ich ihn eines Tages trösten müssen, weil ihr das Zähnebohren und Jackettkronen-Draufsetzen wichtiger ist als ein beschauliches Familienleben.

Ich werde ihm seine Lieblingsgerichte kochen. Und das Kind aus dieser Ehe – falls Karen überhaupt dazu bereit ist – wird zuerst Papi sagen und dann Omi und zuletzt das Wort Mami.

Aber vielleicht haben sie gar nicht die Absicht, eines Tages zu heiraten?

Und Frederik und Heike Johannsen?

Nächste Woche kommen ihre Eltern nach München, um mich kennenzulernen. Da gibt es dann endlich die Rehkeule mit Frau Engelmann als Wachtposten vorm Backofen, damit sie innen auch schön rosa bleibt. (Die Rehkeule natürlich.)

Heikes Vater soll ja sehr nett sein. Ihre Mummi hat gewiß schon die Rüstung zu diesem ersten schwiegermütterlichen Machtkampf angelegt. Soll sie ruhig, soll sie. Kräftemäßig bin ich ihr unterlegen, ich habe ja nicht das Heer einer Großfamilie hinter mir, aber dafür bin ich nicht so besitzergreifend wie sie. Bei mir werden sich unsere Kinder freiwilliger wohl fühlen als bei ihr. Ich habe ja inzwischen Toleranz gelernt. (Habe ich?)

Dom, Franziskaner- und Dreifaltigkeitskirche läuteten den Mittag ein. Shitty heulte aus vollem Halse mit. Er übertönte sogar den Dom. Das war mir recht. Nur keine zusätzlichen Emotionen, die Glockenläuten auszulösen vermag, wenn man es nicht rund um die Uhr hört.

Was wird aus mir?

Dieses Rentnerdasein kann ich auf die Dauer nicht ertragen. Ich muß mir endlich eine neue Aufgabe suchen, die mir das Gefühl gibt, gebraucht zu werden.

Ohne Pflichten wird man träge wie ein Gaul, der zu lange im Stall steht. Warum versetzt mir keiner einen Tritt und sagt, nun mach mal, Viktoria. (Warum muß ich mir schon wieder selbst einen Tritt versetzen?)

Ich muß endlich aktiv werden.

Komm, Shitty, werden wir aktiv, gehen wir Mittagessen.

Auf der Rückfahrt kratzte er sich ununterbrochen am Ohr und wimmerte dabei. Er muß ein schlimmes Ekzem haben! Das hat er bestimmt schon länger. Wieso ist Belle bei ihrem ausgeprägten Bedürfnis zu helfen noch nicht auf die naheliegende Idee gekommen, mit ihm zum Tierarzt zu gehen. Das mache ich gleich Montag früh, selbst auf die Gefahr hin, daß ich sein noch scheues Zutrauen verliere, indem ich ihn ins Sprechzimmer zerre.

Am Rotkreuzplatz stieg ich aus, um mir am Kiosk eine Zeitung zu kaufen. Dabei fiel mir eine kleine, stämmige Person im Lodenmantel auf, die unermüdlich auf zwei Zeugen Jehovas einsprach. Sie standen unbeweglich da, ihren »Wachtturm« vorm Revers, und starrten gen Himmel (der sich inzwischen bezogen hatte), um ihrem beschwörenden Vortrag wenigstens optisch auszuweichen. Das war doch – natürlich, das war Frau Martha Gerberich, die mich mit ihrem Keuschheitswahn und später meinen Sohn mit ihrer Erkenntnistheorie überwältigt hatte. Zuerst wollte ich in Deckung gehen, aber dann kam mir Bert Gregor in den Sinn. Hatte er nicht damals bei seinem unseligen Besuch den Wunsch geäußert, Frau Gerberich unbedingt kennenzulernen, um sie in seinem neuesten Roman zu mißbrauchen?

Das war im Frühling dieses Jahres gewesen. Inzwischen war sein Werk längst auf der Buchmesse erschienen. Dennoch!

Ich ging auf sie zu und unterbrach ihren Redefluß. Sie sah mich belästigt an: »Was wollen Sie?« Sie erkannte mich nicht mehr. Ich sagte: »Da gibt es in Zürich einen bekannten Schriftsteller, der sich sehr für Ihre Theorie interessiert.«

Nun war sie Feuer und Flamme. »Ist das wirklich wahr?«

Ich holte mein Notizbuch aus der Handtasche und fand auch eine Pulloverquittung, auf deren Rückseite ich Gregors Adresse und Telefonnummer schrieb.

»O vielen Dank«, sagte sie. »Ach, das ist aber zuuu freundlich. Ich werde mich umgehend mit ihm in Verbindung setzen.«

Ich sah ihr nach, wie sie beflügelt von hinnen eilte, und dachte dabei: So, mein Lieber, das ist die Rache für all die späten besoffenen Anrufe, mit denen du mich aus dem ersten Tiefschlaf gerissen hast. Der letzte hatte vor drei Nächten stattgefunden. Nun seht mal zu, wie ihr miteinander auskommt.

Während ich ins Auto stieg, schämte sich mein Gewissen. Die arme Frau Gerberich. Aber wer ist denn arm, wenn von seinem Sendungsbewußtsein besessen? (Wie war das noch? Hühnereier sind materialisierte Altsubstanzen. Niemals kann sich im Darm des Huhns ein Ei bilden.)

Beim Gasgeben dachte ich kurz über die Qualitäten meines Charakters nach. Im Grunde genommen hatte ich mich immer für einen relativ guten Menschen gehalten. Wer glaubt das nicht von sich?

Ich habe auch keinen schlechten Charakter, aber so anständig und alles verstehend und stark und unbeirrbar und opferbereit wie zum Beispiel Bilse Wagenseils Charakter ist er nicht. (Bilse – ich muß sie anrufen und fragen, wie es Gustls Augen geht und ob er operiert werden muß.)

Zum erstenmal fuhr ich heim ohne Angst vor diesem stumm gewordenen Haus. Jetzt fand ja wieder Jugend in ihm statt. Belle und Mike und ihre Stereoanlage.

Es ging nicht mehr »die Uhr Schritt für Schritt um den leeren Tisch« wie im Werfelgedicht.

Ich kam also nach Haus. Im Flur stand Shittys Napf und daneben eine noch unangebrochene Tüte mit Kernkraftfutter für den gesunden, fröhlichen Hund. Und ein Zettel: Liebe Frau Hornschuh, wir sind bei Mikes Freunden in Germering. Kann sein, daß wir da übernachten. Schönen Sonntag, Belle und Mike.

Genau, genauso hatte ich mir das vorgestellt, als Michel Erdmann am Telefon versicherte, daß ich mich üüüberhaupt nicht um Belles vierbeinigen Sozialfall kümmern müßte.

Nun war ich schon wieder durch einen Hund ans Haus gebunden. Montag früh spreche ich ein Machtwort mit Belle – so geht das doch nicht – wie hat sie sich das eigentlich vorgestellt!

Nach einer letzten Kratzorgie war Shitty endlich, den Kopf auf meinem Schoß, eingeschlafen. Ich hatte plötzlich das Bedürfnis, mit Karlow zu reden. Würde er überhaupt am Sonntagabend zu Hause sein?

Und wählte Karlows Nummer.

»Hallo – guten Abend.« Cordys Stimme strahlte Wärme und Geborgenheit aus wie ein Daunenbett in einer Winternacht. Im Hintergrund krähte der Kleene und Anna nölte: »Wer is'n dran?«

Cordy sagte: »Ich stell dich rüber ins Atelier. Hans brütet über seiner politischen Montagskarikatur. Du kannst ihn ruhig stören. Er ist über jede Ablenkung selig.«

Und nun Karlow voller Wehmut: »Viktörchen! Ich denke gerade an die wundervollen Zeiten zurück, als ich beim Grübeln noch rauchen durfte. Nicht, daß mir damals mehr eingefallen wäre als heute – aber die Beschäftigung mit der Pfeife – der Tabakduft – die kleinen, blauen Wölkchen überm Zeichentisch ... das ist nun alles vorbei! Die Weiber passen auf mich auf wie Schießhunde.« Nach dieser Elegie raffte er sich zu der Frage auf: »Was gibt's denn?«

»Du hattest doch auch mal ein Ekzem im Ohr. Ich geh Montag sowieso zum Tierarzt, aber vielleicht weißt du noch, was für ein Mittel du damals genommen hast. Dann könnte ich zur Nachtapotheke fahren.«

Er versuchte meine Ansprache geistig zu verarbeiten und fragte schließlich: »Sonst geht's dir gut, ja?«

»Mir schon, aber nicht Belle Erdmanns Hund. Er liegt gerade auf meinem Schoß.«

»Ein Schoßhund also.«

»Nei-en, nur sein Kopf. Der Rest von ihm nimmt das ganze Sofa ein.«

»Ach ja, richtig«, erinnerte er sich, »der Erdmann war in München. Seine Tochter wohnt jetzt bei dir. Wie geht's denn so?«

»Naja, zumindest ganz anders, als ich es mir vorgestellt habe. Aber ich will dich nicht stören, du mußt ja arbeiten.«

»Nö, nö, ich hab Zeit. Mir fällt sowieso nichts ein.« Auf einmal wirkte er hellwach, weil neugierig. »Du hast doch was. Komm, mein Mädchen, pack aus, was dich bedrückt. Aber schön chronologisch.«

Wenn man nur einen einzigen Freund wie Hans Karlow hat, dem man schonungslos alles anvertrauen kann, dann ist man schon ein bißchen reich.

Ich redete etwa eine Viertelstunde, ohne daß er mich einmal unterbrach. Er war ein geduldiger Zuhörer. »Und nu sitzte aufm Sofa mit 'nem fremden Hund mit 'nem Ekzem im Ohr«, war sein Fazit, nachdem ich meinen Bericht über die letzten beiden Tage beendet hatte. Ja, nun saß ich da und konnte zum erstenmal darüber lachen.

»Das ist gut«, freute er sich. »Du kannst über dich lachen, auch wenn dir beschissen zumute ist.«

»Wenigstens ist mir leichter, nachdem ich dir alles erzählt habe. Ich werde noch eines Tages froh sein, daß mir Karen das Problem Erdmann abgenommen hat. Es wäre sowieso nicht gutgegangen. Ich bin zu alt für ihn. Wahrscheinlich hätte ich auch gar nicht den Mut gehabt, noch einmal vom Fünfmeterbrett zu springen, aus lauter Angst vor einem möglichen Bauchklatscher. Dazu funktioniert mein Selbstschutz viel zu gut. Ich mag nicht mehr verletzt werden, verstehst du? Ich möchte meine Würde behalten und meinen Seelenfrieden.«

»Das hast du sehr schön gesagt«, lobte er, wobei ich nicht sicher war, ob er mich ernst nahm. »Tjaaa – also, nun habe ich dir auch was zu erzählen«, und rückte langsam mit der Mitteilung heraus: »Der Erdmann hat mich heute angerufen.«

»Wann? Von wo?«

»Aus München. Noch vom Hotel. Bevor er abgefahren ist.«

»Und das sagst du mir erst jetzt?« fuhr ich ihn an. »Stellst dich dumm, läßt mich reden! Das ist gemein!«

»Ich wollte erst mal deine Version von der Geschichte hören. – Was ist denn?« fragte er gestört hinter sich.

Annas Stimme: »Elfriede sagt, du sollst essen kommen, sonst werden ihre Makkaronis kalt.«

»Ich hasse Makkaroni. Das weiß Elfriede. Warum kocht sie dann welche!« Und mit Mordlust in der Stimme: »Siehst du nicht, daß ich telefoniere??« Er wartete, bis sie die Ateliertür geschlossen hatte. »Verzeih, Viktörchen.«

»Was wollte Erdmann von dir?«

»Dasselbe wie du – sich aussprechen. Eigentlich hat er ja mit dir reden wollen, aber als er dich besuchen kam, warst du schon Richtung Salzburg unterwegs. Mann, ist der Knabe in Druck. Es ist ihm ja so maßlos peinlich, was er dir alles zugemutet hat. Seine Tochter, ihren Macker, den Hund – und nun noch das mit deiner Tochter.«

»Wieso, was ist passiert?« fragte ich erschrokken. »Ist was mit Karen?«

»Nö, der geht's gut. Im Grunde bist du selber schuld. Was mußtest du die beiden alleine lassen.«

»Jetzt erzähl mir genau – was hat er gesagt?«

»Naja, daß er mit dir in diesem Nobelschuppen essen war – wie gut ihr euch verstanden habt. Dann kam deine Karen dazu. Er war ganz entzückt, daß eine so erstaunliche Frau wie du auch noch so eine interessante Tochter hat.«

»Hat er wirklich erstaunlich gesagt?«

»Irgend so was in der Preislage, genau weiß ich das nicht mehr. Dann seid ihr beiden Mädels kurz nacheinander aufs Klo gegangen. Karen kam wieder, du nicht. Hat er gefragt: ›Wo bleibt Ihre Mutter‹, und sie: ›Mama braucht immer 'ne halbe Stunde zum Schminken.‹«

»So ein Aas!« regte ich mich auf. »Das ist doch gar nicht wahr!«

»Das weiß er inzwischen auch. Vom Oberkellner hat er erfahren, daß du ein Taxi bestellt hast. Da war Michel sauer. Einfach abhauen – das fand er keinen guten Stil. Das hätte er nicht von dir erwartet. Von da an hat deine Tochter den Abend in die Hand genommen. Die beiden müssen ganz schön auf der Rolle gewesen sein – von einem Lokal zum andern, zum Schluß noch in einer Disco.«

»Und sonst? Ist was zwischen den beiden?«

Karlow zögerte: »Die Vorstellung, daß er dein Schwiegersohn werden könnte, die schmink dir mal ab.«

»Du weißt noch mehr«, ahnte ich. »Du verschweigst mir was.«

»Nö, das war alles.«

»Hänschen!«

»Deine Tochter hat ihm übrigens erst am Ende des Abends von deinen Gallenbeschwerden erzählt. So lange hat sie ihn in dem Glauben gelassen, du hättest ihn einfach sitzenlassen. Deine Tochter muß ein Zauberwesen sein.«

Ich bohrte weiter. »Vorhin hast du gesagt, daß ihm alles so peinlich wäre, auch das mit meiner Tochter. Was ist ihm peinlich? Hat er sich schlecht benommen? Hat er gleich am ersten Abend mit ihr ins Bett gehen wollen? Da ist er natürlich bei Karen an die falsche Adresse geraten. Die macht so was nicht. Dafür kenne ich sie zu gut.«

Karlow, mit einem beinah zärtlichen Grinsen in der Stimme: »Ach, Viktörchen, kennst du deine Tochter wirklich gut? Hast du noch nie von diesem Typ selbstbewußter Karrierefrauen gehört, die nicht darauf warten, bis ein Mann ihnen ein Angebot macht, sondern von sich aus entscheiden: Du gefällst mir. Ich will mit dir schlafen?«

Ich war empört. »Und selbst wenn sie das getan hat, wie kommt dieser Erdmann dazu, meine Tochter vor dir bloßzustellen? Ich habe ihn für einen Gentleman gehalten.«

»Herrgott noch mal, hätte ich dir nur nichts gesagt! Aber du ziehst einem ja alles aus der Nase.«

Nun wollte ich auch noch den Rest wissen. »Haben sie nun miteinander geschlafen oder nicht?«

»Nein«, sagte Karlow. »Michel hat sich bei Karen für den riesigen Abend bedankt, auch für ihr verlockendes Angebot, das ihn gewiß beglückt hätte. Aber er müßte es leider ausschlagen, weil es sein Verhältnis zu ihrer Mutter belasten würde, die er sehr verehre. Der muß ganz schön rumgestammelt haben.«

»Hat er wirklich gesagt, daß er mich verehrt?«

»Wieso mußt du Komplimente immer zweimal hören!«

»Und Karen? Seine Absage muß schlimm für sie gewesen sein – bei ihrem Stolz!«

Karlow lachte. »Eher für Erdmann. Deine Tochter hat ihn auf die Stirn geküßt und gesagt: ›Ach, du liebes Gottchen, was sind Sie für ein rührend altmodischer Mann.‹ Damit hat sie sich natürlich einen starken Abgang verschafft.«

Ich dachte nach. »Nun verstehe ich gar nichts mehr. Zu Belle hat Erdmann gesagt, daß er am nächsten Wochenende schon wieder nach München kommen will. Warum, wenn nichts zwischen ihm und Karen ...«

»Das mußt du ihn schon selber fragen. Er ruft dich bestimmt noch heute abend an, wenn er wieder in Berlin ist.« Karlows Stimme pulverte sich mit Energie auf. »So, Viktörchen, jetzt muß ich endlich kreativ werden.«

»Verstehe«, sagte ich. »Unser Gespräch hat dich lange genug aufgehalten. Aber danke. Es war eine gute Idee, dich anzurufen.«

Ich hängte den Hörer ein. Shitty hob den Kopf von meinem Schoß, glitt vom Sofa, dehnte sich und lief zur Tür. Er sah sich auffordernd nach mir um.

Ich zog mir das Wärmste an, was ich in der Garderobe fand, und ging mit ihm auf die Straße.

Es war inzwischen bitterkalt geworden und das Pflaster mit Eisglätte überzogen. Zwischen kahlem Geäst hing ein dünner Mond.

Während ich auf Shitty wartete, dachte ich an Michel Erdmann.

Es fiel mir auf einmal so leicht, an ihn zu denken.

Meine Verliebtheit hatte ich gestern abend an meine Tochter abgetreten. Sie brauchte nur zu sagen: Der ist zu jung für dich, der paßt viel besser zu mir – schon war ich getürmt wie ein junger Hund. Für eine Frau in meinen Jahren eine ziemlich unreife Reaktion.

Wo war dein Selbstbewußtsein gestern abend, Frau Hornschuh? Das schöne Gefühl stellte sich nicht mehr ein. Es machte mir nun nichts mehr aus, ein paar Jahre älter zu sein als er. Ich wollte ihn ja gar nicht mit Haut und Haaren und dem kleinen Unterschied. Ich wünschte mir eine Freundschaft mit einem amourösen Touch, mit Besuchen ab und zu und Telefonaten zwischendurch und dem Wissen: Da ist jemand, der gerne an dich denkt.

Warum, zum Teufel, fiel mir plötzlich der Schwan ein, der sich im Sommer versehentlich an mir vergriffen hatte, und Lilly Böhlers Vorschlag: Vielleicht versuchst du es das nächste Mal mit einer blauen Badekappe. Und meine Reaktion darauf: Bloß keine Experimente. Das Risiko ist mir zu groß!

Aber erstens kommt es anders, zweitens als man denkt. Das hatte ich inzwischen begriffen.

Als ich die Haustür aufschloß, hörte ich das Telefon.